Alexander Oetker

Signora Commissaria und der lachende Tod

Ein Toskana-Krimi

Atlantik

MIX
Papier | Fördert gute Waldnutzung
FSC® C014496

Atlantik ist ein Imprint des
Hoffmann und Campe Verlags, Hamburg.

4. Auflage 2024

www.hoffmann-und-campe.de
Umschlaggestaltung: © wilhelm typo grafisch, Zürich
Umschlagabbildung: © Yolande de Kort / Trevillion Images
Innenklappen: © 1zoom.me, David Mauplié
Gesetzt aus der Albertina MT Pro
Satz: Pinkuin Satz und Datentechnik, Berlin
Druck und Bindung: GGP Media GmbH, Pößneck
Printed in Germany
ISBN 978-3-455-01829-5

HOFFMANN UND CAMPE

Ein Unternehmen der
GANSKE VERLAGSGRUPPE

»Wer die Sehnsucht stillen mag, nach einem Sommertag,
ein Paar in trauter Umarmung,
umgeben von Hainen, hochaufragend und leicht verschwommen,
wie ein Gemälde, erdacht von einem Verliebten,
unter einer lauschigen Pergola,
die Gesichter der Sonne zugeneigt,
der findet sein Wohl in der Toskana.«

(A. H.)

Prologo

Gianluca streckte sich und ließ die Finger knacken. Zu gerne hätte er gegähnt, aber das schickte sich nicht. Es war ein langer Tag gewesen, gerade am Nachmittag, als die Hitze groß gewesen war und der Bus krachend voll, weil zu all den Touristen noch die Pendler kamen, die er zu den Stadttoren bringen sollte. Nun endlich nahte der Feierabend – und doch war seine Maxime: Konzentration bis zur letzten Tour, denn hier, auf diesem historischen Pflaster, konnte noch etwas schiefgehen: ein wilder Rollerfahrer, der ihn um ein Haar touchierte, eine streunende Katze, die eine Vollbremsung nötig machte, ein Touristenpaar aus Asien, das eine Frage hatte, die er beim besten Willen weder auf Englisch noch mit Händen und Füßen verstand.

Die letzte Fahrt des Tages, die war immer etwas ganz Besonderes. Wie hatte er mal zu seiner Freundin gesagt? Es war, als wäre er es, der die Stadt abschloss.

Nachts, wenn Florenz dalag wie eine müde Prinzessin, wenn all die Plätze mit den Sehenswürdigkeiten, die sonst vor Besuchern überquollen, auf einmal ganz verlassen waren, dann entfaltete diese seine Stadt eine Magie, die auf dieser Welt ihresgleichen suchte.

Und er, Gianluca Viccione, durfte das erleben, von seinem Fahrersitz aus. Die Linie C1 war die wichtigste Busverbindung der Stadt, daran gab es gar keinen Zweifel. Weil nur diese Linie alle Sehenswürdigkeiten der Stadt verband, weil nur er mit seinem Minibus durch die engen Gassen fahren konnte.

Einzig und allein die besten Fahrer der Firma durften diese Linie fahren, und er fuhr sie schon sehr lange, als jüngster Chauffeur, dem diese Aufgabe je anvertraut worden war.

Ja, natürlich war er stolz darauf, wie sollte es anders sein?

Er liebte seinen Beruf. Und er liebte es, seinen Bus bei Dunkelheit über das alte Pflaster zu steuern, auch wenn zu so später Stunde naturgemäß nur sehr wenige Fahrgäste mit ihm in diesen Genuss kamen – manches Mal machte er die letzte Fahrt des Tages gänzlich allein.

Aber es musste sein, der Fahrplan wollte es so – und der Fahrplan, den die Stadt Florenz vorgab, war nun mal heilig.

An der Ponte alle Grazie überquerte er den Arno, links lag die Ponte Vecchio, die ehrwürdigste aller Brücken, die angestrahlt aussah, als würde sie über dem Fluss schweben. Beinahe hätte er den winkenden Fahrgast übersehen, weil er so überrascht war, dass ausgerechnet hier, an dieser Haltestelle, jemand auf ihn wartete.

So war das in Italien. Wer Bus fahren wollte, der musste winken.

Gianluca riss das Lenkrad nach rechts und hielt an. Der Mann, der einstieg, war dick eingemummelt, was merkwürdig war, weil die Nacht ganz mild war. Aber gut, wahrscheinlich hatte er auf einer der Terrassen am Fluss zu Abend gegessen, da war es immer von Vorteil, auf eine leichte Brise vorbereitet zu sein.

»*Buona sera*«, grüßte Gianluca freundlich.

Der Mann antwortete nicht, stattdessen zeigte er eine abgestempelte Fahrkarte. Der Fahrer nickte, der andere stieg ein und setzte sich in die letzte Reihe. Hm, dachte Gianluca, nicht sehr höflich. Aber gut, wer steckte schon in den Leuten drin? Vielleicht hatte er einen anstrengenden Tag gehabt. Oder seine Freundin war am Abend nicht nett zu ihm gewesen. Oder ein Angehöriger war krank. Er schaute noch einmal in den Rückspiegel, der Mann lehnte in seinem Sitz und sah aus dem Fenster. Gianluca setzte den Blinker, dann fuhr er auf die nördliche Stadtseite und nahm Kurs auf die kleinen Gassen von Santa Croce.

Er genoss es, den Bus durch das Gassengewirr zu lenken. Am Tage war es hier beinahe unmöglich, durchzukommen, ständig musste er hupen oder klingeln, damit die Reisegruppen aus Amerika oder Fernost Platz machten. Manchmal war ihm, als hätten die noch nie einen Bus gesehen.

Nun aber beleuchteten die goldenen Straßenlaternen nur noch leere Bürgersteige und raue Pflastersteine, die Gassen lagen wie ausgestorben da. Es war tatsächlich so: Florenz war keine Partystadt wie Rom, keine Glamourmeile wie Mailand, kein lauter Moloch wie Neapel. Florenz war schick und schön – und die Touristen, die hierherkamen, waren nachts so erschöpft von den Museen und den kilometerlangen Fußmärschen, dass sie nur noch in ihre Betten fielen. Die jungen amerikanischen Studentinnen hingegen konnten die Nächte nicht zum Tag machen, weil sonst das Geld nicht mehr für das Mini-Appartement reichte. Und die Florentiner? Die gingen tatsächlich nur ganz selten in der Altstadt aus. Klar, es wohnten ohnehin nicht mehr viele echte Florentiner innerhalb der Stadttore, weil die Mieten und Kaufpreise in den letzten Jahren noch mal angezogen hatten. Die besten Partys fanden aber sowieso außerhalb der historischen Mauern statt, in den Wohnvierteln und auf den alten Industriebrachen. Und deshalb hatte er, Gianluca, seine Stadt zu dieser Stunde meist ganz für sich allein.

Die nächsten zwei Haltestellen nahm er, ohne anzuhalten, weil niemand auf ihn wartete. Erst an der Piazza di Santa Croce, mitten auf dem weiten Platz, winkten zwei junge Mädchen, beide hatten blonde Haare und trugen viel zu kurze Kleider. Gut, dass sie nach Hause kamen, dachte Gianluca. Er hielt und öffnete die Tür.

»*Buona sera*«, grüßte er freundlich. »Fahrkarten?«

»Müssen wir?«, fragte die eine mit deutlich toskanischem Akzent. Gianluca lächelte und winkte sie herein. »*Grazie*«, sagte das Mädchen und strahlte ihn an. Kaum hatte er die Tür geschlossen, hörte er ihr fröhliches Kichern hinter sich. Er fuhr wieder an, umrundete den Platz mit der wunderschönen Basilika, er nickte einmal kurz Enrico Pazzis Dante zu, der unverwandt und in Marmor gehüllt auf der Piazza stand. Und dann setzten sich wieder die engen Gassen fort, die Reifen holperten über das Pflaster, irgendwo knallte die Fehlzündung eines Rollers.

Gianluca freute sich auf daheim, sicher hatte Franca gekocht. Er würde sich ein Bier aufmachen, die Pasta aufwärmen und sich dann eine halbe Stunde später an ihren warmen Rücken kuscheln. Vielleicht würden sie sogar noch miteinander schlafen. Aber er würde sie nicht wecken, schließlich musste sie früh aufstehen, der Job im Rathaus war anstrengend.

Sie würden am Morgen miteinander quatschen und einen *caffè* trinken, danach würde er sich wieder hinlegen, seine Schicht begann erst um 16 Uhr. Er mochte diesen Rhythmus, lange arbeiten, lange schlafen, das war genau seins.

Das Klingeln des Halteknopfes riss ihn aus seinen Gedanken. Er sah in den Rückspiegel, dann bremste er und hielt auf der Piazza Santa Maria Nuova. Er öffnete die Tür, und die beiden Mädels stiegen aus, die eine winkte ihm noch zu, dann verschwanden sie in der Dunkelheit.

Er sah ihnen nach, Gianluca war immer besorgt um seine Fahrgäste. Er schloss die Türen wieder, dann rollte er an, nur noch zwei Ecken – und er wäre am schönsten Platz der Stadt.

Es war beinahe unglaublich, weil er zehnmal am Tag hier vorbeifuhr, mindestens, manchmal waren es auch zwölf- oder achtzehnmal. Und dennoch geschah es nie, dass er gleichgültig an den Mauern nach oben sah oder gar den Blick abwandte. Jedes Mal bekam er Gänsehaut, erfüllte ihn ein Gefühl von Staunen, von Ehrfurcht, wenn der Duomo in sein Blickfeld kam.

Der große, erhabene, stolze Dom von Florenz. Mit der Kuppel, die für die Ewigkeit geschaffen war. Die drei Farben des Marmors, die Skulpturen, das Rot des Daches, die Portale und die Fensterbilder – dieses Gebäude war einfach vollkommen. Und dazu das goldene Licht der Nacht, das ihn noch romantischer und stolzer wirken ließ, wenn das überhaupt möglich war.

Gianluca bog um die Ecke, jetzt begann der letzte Abschnitt seiner Tour, nur noch Richtung Norden und hinaus aus der Stadt, dann wäre Feierabend. Aber da öffnete sich der Blick, da stand er, der Dom. An der Haltestelle war niemand mehr, so konnte er weiterfahren, dann endlich erlaubte er es sich und sah hinauf. Betrachtete die ziselierten Reliefs und die Fensterrose mit den farbigen Glasscheiben.

Er wollte um die nächste Ecke biegen, der Campanile, der Glockenturm, war da vorne nur noch ein gewaltiger Schatten, da bemerkte er plötzlich den Schatten hinter sich. Er bremste, wollte sich umdrehen, um den Passagier zu fragen, ob er aussteigen wolle, doch da sah er aus dem Augenwinkel die Klinge eines Messers. Er konnte nichts sagen, weil der Schreck so groß war, er konnte nur der Bewegung folgen, dann wurde es schon ganz warm, der Schmerz war so gewaltig, dass seine Hände sich krümmten, er sah das Rot auf dem Lenkrad, doch ehe er begriffen hatte, dass es sein eigenes Blut war, war er schon fast weggetreten, ein letzter Blick zum Dom, der Bus stand nun, er bemerkte noch schwach, wie sich der Fahrgast über ihn beugte, um die Tür zu öffnen, dann tat Gianluca Viccione seinen letzten Atemzug.

UNO – 1

»*Buongiorno,* Sergio«, rief Luigi über den Tresen, als der Postbote sein gelbes Wägelchen durch die Tür zerrte. Der alte Mann hatte schon die Briefe von Santa Croce zugestellt, als Berlusconi noch ein Kind gewesen war, mutmaßte Luigi. Und deshalb war er auch immer erstaunt, dass so viele Postsendungen tatsächlich richtig ankamen. »*Caffè*? Oder starten wir gleich mit einem kleinen Weißen?«

Er war bester Laune. Es war ein guter Morgen, ohne Frage, die Rückenschmerzen der letzten Tage hatten sich verzogen – und als er vorhin die Cimbali-Kaffeemaschine auf dem Tresen angestellt hatte, war sogar die Sicherung im hundert Jahre alten Stromnetz seiner Bar dringeblieben. Viel bessere Aussichten auf einen sorglosen Tag waren kaum denkbar.

»Muss ich mich entscheiden?«, fragte Sergio und zwinkerte dem Barista zu. Luigi leerte den Siebträger und befüllte ihn mit neuem Kaffeepulver aus der großen Mühle, dann fädelte er wieder ein. Einmal drückte er den Knopf, Sergio mochte seinen Espresso so schwarz und stark, wie es nur ging. Es war eine Sache von zwanzig Sekunden, dann stand das Tässchen vor dem Postboten, ebenso wie das kleine, eiskalte Glas Weißwein.

»*Grazie, caro.*«

»Wie ist die Schicht?«, fragte Luigi und sah auf die alte Bahnhofsuhr überm Tresen. Kurz nach neun. Zu dieser Stunde hatte er ein wenig Zeit, der Ansturm der Frühpendler war schon durch, jetzt kamen jene, die in Santa Croce Dienst taten, auf ihren zweiten oder dritten *caffè* des Tages: die Müllfahrer, die Damen aus dem Rathaus und eben Sergio, der Postbote.

»Ganz entspannt«, murmelte der Alte und wies auf seinen Wagen. »Zum Glück schreibt ja niemand mehr Briefe, sind alles nur Rechnungen. Und die riesigen Pakete müssen die jungen Kollegen austragen. Na ja, bis zur Rente schaff ich's noch …«

Luigi fragte sich, ob Sergio nicht schon seit zehn Jahren in Rente hätte sein müssen.

»Aber da unten ist ganz schön was los«, fügte der Postbote hinzu.

»Wo unten?« Der Barista runzelte die Stirn.

»Warst du noch nicht draußen? Na unten. In Florenz. Da ist so viel Blaulicht, man glaubt, der Donald Trump kommt zu Besuch.«

»Na, bloß das nicht«, erwiderte Luigi unwillkürlich. »Carla«, rief er in die Küche, »ich geh mal kurz nach draußen.« Es kam nur unverständliches Gebrabbel zurück, doch das war schon in Ordnung. Wenn Carla über ihren Töpfen fuhrwerkte, dann hörte sie nichts und niemanden mehr. Aber Luigi war klar, dass seine Frau dennoch den Tresen im Blick behielt. Sie hatte ihm noch gar nicht gesagt, was sie heute als Mittagsgericht zauberte, aber dem Duft nach war es etwas Leichtes, Würziges.

»Salute«, murmelte Luigi, aber Sergio hatte schon den ersten Schluck genommen. »Tulipan, komm, wir gehen an deinen Baum.«

Der große Golden Retriever erhob sich voller Vorfreude hinterm Tresen und kam auf sein Herrchen zugerannt. Gemeinsam gingen sie zur Tür der Bar. Als er öffnete, sprang Tulipan sofort hinaus, die ersten Schritte nahm er im Lauf, dann wurde er langsamer und schnüffelte alle fünf Platanen an, die hier oben auf der kleinen Piazza standen. Dies hier war sein Revier. Für das Panorama unter ihm hatte der Hund keinen Blick übrig.

Dafür aber sein Herrchen. Er musste nur die kleine Straße überqueren, dann war da die niedrige Mauer – und schon öffnete sich der Blick auf die große Stadt zu seinen Füßen. Was für eine Gnade, dachte Luigi, dass sein Heimatdorf Santa Croce ausgerechnet auf dem schönsten Hügel über Florenz lag, mit dieser einmaligen und unverbaubaren Aussicht. So konnte er all die Dächer sehen, die Schornsteine, die ganze Pracht der Renaissance-Architektur. Dort unten lag die Wiege der Moderne – alles Schöne dieser Welt hatte für Luigi hier seinen Anfang genommen.

Das Beste an diesem Aussichtspunkt aber war: Er hatte ihn ganz für sich alleine. Der Piazzale Michelangelo im Süden der Stadt war mittlerweile nur noch ein gewaltiger Busparkplatz, auf dem es von Andenkenläden und Souvenirhändlern wimmelte. Asiatische Touristengruppen lieferten sich ein Hauen und Stechen mit irgendwelchen Influencerinnen aus aller Welt um die beste Kulisse für das immergleiche Foto. Dieses Fleckchen hier oben auf dem Berg aber war allen Reiseführern der Welt bisher verborgen geblieben. Gottlob. So waren Tulipan und er an diesem Morgen unter sich – und selbst der Hund interessierte sich nur für die Duftmarken seiner Artgenossen.

Am liebsten betrachtete Luigi von hier oben die Kuppel des Doms, die erhaben über der Stadt zu schweben schien. Aber heute war es tatsächlich anders. Da waren wirklich viele Blaulichter auf der Piazza, von hier sah es aus, als blicke man auf eine riesige Spielzeugwelt, in deren Mitte ein Kind ein paar Autos hatte zusammenstoßen lassen – und nun war die halbe Polizei von Florenz auf den Beinen. Dazu erschollen unzählige Sirenen, die von überallher zu kommen schienen.

Luigi runzelte die Stirn. »*Merda*«, flüsterte er.

Was war da unten bloß los? Andererseits: Sie wussten ja, wo er war. Und sie wussten, dass sie ihn holen konnten, wann immer sie ihn brauchten. Bisher hatte sein Telefon nicht geklingelt. Ihm war aber auch klar, dass *sie* im Zweifel persönlich kommen würde, um ihn abzuholen. Sie. Er hatte sie lange nicht mehr gesehen. Eine Woche? Auch das war merkwürdig, schließlich war sie in den letzten zwei Monaten jeden Morgen zu ihm gekommen, auf einen Kräutertee. Seit einer Woche aber blieb sie verschwunden. Er hatte sie nicht angerufen, weil es nicht sein Stil war, einer Frau nachzutelefonieren, die ihm klar signalisiert hatte, wie stark sie war und wie viel Freiheit sie brauchte. Aber er musste zugeben, dass er sich schon ein wenig Sorgen machte.

Sollte er sie anrufen? Einen Anlass hätte er jetzt. Zwei Dutzend Polizeiwagen auf dem Domplatz von Florenz – das sollte genügen. Andererseits: Seine Welt war jetzt hier oben, in der schönsten Bar der ganzen Toskana. Und eben kamen zwei Gäste, junge Männer aus einem dieser neuen, coolen Büros im Dorf, die irgendwelche Apps für Handys entwickelten. Er hatte keine Ahnung, was sie genau machten, aber sie liebten seinen *caffè* am Morgen und seinen Spritz zum Feierabend – und mehr musste Luigi nicht wissen.

Doch, eines musste er unbedingt wissen: Was genau Clara heute zum Mittag zauberte. Er würde es gleich auf die Tafel schreiben, die täglich das Mittagsgericht anpries.

»Tulipan«, rief er und pfiff, der Hund löste sich von seinem Baum, dann machte er einen Satz und war sofort neben Luigi.

Die beiden gingen zurück zur Bar. Doch an der Tür drehte sich der Barista noch einmal um und betrachtete das Flackern der Blaulichter unten in der Stadt.

DUE – 2

»Basta.« Giulia klopfte sich den Sand von den Händen, eben hatte sie die letzten Samen in die kleine Pflanzrinne geworfen, die sie mit den Händen ausgebuddelt hatte. Wenn alles gutging, würde sie hier in ein paar Wochen Bohnenkraut, Pimpinelle und wilden Fenchel ernten können. Sie hatte auch Koriander angebaut, aber das würde sie hier niemandem erzählen. Schließlich wollte sie damit den Nachbarn ein Schnippchen schlagen und etwas gänzlich Unitalienisches hochziehen, womit sie dann ganz andere Gerichte kochen würde, Speisen von weit her, aus Fernost, aus Indien, eben alles, was anders schmeckte als das, was sie hier in jedem Haus und hinter jedem Fenster kochten.

Giulia musste grinsen, als ihr klarwurde, worüber sie hier überhaupt nachdachte. Sie wollte kochen. Nein: Sie würde kochen.

Sie, die nie darüber nachgedacht hatte, irgendetwas anderes zu tun, als zu arbeiten. Die sich morgens einen Tee und ein Tramezzino irgendwo im Stehen einverleibt hatte, mittags einen Salat am Schreibtisch und abends irgendwo ein Essen als Begleitung zu einem Date in einem angesagten Schuppen im römischen Trastevere-Viertel. Nie ging es dabei um Genuss oder dergleichen, nicht um gute Produkte, um Jahreszeiten oder Garzeiten – es ging um reine Nahrungsaufnahme, in Verbindung mit interessanten Gesprächen, bei denen sie etwas lernen konnte, Wissen sammeln, weiterkommen. Sich füttern mit Kontakten, Informationen und Erfahrungen – nicht mit ungesättigten Fettsäuren.

Jetzt aber hatte sich ihr Leben verändert. Sie war hier. Sie war allein. Und sie begann, Obst und Gemüse anzupflanzen, und italienische Kräuter, in dem Garten, in dem sie ihre Kindheit verbracht hatte. Merkwürdigerweise gefiel es ihr. Sie hatte es am Tag zuvor sogar geschafft, nicht auf ihr Handy zu schauen und keine E-Mails zu lesen. Einen ganzen Tag lang. Ihr Chef in Rom hatte ihrer Versetzung nach Florenz nur unter der Bedingung zugestimmt, dass sie erst einmal runterfahren würde. Den Jahresurlaub nehmen. Sie hatte gefragt, wie lange das sei, weil sie noch nie Urlaub genommen hatte. Giulia hatte mit zehn Tagen gerechnet, höchstens zwölf. Der Innenminister hatte gelacht. Sie habe nicht nur den Jahresurlaub von diesem, sondern auch von den zwei vorangegangenen Jahren zu nehmen. Der Urlaub vorher sei leider verjährt. Aber auch so seien es drei Monate, die sie nun freinehmen könne. Drei Monate. Giulia hatte die Furcht in sich aufsteigen spüren. Drei Monate ohne einen Fall. Ohne Anrufe aus dem Innenministerium. Ohne eine sinnvolle Beschäftigung.

Wobei sie mittlerweile ahnte, dass *sinnvoll* vielleicht auch etwas ganz anderes sein könnte, als hinter Mördern herzujagen. Sie hatte am Morgen gelächelt, als sie die Strahlen der frühen Sonne in der Nase kitzelten, als sie gesehen hatte, wie ihr Cavolo nero, der toskanische Kohl, keimte, als sie den würzigen Tee getrunken hatte, den sie nun immer zum Frühstück aufgoss. Sie vermisste sogar Luigi ein wenig, mit ihm hatte sie die letzten Wochen am Morgen stets für eine halbe Stunde gesprochen, bevor sie wieder in ihr Haus zurückgekehrt war. Er war einer der wenigen, mit denen sie Kontakt gehabt hatte. Seit einer Woche aber war sie in der Gartenarbeit so aufgegangen, dass sie es nicht einmal mehr nach oben in die Bar geschafft hatte. Sie wollte nur hier sein, mit den Händen in der Erde. Gerade am Morgen, wo alles so ruhig, so sanft und so unberührt war. Der Tau auf dem Gras, der Reif auf den Blättern. Der Frühling war fast vorbei, bald würde die große Hitze des Sommers einsetzen. Dann würde auch ihr Urlaub enden, und sie würde als Sonderermittlerin in den Dienst der Questura von Florenz eintreten.

Hier. Am Ort ihrer Kindheit. In der Toskana. In ihrer neuen Heimat. Neue Heimat. Wie das klang.

Giulia hatte nie eine Heimat gehabt. Na ja, das stimmte nicht. Früher war ihre Familie ihre Heimat gewesen. Und dieses Stückchen Land hier, mit dem alten Bauernhof. *Ein herrliches Fleckchen Erde,* hatte Papa immer gesagt. *Dolce vita in giardino,* hatte Mama immer gesagt. Ihre Schwester hatte noch nichts sagen können, sie war zu klein gewesen.

Ab dem Tag, an dem sie alle ums Leben gekommen waren, in diesem traurigsten aller Momente auf Sardinien, war Giulia die einzige Überlebende gewesen – und fortan heimatlos.

Bis sie ein komischer Zufall wieder hierherschickte, obwohl sie sich mit aller Kraft dagegen gewehrt hatte. Doch Gott und der Innenminister hatten entschieden – und so hatte sie sich ausgerechnet in Santa Croce wiedergefunden. Hatte das Haus ihrer Familie wieder in Besitz genommen, das seit zwanzig Jahren leergestanden hatte. Die Spinnweben von den Wänden gekratzt. Gelüftet, bis alle dunklen Erinnerungen herausgeweht waren. Alles neu gestrichen. Und nun war der Garten dran.

Sie besah sich ihr Werk und nickte zufrieden. Das hier war

fruchtbares Land. Im Unterdorf von Santa Croce wuchs alles, was das Herz begehrte, Obst, Gemüse, sogar Wein und Oliven. Die Bürger von Florenz pilgerten hierher, um einzukaufen, weil die Produkte noch besser waren als die in der altehrwürdigen Markthalle der Stadt.

Santa Croce bestand aus zwei Teilen: dem Unterdorf im Tal, wo ihr Haus und all die großen Anwesen mit Gärten, Pools, Olivenhainen und Rebstöcken lagen – und dem Oberdorf, wo die kleine Kirche und das Rathaus standen, wo es geschäftig war und historisch zugleich. Wo auf der schönsten Piazza mit Blick auf Florenz Luigi seine Bar hatte. Der berühmteste Barista von Santa Croce. Und vor Jahren der berühmteste Polizist von Florenz. Bald würden sie zusammenarbeiten – und Giulia, die bisher Teamarbeit gemieden hatte, wo immer sie konnte, freute sich sogar darauf. Und sie freute sich auf noch jemanden, den sie bei ihrem ersten Fall kennengelernt hatte. Ja, Tulipan, klar, Luigis Hund. Aber eben auch auf Enzo Aleardi. Diesen stillen, feinen jungen Mann, der so ganz besonders war. Besonderer als jeder andere Mann, den sie kennengelernt oder in Rom in einem teuren Restaurant gedatet hatte. Auf Enzo Aleardi freute sie sich, und wenn sie an ihn dachte, dann war es tatsächlich so, als würde ihr Herz einen Zehnteltakt schneller schlagen. Sie hatte ihn lange nicht gesehen. Wie auch? Sie arbeitete ja nicht. Und sie war nicht die Frau, die einfach anrief, um zu sagen: *Ciao, Enzo. Wollen wir zusammen einen Spritz trinken?* Abgesehen davon, dass sie nicht trank – und davon, dass Enzo sie noch nie gesehen hatte. Sie auch nie würde sehen können.

Ein Geräusch riss sie aus ihren Gedanken. Merkwürdig. Sie … ach, natürlich. Sie hatte tatsächlich für einen Moment vergessen, wie ihr Handy klingelte. Wenn ihr das einmal jemand gesagt hätte.

Sie rannte ins Haus und sah den Namen auf dem Display.

Nein, es war gar kein Name. Da stand nur *Il Ministro*. Sie runzelte die Stirn. Das war seltsam. Hatte sie ihren Dienstantritt vergessen? Sich schlicht im Monat vertan?

Sie drückte das grüne Symbol und hielt sich das neue Handy ans Ohr.

»*Sì?*«

»Signora Commissaria?«

»Ja, ich bin dran. Verzeihen Sie, Signore Ministro …«

»Sie müssen sich nicht entschuldigen. Vielmehr muss ich das tun, denn Sie sind ja im Urlaub, aber … da ist etwas passiert, in Florenz, was ich nicht ignorieren kann. Und ich weiß, dass ich niemand anderen schicken kann als Sie. Ich …«, er stammelte etwas, was ungewöhnlich war, er war normalerweise nie um ein Wort verlegen, »ich würde Sie nicht wegen eines simplen Mordes aus dem Urlaub holen. Allerdings gab es in der vergangenen Nacht einen Mordfall, der uns alle beunruhigt.«

»Was ist denn passiert?«, fragte sie und spürte, wie das Adrenalin in ihr aufstieg, das sie so gut kannte. Wie ihr Jagdinstinkt erwachte.

»Ein Mann wurde ermordet, ein Busfahrer, mitten in der Stadt.«

»Hm, klingt nach einem Raubmord.«

»Ja, so könnte es klingen. Das Problem ist nur, dass der Mord sehr ungewöhnlich war – und überaus brutal. Und dass das Opfer in einer Weise zurückgelassen wurde, die es uns nicht ermöglicht, zum Tagesgeschäft überzugehen.«

»Was soll das heißen?«

Der Minister räusperte sich, und Giulia spürte, dass sie diesen Moment nicht so schnell vergessen würde.

»Es gab einen ersten Mord, vor einer Woche. Wir haben ihm keine große Bedeutung beigemessen, ich habe nicht einmal etwas davon erfahren, bis auf eine kleine Nachricht in der Morgenlage. Die Kollegen in der Toskana dachten, es sei einfach ein Raubmord gewesen. Aber nun – da der zweite Tote genauso präpariert wurde wie der erste …«

Giulia atmete einmal tief durch, dann sagte sie: »Signore Ministro, ich habe die Hände voller Erde, weil ich den Garten umgrabe. Würden Sie mir jetzt einmal sagen, was passiert ist?«

»Der erste Tote – und der Busfahrer heute Nacht, beiden wurde die Kehle durchtrennt.«

»Das ist nicht ungewöhnlich …«

»Und sie wurden mit einem Lächeln im Gesicht inszeniert.«

»Sie wurden *was?*«

»Der Täter hat den Busfahrer aufrecht hinters Steuer gesetzt – und sein Gesicht so verzerrt, dass es aussieht, als würde er lächeln.«

»Oh …«, sagte Giulia und spürte, wie ihre Stimme ganz heiser wurde, »ist gut. Ich komme.«

TRE – 3

Seitdem Clara ihn einmal scherzhaft ermahnt hatte, er sei doch kein Arzt, er solle ordentlich schreiben, gab er sich besonders viel Mühe damit, die Tafel zu beschriften. *Die Gäste sollen doch nicht raten müssen, was es zu essen gibt,* hätte sie gesagt – und sie hatte damit natürlich recht. Aber auch wenn er kein Arzt war, so war er eben doch Polizist – und die hatten erwiesenermaßen eine noch größere Sauklaue, auch damit Zeugen beim Mitschreiben des Verhörs nicht recht lesen konnten, was ihr Gegenüber da in seinen Block notierte.

Nun aber galt es, und so formte er konzentriert jeden Buchstaben und fühlte sich dabei wie ein Drittklässler.

Oggi: Gnocchi Burro e Salvia – buon appetito.

Hm, er freute sich schon auf die Mischung aus Butter und krossgebratenen Salbeiblättern, auf die cremige Sauce und auf den Parmesan, den Clara wie immer reichlich über die Kartoffelklößchen reiben würde. Hoffentlich würde eine Portion übrig bleiben. Es hatte sich längst in Santa Croce herumgesprochen, wie gut Luigis Frau kochte – und so war die Bar zum *Pranzo* an Werktagen stets voll bis auf den letzten Platz. Aber gut, im Zweifel würde sie ihm abends noch einmal eine Portion kochen – ein wirklicher Grund zur Sorge bestand also nicht.

Die Fenster zur Terrasse waren weit geöffnet, so hörte er den Motor bereits von Weitem. Ein alter Boxermotor. Es durchfuhr ihn. Konnte es sein, dass sie einfach so vorbeikam? Sie war spät dran für ihren Frühstückstee. Oder konnte es sein ... Luigi dachte wieder an die Blaulichter unten in der Stadt. Er hatte sie im Frühstückstrubel und über die Mittagsvorbereitungen schon fast wieder vergessen.

Eine Minute später hielt der gelbe VW Käfer auf dem Bürgersteig genau vor der Bar. Und wie sie ausstieg, in ein Kostüm gekleidet, die hohen Absätze auf dem alten Pflaster, mit der Beretta 92, die sich unter ihrem Blazer abzeichnete, war er sich sicher, dass dies kein bloßer Besuch auf einen Kräutertee war. Sie war wieder im Dienst – und wenn Giulia Ferrari wieder im Dienst war, dann hieß das: Auch Commissario Luigi Batista war es wieder.

Sie trat ein, und er eilte ihr entgegen. Auch Tulipan schien Morgenluft zu wittern, er folgte ihm auf dem Fuße.

»Signora Commissaria, wie geht es Ihnen?«, fragte Luigi, und seine Stimmung schwankte zwischen Vorfreude und Interesse.

»Eigentlich war ich mir selbst genug«, erwiderte sie. »Sie können es sich vielleicht nicht vorstellen, aber ich habe an meinem grünen Daumen gearbeitet.«

Er gab ihr die Hand, dann trat er einen Schritt zurück, weil er wusste, dass ihr informelle Freundlichkeit schnell zu viel wurde.

»Nein, das kann ich mir tatsächlich nicht vorstellen, Commissaria.«

»Nun gut, ist ja jetzt auch erst mal vorbei. Mich hat eben der

Innenminister angerufen. Haben Sie gerade viel zu tun, Commissario?«

»Nur das ganz normale Mittagsgeschäft.«

»Das heißt: *Ja*. Haben Sie Ersatz?«

»Ich kann meine Kellnerin anrufen. Was gibt es denn?«

»Einen Mord, unten in der Stadt.«

»Am Dom?«

»Ich habe kaum Informationen. Aber es scheint, dass es mitten in der Stadt geschehen ist.«

»Dann fahren Sie bitte schon einmal voraus, Signora. Ich warte, bis meine Vertretung hier ist, dann komme ich sofort nach unten. Wer ist der Tote?«

»Ein Busfahrer der Linie C1. Und es war offenbar ein sehr seltsamer Mord.«

»Ich ahne, dass das der Grund ist, warum Sie gerufen wurden.«

»Und Sie, Commissario«, entgegnete Giulia. »Schließlich sind wir ein Team, und deshalb bitte ich Sie: Beeilen Sie sich. Es scheint, der Questore ist schon am Tatort eingetroffen.«

»Bis eben hatte ich Lust auf den Fall.«

»Man kann sich seine Ermittler nicht aussuchen. Also, sehe ich Sie gleich?«

»Geben Sie mir eine halbe Stunde. *A dopo*, Signora Commissaria.«

QUATTRO – 4

Als er die steilen Serpentinen nahm, fiel Luigi auf, wie selten er eigentlich hinunterfuhr in die Stadt. Aber ehrlich gesagt: Warum sollte er auch?

Er hatte hier oben alles, was er brauchte. Unten waren die Straßen voller, die Leute eitler und die Getränke viermal so teuer wie oben in seinem Dorf.

Und Tulipan wurde auch immer schräg angeschaut, wenn er ohne Leine durch die engen Gassen streunte. Dabei war sein Golden Retriever der wohlerzogenste Hund des ganzen Landes. Und der beste Rollerhund, wie er eben mal wieder bewies: Er saß auf der gelben Vespa zwischen den Beinen seines Herrchens, seine Ohren flatterten im Wind, und er legte sich in jeder Kurve in die entsprechende Richtung. Kein Wunder, er war von klein auf bei Luigi auf dem Roller mitgefahren.

Je dichter der Verkehr wurde, desto forscher fuhr der Commissario. Bald quetschte er sich zwischen den Fahrzeugen hindurch, weil kurz hinter der Stadtgrenze nur noch Stau war. Offenbar war tatsächlich die halbe Stadt abgesperrt, was zu einem ohrenbetäubenden Hupkonzert führte.

Hinter der Porta alle Carra wollte Luigi nach links abbiegen, um den Stadtring zu nehmen, aber er sah schon die vielen roten Lichter vor ihm, die Busse, die im Stau standen, er hörte die vielen wütenden Autofahrer, die hupten.

Also fuhr er entgegen der Einbahnstraße in die Altstadt hinein, schlug enge Kurven in den kleinen Gassen und war am Ende reichlich froh, als er schon nach fünf Minuten die Kuppel des Duomo vor sich sah. Weiter ging es aber auch nicht, denn hier war schon das rot-weiße Absperrband gespannt – und zwar einmal um den ganzen Platz.

»*Merda*«, sagte Luigi, halb zu sich selbst und halb zu Tulipan, der interessiert aufsah. Ein Carabiniere stand am Absperrband, der stolze Blick hätte wie stets bei diesen Beamten auch aus einem Männermagazin stammen können. Luigi ließ die Vespa ausrollen.

»*Buongiorno*«, sagte er, »ich bin Commissario …«

Doch der Mann in der schicken schwarzen Uniform ließ ihn gar nicht ausreden, er nahm das Band hoch und rief freudig: »Commissario Batista, natürlich, willkommen. Und Tulipan, ciao … Es ist da hinten, auf der anderen Seite des Doms. Sie können es nicht verfehlen.«

Luigi lächelte dem Mann dankbar zu und fuhr hindurch. Er spürte, dass ihn diese Zuneigung der einfachen Beamten immer wieder mit ein wenig Scham erfüllte. Aber ein kleines bisschen Stolz war da auch, natürlich.

Der Duomo stand vor ihm wie ein großes Wunder, hochaufragend und voller Patina – nun waren all die Details zu sehen, die er von seinem Berg nicht erkennen konnte, die Anmut der behauenen Steine, die Feinheit des Marmors der Skulpturen. Es war ein Meisterwerk, nein, es war das Meisterwerk der Architekten eines sehr fernen Jahrhunderts.

Doch als Luigi hinter diesem Wunder um die Ecke bog, bremste er abrupt ab.

»*Merda*«, flüsterte er wieder und streichelte Tulipan zwischen den Ohren. Der Hund knurrte leise, als hätte er den Grund für die Aufregung seines Herrchens längst erkannt.

Luigi hatte gewusst, dass er ihm früher oder später begegnen würde – aber doch noch nicht jetzt, in den ersten Minuten dieses Falls.

Da vorne stolzierte der Questore mit hochrotem Kopf vor einem abgestellten Linienbus auf und ab – und schrie in ein Handy. Er war zu weit weg, als dass Luigi seinen genauen Wortlaut hätte hören können. Aber der schrille Tonfall reichte bereits für eine Gänsehaut.

Das Déjà-vu des Luigi Batista war komplett. Er hasste diesen Mann.

CINQUE – 5

Giulia war schon zehn Minuten vorher angekommen, ihr Käfer war durch die Kurven gerast, als habe er nie etwas anderes gemacht und als sei der Wagen nicht schon vierzig Jahre alt. Doch als sie den Questore unten vor dem Tatort erblickte, wünschte sie fast, sich doch nicht so beeilt zu haben.

Er stolzierte vor einem Haufen von Beamten der Spurensicherung herum, die alle etwas ratlos dastanden und nicht recht wussten, ob sie nun seinem Befehl folgen sollten.

Giulia stemmte die Hände in die Hüften und ging auf den Mann im schwarzen Anzug zu.

»Signore Questore«, sagte sie und streckte schon die Hand aus, doch der Chef der Florentiner Polizei nahm sie nicht an. Stattdessen rief er: »Ah sieh an, die Gesandte des Innenministers. Seit wann glaubt Rom eigentlich, dass das Ministerium selbst hier über alles wachen kann? Für was bin ich eigentlich ernannt worden?«

Giulia runzelte die Stirn. »Ich denke, Sie sind für Ihre unglaublichen Verdienste um die Sicherheit dieser Stadt ernannt worden«, antwortete sie und meinte, auf den Gesichtern der Spurensicherer mehrere Grinser erkennen zu können. »Allerdings weiß ich nicht so recht, warum der Bus immer noch in der prallen Sonne steht. Ich hatte doch verfügt, dass das Zelt aufgebaut …«

»Signora Ferrari …« Er wurde ganz rot im Gesicht, für einen kurzen Moment hatte sie Sorge, er würde umfallen – vielleicht war es aber auch eine Hoffnung. »Ich habe bereits dem Präfekten gesagt, dass wir den Fall übernehmen, genau wie den ersten Mordfall. Und wir sind hier fertig. Ich sehe also gar nicht ein, warum wir …«

»Questore«, sie zog das Wort in aller Ruhe in die Länge, während sie ihr Handy hervorholte, »ich muss mich bei Ihnen entschuldigen. Da muss ich wohl etwas verwechselt haben.« Sie wählte eine Nummer, ohne auf das Display zu sehen, stattdessen blickte sie ihn fest an. »Aber als ich das letzte Mal auf das Organigramm der Republik gesehen habe, da stand der Innenminister noch über dem Präfekten der Toskana. Gut, ich bin auch nicht perfekt, vielleicht habe ich etwas überlesen. Ich werde den Herrn Minister kurz fragen, und dann …« Sie hielt den Hörer ans Ohr und konnte dabei zusehen, wie sich die hektischen Flecken im Gesicht des Questore ausbreiteten. Er machte zwei Schritte auf sie zu, fast wollte er nach dem Handy greifen, aber dann fing er sich wieder und murmelte: »Nun lassen Sie doch diesen Quatsch …« Seine Stimme war ganz hoch geworden. »Also … los, Männer, baut das Zelt auf, nun macht schon.« Er fuchtelte mit den Armen und scheuchte sie in Richtung Bus.

»Ja, Büro des Ministers?«, fragte Giulia in den Hörer, doch dann lächelte sie: »Es hat sich erledigt, denke ich. Richten Sie dem Signore schöne Grüße aus, wir sind jetzt am Tatort.«

Dann legte sie auf. Der Questore sah sie mit stolzer Miene an. »Signora, ich weiß, dass Sie gedenken, gänzlich in Florenz zu arbeiten.« Er senkte seine Stimme. »Ich möchte Sie nur daran erinnern, dass ich hier das Sagen habe – und Sie werden mich nicht die ganze Zeit gegen Ihren alten Boss ausspielen können. Ich erwarte Loyalität – und ich erwarte, dass Sie mich an den Ermittlungen in diesem Fall beteiligen.«

Giulia straffte ihre Schultern, dann entgegnete sie kühl: »Sie kriegen meine Loyalität, wenn Sie sie verdienen, Questore. Und natürlich sind Sie als oberster Leiter der Polizei von Florenz an diesen Ermittlungen beteiligt. Genau wie …«, sie sah hinter sich, »na, da kommt er ja schon, Sie kennen ihn sicher noch?«

Sie winkte dem Mann auf dem gelben Roller zu. »Signore Commissario, kommen Sie doch, wir warten schon.«

Sie sah, wie Luigi Batista Tulipan am Kopf streichelte, als würde er seinen Talisman berühren. Dann kam er auf sie zu, und sie trafen sich im Schatten des Domes.

»Commissario …«, murmelte der Questore.

»Hm«, erwiderte Luigi, ohne den anderen eines Blickes zu würdigen. »Was haben wir, Signora Commissaria?«

»Ich bin auch eben erst angekommen. Wir hatten hier noch ein Gespräch über die weitere Vorgehensweise. Aber jetzt sollten wir uns alles ansehen.«

Sie wandte sich um, und gemeinsam gingen sie auf den Bus zu, dessen Heck nur ein Stück aus der kleinen Gasse herausguckte, die auf den Duomo zulief. Die Männer in den weißen Anzügen hatten begonnen, hohe Pfeiler aufzubauen, über die sie gleich ein Sonnensegel spannen würden. Obwohl der majestätische Dom einen weiten Schatten spendete, war es auch in der Altstadt schon erstaunlich heiß geworden. Sie würden eine Kühlung brauchen, um in dem Bus ordentlich arbeiten zu können. Giulia spürte die Anspannung. Was würde sie im Inneren erwarten? Was bedeutete es, dass der Tote lächelte? Sie gingen am hinteren Teil des Busses vorbei, die Sitze waren verlassen wie auf einer Dienstfahrt. Nur vorne saß jemand, am Steuer, aufrecht und gerade, als würde er gleich die Türen schließen und die Haltestelle verlassen.

Als sie aber an der vorderen Tür ankam und in die Fahrerkabine sah, da gefror auch ihr, der wohl gestandensten Beamtin in ganz Italien, das Blut in den Adern.

SEI – 6

»Das ist doch eine …« Luigi Batista beendete den Satz nicht. Stattdessen betrachtete er den Mann, der da saß, steif und weiß, als sei alles Blut aus ihm entwichen. Was nicht ganz unzutreffend war, denn die Lache unter seinem Sitz war riesig. Dunkles, getrocknetes Blut.

Die Spurensicherer hatten große Ventilatoren herbeigeschafft, dennoch waren schon erste Fliegen zu sehen, die sich der Leiche bemächtigen wollten.

»Wird Zeit, dass Sie die Zelte aufbauen. Noch eine Stunde bei der Hitze, und wir haben nichts mehr zu untersuchen«, sagte die Commissaria.

»Wir beeilen uns«, erwiderte der Spurensicherer. »Wir wären längst fertig, wenn der Questore uns nicht dazwischengefunkt hätte.«

»Wollen wir?«, fragte sie und blickte Luigi an.

»Eigentlich nicht«, erwiderte der mit einem Stirnrunzeln, doch dann gab er Tulipan ein Zeichen, er solle vor dem Bus *Sitz* machen. Luigi nahm die drei kleinen Stufen und ließ ihr Platz, damit sie sich neben ihn stellen konnte. Es war ein typischer kleiner Stadtbus, mit der Kasse für die Tickets und den Hinweisen für die Beförderung. Die Busse hatten nur Platz für zwei Dutzend Fahrgäste, größere Busse hätten es niemals durch die engen Gassen der Altstadt geschafft. Es gab keine Trennscheibe zwischen Fahrer und Passagieren, der Täter hatte leichtes Spiel gehabt.

Luigi speicherte all diese Momentaufnahmen, obwohl er genau wusste, dass sie ihn nur davor bewahrten, sich schon jetzt allzu sehr mit der Leiche beschäftigen zu müssen. Doch irgendwann hatte er das Drumherum erschöpfend betrachtet. Er sah auf und warf einen Blick auf den Mann, der hinter dem Lenkrad saß. Auf die klaffende Wunde an seinem Hals, aus der das ganze Blut geflossen war.

Er war nicht jung und nicht alt, Luigi fand das Alter immer schwer zu bestimmen, wenn er einen Toten vor sich hatte. Dieser Mann war Ende dreißig gewesen, vielleicht sogar noch jünger, auf jeden Fall zu jung, um nicht weiterleben zu dürfen. Er hatte dunkles Haar mit kleinen Locken und einen Dreitagebart. Doch das Bemerkenswerteste an diesem Toten war das Lächeln in seinem Gesicht. Keine Verzerrung oder Grimasse, sondern ein wirkliches Lachen, festgefroren durch die Leichenstarre. Es sah obszön aus, weil es so echt wirkte, die offenen Augen sahen nach vorne durch die Scheibe, als fixierten sie den Punkt oder den Menschen, über den sich der Tote so freute.

»Makaber, oder?«, fragte eine Stimme durch die offene Tür und riss Luigi aus seinen Gedanken. »Ich habe das als sehr makaber empfunden.« Noch einmal die Stimme, er musste sich nicht umdrehen, weil er bereits wusste, dass der Questore in der Tür stand. Der Commissario schnaubte ärgerlich.

»Sehen Sie das? Wie er lächelt? Ich war mir gleich sicher, dass das ein Zeichen sein muss …«

»Können Sie jetzt mal für einen Moment still sein?« Es war Giulias Stimme, die kühl und fordernd klang, eigentlich hatte sie es leise gesagt, aber in dem leeren Bus warfen die Glasscheiben die Worte doppelt so laut zurück. Luigi war froh, weil er gleich geplatzt wäre, hätte der Questore weitergeredet und ihnen diesen ersten Moment im Bus damit geraubt.

Diesen ersten Moment, der so wichtig war für den Fall. Die erste Inansichtnahme des Tatorts. Der erste Blick auf das Opfer. Die kleinen Details, die am Ende entscheidend sein konnten.

Er betrachtete die Uniform des Mannes, bestehend aus einem Hemd, von dessen Weiß nicht mehr viel übrig war durch das viele Blut, untenherum trug der Mann eine dunkle Bundfaltenhose, eigentlich nichts für jemanden, der so jung war wie er. Beides war gebügelt und sah makellos aus, nach dieser langen Schicht eigentlich ein Wunder.

Die Hände des Mannes lagen noch immer auf dem großen schwarzen Lenkrad, nicht verkrampft, nein, sie lagen einfach obenauf, so, als habe ihn der Tod mitten in der Fahrt erwischt. Die Wunde am Hals ging einmal von links nach rechts, über die gesamte Kehle. Die Wunde klaffte, sie musste sehr tief sein. Ein brutaler Schnitt, ohne Frage. Obwohl er schon viele Messerwunden gesehen hatte, fiel es ihm schwer, hinzusehen. Auch, weil das Gesicht darüber so besonders war. Besonders furchterregend, besonders einmalig. Aber nicht im guten Sinne.

Direkt über der Wunde war das Kinn, darüber verliefen die Mundwinkel einmal hochgezogen von links nach rechts. Der Mann hatte ebenmäßige Züge, er war ein gutaussehender Bursche gewesen mit seinem dunklen Bart und den dunkelbraunen Augen. Und doch war es nun beinahe unmöglich, länger als zwei Sekunden hinzusehen, ohne dass Luigi sich gruselte. Er wusste, dass dieses Gesicht ihn in seine Träume verfolgen würde.

Die Commissaria hatte sich schon dem Bereich über der Fahrerkabine zugewandt. In einem kleinen Kartenhalter steckte hier in Florenz immer der Ausweis des jeweiligen Fahrers mit einem Passbild. Sie las:

»Gianluca Viccione, geboren am 25. 4. 1980 in Lucca. Busfahrer der Autolinee Toscane, Betriebserlaubnis gültig bis zum 30. 09. 2024, Betriebsprüfung bestanden im März 2023.«

Sie zog sich die Latexhandschuhe über, dann beugte sie sich über den Mann, und Luigi machte einen Schritt zur Seite. Vorsichtig, ohne unnötig viel zu berühren, öffnete sie die kleine Kasse, die sich unterhalb des Ticketdruckers befand. Luigi sah, dass Scheine und Münzen noch darin waren, Fünfer und Zehner und auch ein Zwanziger.

»Nicht sehr viel«, sagte sie, als hätte sie seine Gedanken erraten, »aber die meisten Fahrgäste haben ohnehin ein Abo und zahlen nicht bar. Und wenn ein Räuber Geld mitgenommen hätte, dann hätte er wohl alles genommen, oder?«

»Das hier sieht ohnehin nicht nach einem *Räuber* aus«, erwiderte Luigi nickend.

»In der Tat …«

Sie wandte sich nach hinten und schien die sechs Sitzreihen zu betrachten, die es in dem kleinen Bus gab. »Der Täter kam von hinten, oder?«

»Sie meinen, er war schon im Bus?«

»Die Haltestelle ist ein Stück weiter vorn.« Sie nickte. »Ja, er war schon drin.«

»Dann suchen Sie rechts und ich links.«

Sie ging ein Stück weiter in den Bus hinein und beugte sich tief in die rechten Sitzreihen. Luigi tat es ihr auf der anderen Seite nach. Die Sitze waren mit Stoff bezogen und einigermaßen sauber. Unter einem fand er einen Kaugummi, widerwillig zog er sich einen Gummihandschuh über und knibbelte das eklige Teil ab, um es anschließend in eine Beweistüte zu werfen. Ein Kaugummi war perfektes DNA-Material.

Unter dem nächsten Sitz lag ein kleiner Espressobecher aus Pappe, auch den fummelte Luigi in eine Beweismitteltüte. Er sah auf, als er Giulias Stimme hörte, die aufgeregter klang als sonst.

»Na, das ist doch …«

Er machte die paar Schritte zu ihr und sah, wie sie mit dem Handy ein Foto des Sitzes machte. Genauer gesagt waren es zwei Sitze, in der Ritze zwischen denen etwas steckte. Sie griff vorsichtig zu und zog es heraus. Es war ein beigefarbenes Stofftaschentuch.

»Wer benutzt denn noch solche Dinger?«, fragte Luigi laut und runzelte die Stirn.

»Und nicht nur das. Es ist auch noch bestickt«, erwiderte die Commissaria.

»Tatsächlich …« Nun konnte auch er die Buchstaben erkennen, die in feiner Schreibschrift in den Stoff gestickt waren.

S und *O*.

»Hat das jemand hier verloren?«

»Möglich. Oder …« Sie ließ die Worte in der Luft hängen.

»Oder es ist eine Nachricht des Täters«, vollendete Luigi den Satz. »Aber was sollte das sein? Eine Nachricht, dass er ein bornierter Mann ist, der Schnupfen hat?«

»Ich mag viele Dinge an Ihnen, Commissario. Ihr Zynismus gehört sicherlich nicht dazu.«

»Sie wollten unbedingt mit mir arbeiten, Commissaria. Ich kann das ja auch nicht verstehen.«

Sie lächelte ihn kopfschüttelnd an. »Wir müssen in Erfahrung bringen, was am ersten Tatort gefunden wurde. Und das hier …«, sie öffnete eine Beweismitteltüte und ließ das Tuch hineingleiten, »muss dringend ins Labor. Sehr dringend.« Sie schaute noch einmal unter die hintere Sitzreihe. »Ansonsten sind wir hier fertig.«

Sie gingen wieder nach vorne, Luigi warf einen letzten Blick auf den Mann hinter dem Steuer. »Was für eine arme Seele«, murmelte er.

Die beiden Polizisten stiegen aus. Giulia wandte sich einem Kollegen von der Spurensicherung zu und überreichte ihm ihre Beweismitteltüte, Luigi gab ihm seine beiden.

»Wir sind hier fertig. Machen sie großflächig Fotos von allem, und nehmen Sie Fingerabdrücke und Spuren im Fahrerraum – dann kommt das Opfer bitte sofort in die Gerichtsmedizin. Und nun …«, sie wandte sich zu dem Questore um, der sich schmollend in eine schattige Ecke zurückgezogen hatte; »erzählen Sie uns doch bitte, verehrter Signore Medici, was es mit diesem Fall hier auf sich hat – und mit dem ersten Opfer.«

»Ich freue mich«, sagte er und trat mit großer Pose aus dem Schatten, »dass Sie nun doch erkannt haben, dass meine Expertise in diesem Fall unverzichtbar ist.«

»Oh Mann«, sagte Luigi stöhnend, »ich geh mal in die Bar auf einen *caffè, d'accordo?*«

»Sie bleiben hier, Commissario«, fuhr ihn die Commissaria an. »Ich brauche Sie.«

Der Questore beobachtete den Austausch sichtlich amüsiert, dann fuhr er fort: »Der Busfahrer steuerte die letzte Tour der Linie C1, es war kurz nach Mitternacht. Der Täter muss ihm hier aufgelauert haben, er hat ihm die Kehle durchgeschnitten, und dann ist der Bus hier zum Stehen gekommen.«

»Gab es Zeugen im Bus? Andere Fahrgäste?«

»Es gibt keinerlei Aufzeichnungen.« Der Questore wies mit dem Kopf auf den Bus. »Die Fahrzeuge der Autolinee Toscane waren allesamt mit Videokameras ausgestattet, aber es gab offenbar eine Klage wegen Verstoßes gegen die europäische Datenschutzgrundverordnung – und um der zu entgehen, wurden die Kameras vor einem Jahr alle wieder ausgebaut.«

»*Mio dio.*« Luigi schlug sich mit der Hand an den Kopf.

»Aber offenbar war während der Tat niemand im Bus, sonst hätte derjenige ja um Hilfe gerufen, oder?«, fragte die Commissaria.

»Davon ist auszugehen. Leider wurde der Tote erst um drei Uhr morgens entdeckt.«

»Wie ist das möglich?«

»Na ja, auf dem Domplatz ist ja auch nachts noch einiges los. Aber hier in dieser kleinen Gasse eben nicht. Vielleicht haben Passanten auch gedacht, der Bus macht eine Pause. Die Fahrerkabine war dunkel, und der Fahrer war ja da. Da steigt doch keiner ein und sieht nach. Sicher sind unzählige Menschen einfach am Bus vorbeigegangen.«

»Wer hat denn dann die Polizei informiert?«

»Das war ein Anruf von einem Straßenfeger bei unserem Notruf. Er hat ziemlich gestammelt und aufgelegt, bevor die Kollegen ihn nach seinen Personalien fragen konnten.«

»Haben wir seine Handynummer?«

»Die war unterdrückt.«

»Also können wir den Anruf nicht nachverfolgen?«

»Ich habe Sergente Aleardi damit beauftragt, es zumindest zu versuchen.«

Luigi sah, wie Giulia zusammenzuckte, als der Questore den Namen sagte. Er wusste nicht warum, die beiden hatten sich bei ihrem ersten gemeinsamen Fall doch eigentlich recht gut verstanden.

»Das ist gut«, sagte sie, »wenn ihn einer finden kann, dann Enzo Aleardi. Wir müssen außerdem einen öffentlichen Zeugenaufruf starten. Ich will wissen, ob noch jemand mit der Linie gefahren ist. Vielleicht war der Täter ja schon die ganze Zeit im Bus.«

Der Questore kratzte sich am Kopf. »Ein öffentlicher Aufruf, meinen Sie nicht, das ist ein ganz schönes Theater? Wir wissen doch noch gar nicht, was hier passiert ist. Und ich möchte die Bürger meiner Stadt nicht in Panik versetzen.«

»Lieber Questore, dieser Mann da, der wurde umgebracht – und zwar auf reichlich üble Weise. Ich denke, wenn das rauskommt, dann wird hier ohnehin die Luft brennen. Und es wird rauskommen, vielleicht schon in einer Stunde. Also, wir brauchen Zeugen. Ich glaube, es wird das Beste sein, wenn Sie eine Pressekonferenz einberufen – und die auch selbst leiten. Sie sind schließlich der Questore.«

Luigi konnte dabei zusehen, wie Signore Medici die Schultern straffte und sich für einen kurzen Moment ein Lächeln auf seine Züge legte. Die Aussicht auf eine Pressekonferenz, die womöglich in ganz Italien übertragen wurde, gefiel ihm sichtlich. Was für ein eitler Fatzke.

»In Ordnung, Commissaria. Wenn Sie das wünschen, werde ich mein Büro sofort anweisen, die Journalisten der Region einzuladen. Natürlich auch die Fernsehsender, wir wollen ja, dass die möglichen Zeugen das auch mitbekommen.«

»Eine sehr gute Idee, Questore. Wann waren die Kollegen dann am Tatort?«

»Der Notruf ging um kurz nach drei Uhr morgens ein, um 3.21 Uhr war eine Streife hier. Dann haben die Beamten die Gasse sofort weiträumig abgesperrt. Um fünf Uhr war ich bereits vor Ort.«

Anderthalb Stunden aus seiner Villa in den Bergen über Florenz bis hierher – und darauf war der Typ auch noch stolz. Luigi hätte ihm gerne eine geknallt.

»Wir hatten bereits alle Spuren aufgenommen. Deshalb war es ja auch eine so große Überraschung, dass sich der Innenminister persönlich dieses Falles angenommen hat.«

»Sind Ihnen denn die Parallelen zu dem ersten Mord nicht

gleich aufgefallen?«, fragte Giulia, und Luigi musste anerkennen, dass aus ihrer Stimme nicht einmal der Hauch eines Vorwurfes zu lesen war.

»Nun ja, es war schon bemerkenswert, deshalb habe ich diese Merkwürdigkeit ja auch gleich in die Datenbank eingegeben, die der Minister in seiner Morgenlage bekommt. Es ist eigentlich nur meiner Spürnase zu verdanken, dass Sie jetzt hier sind – und sich an den Ermittlungen beteiligen können.«

»Dafür sind wir Ihnen ja auch sehr dankbar, Questore«, sagte Giulia und warf Luigi einen Seitenblick zu. Wahrscheinlich war sie in Sorge, dass der Commissario seinem ehemaligen Boss gleich an die Kehle sprang.

»Sind die Angehörigen schon informiert?«, fragte die Commissaria.

»Das hätte ich längst getan, aber ich wurde ja durch Ihr Kommen aufgehalten.«

»Gut, dann *übernehmen* wir das«, erwiderte Giulia. »Und Sie kümmern sich um die Pressekonferenz. Aber vorher: Geben Sie uns bitte noch ein paar Details zum ersten Mordfall. Wann war das genau? Sie wissen doch, die Sache ist sehr komplex – und nur Sie haben den Überblick.«

Größer konnte der ohnehin alles überragende Questore nun wirklich nicht mehr werden. Er senkte die Stimme, vielleicht, um seinen Worten noch mehr Bedeutung zu verleihen, dann begann er: »Das erste Opfer heißt Fausto Brunelli. Er hat als Sommelier gearbeitet, in einem Restaurant am Arno. Ihm wurde die Kehle durchgeschnitten, in seiner Wohnung an der Piazza della Signoria.«

»Gab es Einbruchsspuren?«

»Nein, die Kollegen haben nichts feststellen können.«

»Und das Opfer hatte auch ein Lächeln im Gesicht?«

Der Questore schien ein wenig zu schwanken, verlagerte das Gewicht nervös von einem Bein aufs andere.

»Signore? Hatte er auch ein Lächeln im Gesicht?«, beharrte die Commissaria.

»Ich war an diesem Tag … Wir hatten eine große Konferenz am Lago di Garda, und ich war nicht in Florenz. Ich habe die Leiche also nur auf Fotos gesehen. Sonst hätte ich womöglich gleich darauf gedrängt, dass man diesem Fall mehr Bedeutung zumisst. Ich werde noch mit den Kollegen sprechen, dass so etwas nicht mehr vorkommt. Aber nun sind wir ja auf der Spur.«

»Wer hat die Wohnung durchsucht?«

»Die Spurensicherung und die Diensthabenden.«

»Gut.« Giulia nickte. »Wir müssen in die Wohnung. Aber erst einmal besuchen wir die Angehörigen von Signore Viccione. Und dann gehen wir in die Questura. Ich muss mit Enzo Aleardi sprechen.«

»Und ich brauche erst mal einen *caffè*«, murmelte Luigi.

»Sie können immer noch keine Besprechung ertragen, bei der sie kein weißes Porzellan in Händen halten, oder, Commissario?«

»Ich werde Ihren Hass auf die italienische Lebensart nie verstehen, Commissaria.«

»Mord ist eben kein *dolce vita*.«

»Auch wieder wahr.«

SETTE – 7

Die Turmuhr der kleinen Kirche Sacro Cuore schlug zweimal. Wahnsinn, wie schnell so ein Tag verging, wenn das Leben wieder Fahrt aufnahm. Als sie die letzten Wochen die Tage im Garten verbracht hatte, war jedes Zeitgefühl verlorengegangen. Sie hatte nur im Rhythmus der Sonne gelebt, was ein schönes Gefühl gewesen war. Tatsächlich war es das erste Mal gewesen, dass sie sich so dem Fluss der Zeit hingegeben hatte, seit sie erwachsen war.

In der Gegend nördlich des Hauptbahnhofs spürte man nichts mehr von der Romantik der Altstadt. Hier wohnten die Florentiner, die schwer arbeiteten und die Stadt am Laufen hielten. In gesichtslosen Wohnblocks mit zugig-morschen Fenstern und Wäsche, die auf den Balkonen hing.

Sie klingelten bei der Wohnungsnummer, in der Gianluca Viccione laut Präfektur gemeldet war. Nach Sekunden fragte eine müde Frauenstimme: »*Sì?*«

»Hier ist die Polizia di Stato, Commissaria Ferrari. Würden Sie uns bitte hereinlassen?«

»Natürlich, zweiter Stock.«

Giulia hörte die Sorge auf der anderen Seite durch diese drei

Worte hindurchschwingen. Sie stiegen die Treppen empor. Es roch nach Moder und nach den Ausdünstungen der Küchen, an der Decke hingen Stockflecken.

Die Tür stand einen Spalt offen, und eine Frau sah hindurch. Sie hatte Ringe unter den Augen, war aber eine hübsche Person, klein und drahtig. Ihr dunkles Haar war nass.

»Ich bin gerade von der Arbeit im Ospedale gekommen und wollte mich eben hinlegen. Was ist denn?«

»Wir sind von der Questura, Signorina, das ist Commissario Batista, und ich bin Commissaria Ferrari.« Luigi nickte der jungen Frau zu. »Können wir bitte hereinkommen?«

»Natürlich. Aber nun sagen Sie schon, was ist denn los?«

Sie ließ die Polizisten herein und ging voraus in dem schummrigen Flur, dabei sah sie sich noch zweimal fragend um. Das Wohnzimmer war mit einer kleinen Küche verbunden. Die Commissaria wartete, bis sich die junge Frau in einen Sessel gesetzt hatte, erst dann sagte sie leise: »Es tut uns sehr leid, Signorina, es ist die schlimmste Nachricht, die ich überbringen muss – wir haben Ihren Freund tot aufgefunden. Er ist ermordet worden, in seinem Bus.«

Giulia hatte bereits viele Angehörige mit *ähnlichen* Worten konfrontiert, im Morgengrauen in einer verschlafenen Wohnung, bei der Arbeit in einer lärmenden Fabrik oder am Abend, wenn die ganze Familie um den Esstisch saß, bis auf die eine Person, die aus bis dahin unbekannten Gründen fehlte. Es war die schlimmste Aufgabe in ihrem Leben als Commissaria – und es gab bisher kein einziges Mal, bei dem nicht alles in ihr gegen diese Worte angekämpft hatte. Giulia Ferrari hatte sich geschworen, dass sie sofort kündigen würde, wenn sich in so einem Moment ein Gefühl der Abstumpfung einstellen würde. Es wäre nicht auszuhalten – noch viel weniger, als den Schmerz jedes Mal mitzufühlen.

An diesem Tag, in dieser leicht schäbigen, aber sauberen kleinen Wohnung, war es besonders schlimm, fand Giulia, die selbst seit Jahren ungebunden war. Diese junge Frau war es nicht gewesen, sie hatte auf ein gemeinsames Leben gehofft, mit dem Mann, der am Steuer des Busses gesessen hatte. Nein, sie hatte nicht nur gehofft, sie hatte fest damit gerechnet. Und nun war es, als würde sie innerhalb von Sekunden zusammensinken, schrumpfen, noch kleiner werden – und als würde alle Zuversicht aus ihrem Gesicht verschwinden, alle Lebenskraft. Giulia musste einen Moment die Augen schließen, weil sie der Anblick der Frau so traf.

»Ich … aber …«, sie stammelte nur, und es war Luigi, der ihr mit seiner ruhigen Stimme zu Hilfe kam.

»Es tut uns sehr leid, Signorina. Wir wissen leider noch nichts, wir haben Ihren Freund am Morgen in seinem Bus gefunden. Er wurde ohne Zweifel ermordet, und wir würden gern mit Ihnen sprechen – wenn es Ihnen möglich ist, natürlich.«

»Er wurde ermordet? Aber … wieso … Aber das ist doch … Wir haben …«

Sie begann zu weinen, ihr Körper bebte so sehr, dass sie regelrecht geschüttelt wurde. Luigi ging zu ihr und setzte sich auf die Lehne des Sessels.

Er legte ihr die Hand auf die Schulter und flüsterte ihr etwas zu, ein beruhigendes Mantra, das Giulia nicht verstehen konnte. Es war rührend mitanzusehen, und sie wusste ganz genau, warum dieser Bär von einem Mann in Florenz als der beste Polizist galt, den diese Stadt jemals gehabt hatte.

Seine Beruhigung half, die junge Frau weinte mehrere Minuten bitterlich, während Luigi ihre Hand hielt und Giulia wartete, dann beruhigte sie sich langsam und wischte sich mit einem Taschentuch des Commissario das Gesicht ab. Mit tränenverhangenen Augen sah sie ihn an.

»Was ist denn passiert mit … mit Gianluca? Wer …«

»Wie gesagt, Signorina, wir wissen es noch nicht. Er wurde am Steuer seines Busses ermordet, ich möchte Ihnen die Details ersparen, wenn das in Ordnung ist.«

»War es so schlimm?« Ihr Blick war purer Schrecken.

»Ich bin mir sicher, dass er nicht gelitten hat«, erwiderte Luigi, »es muss sehr schnell gegangen sein. Und ich glaube auch, dass er keine Angst hatte, der Täter ist von hinten gekommen, er hat ihn nicht einmal gesehen.«

Giulia konnte beobachten, wie die junge Frau ihre zu Fäusten geballten Hände langsam löste, sie nahm sogar zwei tiefe Atemzüge.

»War es ein Raub?«

»Das wissen wir nicht, Signorina.« Er räusperte sich. »Wann haben Sie zuletzt von Gianluca gehört?«

»Wir telefonieren nie am Tag«, brachte sie hervor, immer noch war ihre Stimme belegt. »Er sitzt ja am Steuer. Und ich bin ganz viel im OP. Deshalb schreiben wir nur. Ich habe ihm geschrieben, dass ich schlafen gehe, da war es kurz nach neun. Ich muss immer um vier Uhr aufstehen. Da muss ich früh ins Bett. Er hat mir noch ein Herz geschickt, und dann …« Wieder füllten sich ihre Augen mit Tränen.

»Aber heute Morgen lag er ja nicht neben Ihnen …«

»Das stimmt, es war komisch. Aber manchmal geht er nach dem Dienst noch aus, und dann schläft er bei einem Freund.«

»Haben Sie nicht versucht, ihn anzurufen?«

»Nein, nicht um vier Uhr nachts. Ich wollte ihn nicht wecken, er braucht doch seinen Schlaf.«

»Kam das oft vor?«, fragte die Commissaria. »Dass er einfach wegblieb und nicht Bescheid gab?«

»Nicht oft, vielleicht ein-, zweimal im Jahr. Hören Sie, ich bin keine dieser Frauen, die ständig ihrem Freund hinterherrennt und ihn kontrolliert. Wir sind zwar zusammen, aber wir sind doch keine siamesischen Zwillinge.«

Giulia sah, wie Luigi der jungen Frau freundlich zulächelte und nickte.

»Aber waren Sie nicht besorgt, dass er sich den ganzen Tag nicht gemeldet hat?«

»Ich dachte, er würde noch schlafen, und ich hatte viel zu tun – außerdem dachte ich, ich sehe ihn dann ja spätestens zu Hause, wenn ich von der Arbeit komme. Aber als ich eben hier ankam, war die Wohnung leer. Und dann standen Sie vor der Tür …«

»Wir hätten Ihnen das gerne erspart, Signorina, das können Sie uns glauben«, sagte Luigi. »Gab es öfter Zwischenfälle im Bus? Gewalttätige Fahrgäste? Wurde Ihr Freund schon mal ausgeraubt?«

Die junge Frau lächelte sanft. »Das hier ist ja nicht die römische Vorstadt. Gianluca fährt in der Altstadt von Florenz, mit einem Minibus. Er findet es manchmal selbst langweilig, dass so gut wie nie etwas passiert, außer dass mal eine alte Dame ihre Einkäufe im Bus vergisst oder radebrechende Touristen aus Japan mitfahren, die die spanische Treppe suchen – aber sonst – nein, es gab nie etwas Schlimmes, das im Bus passiert ist.«

»Und dennoch ist etwas passiert«, sagte die Commissaria. »Ich muss Sie das fragen: Hatte Gianluca Feinde? Jemand, der ihm gedroht hat? Hatte er … hatte er vielleicht Schulden?«

Die junge Frau schüttelte mit strenger Miene den Kopf. »Gianluca ist – er war ein ganz besonderer Mann, der erste, mit dem ich so lange zusammen war. Weil er so ehrlich war und so klar. Der hätte nie Schulden gemacht oder sich Geld geliehen oder gespielt, wie so viele andere komische Typen. Der war aufrichtig und ehrlich, und er liebte seine Arbeit – und er liebte mich.« Bei den letzten Worten war ihre Stimme wieder schwach geworden, und sie wischte sich schnell über das Gesicht.

»Tut mir leid ...«

»Nein, Signorina, Sie machen das sehr gut. Wir sind Ihnen sehr dankbar, dass Sie überhaupt unsere Fragen beantworten.«

»Ich muss wissen, wer das war«, sagte sie fast trotzig.

»Das werden wir rausfinden«, antwortete Luigi.

»Hat Gianluca Angehörige, die wir informieren müssen?«

»Nur seine Mutter, sie lebt in Fonte dei Marmi an der Küste. Ich kann sie aber anrufen, sie ist ...«, die junge Frau schüttelte den Kopf, »oh Gott, ich kann mir das gar nicht vorstellen. Seine Mama wird tot umfallen, wenn Sie da vor der Tür stehen. Sie hat Gianluca sehr geliebt, er war ihr Ein und Alles. Nein, ich muss es ihr sagen.«

»In Ordnung. Dann lassen wir Sie die schreckliche Nachricht überbringen. Sollte Gianlucas Mutter aber Fragen haben, dann soll sie sich bitte sofort bei uns melden. Wir werden sie ansonsten in den nächsten Tagen aufsuchen, wenn wir noch Informationen brauchen.«

Die junge Frau schrieb der Commissaria die Adresse der Mutter auf. Luigi sah sich währenddessen die Familienfotos auf der Kommode im Wohnzimmer an.

»Er war wirklich ein fröhlicher Mann, Ihr Freund. Und das ist ...«

Die junge Frau warf einen Blick über seine Schulter.

»Ja, das ist Rosalia, seine Mutter. Ist sie nicht wunderschön? Sie war früher ein Model, wirklich so hübsch, oder?«

Die Commissaria trat neben Luigi und betrachtete das Bild. Sie konnte nur zustimmen: Die Frau hatte ein wunderschönes Gesicht. Mit ihrem langen grauen Haar war sie auch im hohen Alter noch eine umwerfende Schönheit.

»Wir danken Ihnen«, sagte Luigi und reichte der jungen Frau die Hand. »Sobald wir etwas rausbekommen haben, werden wir Sie sofort informieren.«

»*Grazie*, Commissario.«

OTTO – 8

»Sie wissen ja, dass ich keinen Fuß mehr über diese Schwelle setze«, sagte Luigi, als sie vor der Questura in der Via Zara standen. Die Commissaria stemmte die Hände in die Hüften. »Herrgott noch mal, Sie haben dem Questore doch nun schon gegenübergestanden – schlimmer kann es ja nicht mehr werden.«

»Ich habe mir das geschworen, als ich hier meinen Hut genommen habe – und ich werde mir treu bleiben.«

»Ein Mann mit Prinzipien«, entgegnete Giulia, und ihre Stimme troff vor Ironie.

»Und ein Mann mit Hunger«, erwiderte Luigi. »Passen Sie auf, Sie gehen hinein, und ich hole uns ein kleines *pranzo*.«

»In Ihrer zweitliebsten Bar, nehme ich an?« Sie wies mit dem Kopf auf die kleine *Caffè Bar*, deren Markise auf der kleinen Piazza nebenan rot schimmerte.

»Wieso denn zweitliebste?«

»Na, Ihre eigene werden Sie ja zweifelsohne noch mehr lieben.«

»Sie sind wirklich eine viel bessere Polizistin als ich – ich versage selbst bei so einer einfachen Aufgabe.« Der Commissario grinste.

»In Ordnung. Machen wir es so. Wir sehen uns in zwanzig Minuten – und dann fahren wir in die Wohnung des ersten Toten.«

»*A dopo*, Signora Commissaria.«

Sie sah ihm kopfschüttelnd nach, aber es war kein Ärger über diesen Mann, der so warmherzig war und gleichzeitig so stur.

Dann betrat sie die Questura, die wie eine Trutzburg in der kleinen Gasse thronte, Italiens Behörden hatten es immer vermocht, Gebäude auszuwählen, die von außen genauso undurchdringlich schienen, wie die italienischen Gesetzbücher auf Normalsterbliche wirken mussten.

Sie nahm jeweils zwei Treppenstufen auf einmal, ließ das Büro des Questore links liegen und betrat die Abteilung, der sie eigentlich erst in einem Monat hätte vorstehen sollen.

Polizia Criminale stand an der Tür, und drinnen herrschte geschäftiges Treiben. Die Männer und Frauen wuselten hin und her, niemand schien ihr Beachtung zu schenken. Sie ging um die Schreibtische herum und blieb dann hinter dem letzten Arbeitsplatz in der Ecke stehen, an dem der Mann saß, den sie suchte.

»Signora Commissaria«, sagte er leise, ohne sich umzudrehen. Sie hatte ihn noch gar nicht angesprochen, daher zuckte sie bei seiner Anrede zusammen.

»Sergente Aleardi«, entgegnete sie, »woher wussten Sie …«

»Sie haben diesen Gang, Signora«, erwiderte er mit seiner wohlklingenden Stimme, »und Sie tragen noch dasselbe Parfum. Ich … ich möchte Ihnen nicht zu nahe treten, aber ich mochte es schon beim ersten Mal. Es ist … sehr holzig, es gefällt mir gut.« Er sprach immer noch, ohne von seinem Bildschirm aufzusehen, auf dem Kolonnen von Zeichen herunterrasten, während er mit den Fingern auf der ganz besonderen Tastatur arbeitete. Es war eine Braille-Tastatur, die die Questura für ihn angeschafft hatte, weil er damit so arbeiten konnte, als würde er sehen – noch besser sogar –, und er war der beste Mann in seinem Fach, besser als alle Computer-Nerds, die Giulia in Rom kennengelernt hatte. Sie hatte ihn schon bei ihrer allerersten Zusammenarbeit für die Fähigkeiten bewundert, die er trotz seiner Einschränkung hatte – oder vielleicht gerade deswegen? Giulia wusste es nicht. Fakt war: Enzo Aleardi war blind.

Als sie noch immer nichts erwiderte, sagte er: »Ich habe schon gehört, dass Sie bald meine neue Chefin sein werden – aber ich habe noch nicht mit Ihnen gerechnet. Andererseits war mir schon klar, dass dieser Fall etwas ist, das eigentlich nur Sie bearbeiten können.«

»Aber glücklicherweise kann ich diesen Fall mit Ihnen bearbeiten, Sergente«, erwiderte sie nach kurzem Schweigen. »Wie geht es Ihnen?«

»Ich fand die letzten Monate reichlich langweilig«, sagte er lächelnd, dann drehte er sich endlich um und blickte sie durch seine verdunkelten Brillengläser lächelnd an. »Niemand, der mir vorschreibt, dass ich das Büro verlassen muss, um mich an spektakulären Ermittlungen zu beteiligen – ich hatte mich schon daran gewöhnt, endlich kein Stubenhocker mehr zu sein. Aber kaum waren Sie weg, war ich hier wieder an meinen Schreibtisch gefesselt.«

»Nun, damit wird jetzt vielleicht wieder Schluss sein«, erwiderte Giulia grinsend. Sie mochte seine Stimme so sehr. Das langsame Erzählen. Seine leichte Ironie. Dieses dunkle Timbre. »Aber erst einmal muss ich Sie fragen, ob Sie schon wissen, wer den Toten gemeldet hat.«

»Noch nicht«, sagte er kopfschüttelnd. »Ich frage noch die Funkzellen ab. Da die Nummer unterdrückt war, muss ich rauskriegen, wer in diesem Zeitraum in der Funkzelle am

Dom eingeloggt war. Und Sie können sich vorstellen, dass ich da auf sehr viele Nummern aus aller Herren Ländern komme, selbst mitten in der Nacht, bei all den Hotels ringsum. Es ist eine Heidenarbeit. Und ich frage mich, ob sie uns weiterbringt. War vielleicht einfach nur ein Straßenfeger, der unter Schock stand. Kein Wunder, bei dem Anblick.« Er sah ein Stück an ihr vorbei. »Ich meine, ich kann mir den Anblick nur vorstellen, weil die Kollegen es mir ziemlich haarklein geschildert haben. Ich habe das Rathaus gefragt, wer in dieser Nacht Dienst bei der Stadtreinigung hatte – aber auch das waren immer noch dreißig Leute. Ich telefoniere sie alle durch.«

»Ich danke Ihnen.«

»Kein Problem, Commissaria.«

»Haben Sie die Akte zum ersten Toten?«

Wieder lächelte er. »Na klar, Sie wissen doch: Alle Kollegen legen mir alle Akten hin, weil sie wissen, dass ich niemals irgendwas verliere und aufpasse wie ein Schießhund. Hier …« Er reichte ihr eine dünne rote Mappe mit dem Vermerk *Vertraulich.* »Eine arme Seele, dieser Mann.«

»Gibt es zu diesem Mord schon einen Bericht der Spurensicherung oder der Gerichtsmedizin?«

»Alles in der Akte. Er gleicht unserem jetzigen Mordfall bis ins Detail.«

Die Commissaria öffnete die Akte und überflog die ersten Seiten, bis sie zu den Tatortfotos kam. Einen Moment blickte sie sprachlos darauf.

»Herrje«, sagte sie leise.

»Ich bin froh, dass mir die Bilder erspart bleiben«, sagte Aleardi leise. »Das Kopfkino reicht mir.«

»Was wissen wir über das erste Opfer?«

»Ich hab alle Daten rausgesucht. Fausto Brunelli, 37 Jahre alt. Er arbeitete in einem Restaurant an der Promenade Lungarno, dem Sotto le Stelle. Er war wohl einer der besten Weinkellner der Stadt. Seine Wohnung ist an der Piazza della Signoria, die Adresse steht in der Akte, den Türcode und die Schlüsselkarte finden Sie dort ebenfalls.«

»Schlüsselkarte? Ist das so eine noble Adresse?«

»Scheint so.«

»Hatte er eine Freundin oder Frau?«

»Davon war nichts zu lesen in den Vernehmungen. Seine Eltern wohnen aber beide in Florenz, ihnen gehört das Restaurant. Sie wurden von den Kollegen über den Tod informiert. Große Bestürzung, was ich so gehört habe.«

»In Ordnung. Ich danke Ihnen. Dann machen wir uns jetzt mal auf und sehen uns die Wohnung an.«

Sie wollte sich schon umwenden, doch dann sagte sie: »Bevor ich jetzt alles lese: Ist in der Wohnung etwas Auffälliges gefunden worden?«

»Was meinen Sie, Commissaria?«

»Vielleicht ein Stofftaschentuch?«

»Wie bitte?«

»Ein Stofftaschentuch. So eines, wie es alte Männer bei sich tragen.«

»Nicht, dass ich wüsste …«

Giulia runzelte die Stirn. »Wäre ja auch zu schön gewesen. Also, bis später.«

Nun wandte sie sich zum Gehen um, doch Aleardis Stimme erklang noch einmal. »Und wann befreien Sie mich endlich aus meinem Bürosessel-Dasein?«

»Früh genug, Sergente, früh genug.«

Sie verließ das Büro und nahm die breite Treppe, draußen vor der Questura hatte die Nachmittagssonne die kleine Gasse erfasst. Das Pflaster glühte förmlich. Luigi Batista gab Tulipan Wasser aus einer Plastikflasche. Als er sie sah, kam er auf sie zu und reichte ihr eine Tüte, die sich in ihrer Hand ganz warm anfühlte.

»Ich werde Leute nie verstehen, die nicht im Sitzen essen«, sagte er und zog eine Augenbraue hoch. »Ich hatte jedenfalls die perfekte Mittagspause an einem Tisch. Und für Sie hab ich trotzdem die beste Focaccia der Stadt mitgebracht. Eine mit getrockneten Tomaten und Coppa und eine mit Auberginen, Kartoffeln und Rosmarin. *Buon appetito,* Signora Commissaria.«

Nove – 9

»Puuh, das war wirklich fein«, sagte die Commissaria, nachdem sie ihr Mahl beendet hatte. Luigi hatte auf dem Weg zur Piazza della Signoria wiederholt den Kopf geschüttelt und ständig Dinge gemurmelt wie: »Unmöglich, diese jungen Leute. Im Laufen essen, tss, tss.« Sie beachtete diese Kommentare gar nicht, dafür war sie viel zu vertieft darin, all die verschiedenen Geschmäcker wahrzunehmen: Den warmen Teig der Focaccia, das gute Olivenöl, das der Bäcker reichhaltig darübergeträufelt hatte, den herben Schweineschinken und die würzig-süßen Tomaten, die gegrillte Aubergine und die sämigen Kartoffelscheiben, und dann war da noch der duftende Rosmarin, sie war sicher, sie würde eine Duftwolke in der Gasse hinterlassen, durch die sie gerade gingen. Tulipan wich ihr nicht von der Seite, er hatte wohl große Hoffnung, dass sie beim Laufen Teile ihres Mittagessens verlieren würde, von denen er dann profitieren könnte.

Fast war es in der engen Gasse ein wenig schattig, doch schon kamen sie auf die weite Piazza, und sofort erfasste sie das Sonnenlicht. Giulia blieb automatisch einen Moment stehen, weil der Anblick so monumental war: die plötzliche Weite dieses

Platzes, auf dem wie stets Hunderte, vielleicht Tausende Touristen standen und um die Wette fotografierten. Der Palazzo Vecchio, dieses steinerne Monument mit seinem Uhrenturm. Und die breiten Arkadenbögen der Loggia dei Lanzi mit ihren Skulpturen und den beiden sich anschauenden Löwen. Der nördliche Flügel der Uffizien, des bedeutendsten Museums des ganzen Landes. Sie fand es immer wieder unglaublich, was sich die Bauherren vor so vielen Jahrhunderten hatten einfallen lassen, um dieser Stadt zu der Schönheit, ja, zu der Magie zu verhelfen, die ihr heute noch innewohnte.

»Da vorne ist es.« Luigi wies auf eine Gasse, die von der Piazza abging. »Via Vinegia, Hausnummer 22.«

Sie gingen voran, und Tulipan folgte ihnen wie stets auf dem Fuße. Die Commissaria gab an dem großen Portal den Türcode ein, und die hölzerne Flügeltür schwang überraschend leicht auf. »Es ist im dritten Stock«, sagte sie. Sie hatte ein stickiges, steinernes Treppenhaus erwartet, wie es in solchen Gebäuden üblich war, doch hier war alles in modernem Sichtbeton ausgebaut, an der Decke hingen LED-Lampen, und es gab sogar einen Fahrstuhl. Sie nahmen dennoch die Treppe.

»Sehr geschmackvoll saniert, dieser Palazzo«, sagte Luigi.

Im dritten Stock hatte die Tür kein Schloss, stattdessen hing ein kleines Lesegerät an der linken Wand. Giulia hielt die weiße Plastikkarte daran, und die Tür öffnete sich mit einem Surren.

»Wow, na, das ist doch mal ein Entrée«, sagte Luigi und blickte sich in dem hohen Flur um, der mehr ein Salon war als der Eingangsbereich der Wohnung eines Junggesellen. Die Decken waren bestimmt vier Meter hoch und mit feinem Stuck versehen. In der Mitte hing ein Kronleuchter mit acht Armen, der über und über glitzerte.

»Sie haben das Opfer im Schlafzimmer gefunden. Er lag im Bett«, sagte Giulia, die die Akte überflogen hatte.

Sie warfen einen Blick ins Bad, das in Sachen Geräumigkeit dem Flur in nichts nachstand: Es gab eine Dusche und eine Badewanne, ein Doppelwaschbecken und eine Toilette mit Bidet, alles war von höchster Qualität, Böden und Wände aus feinstem weißen Stein.

»Das ist echter Carrara-Marmor, oder?«, fragte Luigi, und Giulia nickte.

»Das Bad ist teurer als meine ganze Wohnung«, sagte der Commissario und schüttelte den Kopf. »Unglaublich, was hier für Schätze lauern.«

Sie gingen weiter in den größten Raum der Wohnung, der Wohn- und Schlafzimmer vereinte – was aber kein Problem war, denn der Raum war sicher sechzig Quadratmeter groß, oder noch mehr.

»Wow«, sagte Luigi noch einmal. Denn das Beeindruckendste waren die zwei großen Fenster mit Rundbögen, die direkt auf die Piazza della Signoria hinausgingen und einen perfekten Blick auf den Uhrenturm des Palazzo Vecchio boten, des Gebäudes, das heute das Rathaus der Stadt beherbergte. Früher war von hier aus die ganze Republik Italien regiert worden. »Was für ein krasses Panorama.«

»Da verfällt selbst der Commissario in Jugendsprache«, antwortete Giulia und grinste ihren Kollegen an.

»Na, ich finde so eine Wohnung schon sehr beeindruckend«, erwiderte Luigi. »Und noch dazu in dieser Lage.«

»*Beeindruckend* trifft es. Auch wenn es mehr als eine Frage aufwirft.«

»Ich weiß ganz genau, was Sie meinen, Commissaria.«

Sie wandten sich dem gewaltigen Bett zu, das zwischen den beiden Fenstern an der hinteren Wand des Raumes stand. Die Bettdecke fehlte, sie war wohl zusammen mit den Kissen und dem Laken in der Gerichtsmedizin. Aber auf der Matratze waren auch so genügend große rote Flecken zu sehen, damit sie sich gut vorstellen konnten, wo der junge Mann seinen Tod gefunden hatte. Das Blut war tief in die Matratze eingesickert, es mussten viele Liter gewesen sein.

»Der Täter hat ihn offenbar im Schlaf erwischt«, sagte die Commissaria.

»Vielleicht war das sein Glück, weil er so gar nichts gespürt hat«, erwiderte Luigi.

»Es gab jedenfalls überhaupt keine Kampfspuren.«

Giulia legte die Akte vorsichtig auf das Bett und öffnete die Seite mit den Tatortfotos. Luigi beugte sich über die Bilder. Leise sagte die Commissaria: »Gespenstisch. Oder?«

»Ja, wirklich«, sagte der Commissario. »Das gleiche Lachen.«

Der Mann auf dem Bett sah jünger aus als Ende dreißig, er hatte lange dunkle Haare und einen Dreitagebart. Ein hübscher Mann, ohne Frage. Doch die Blässe im Gesicht stand in seltsamem Kontrast zu dem Lachen auf seinen Lippen. Dem furchtbaren Lachen, dass der Täter ihm verpasst haben musste, nachdem er ihn ermordet hatte. Wie hatte dieses Lachen den ersten Ermittlern nicht sofort auffallen können? Warum war der Questore nicht gleich tätig geworden?

Sie betrachteten die Bilder, Giulia blätterte die Seiten langsam um. Nach einer Weile fragte Luigi: »Wer hat ihn gefunden?«

»Als der Junge am nächsten Morgen nicht zum Mittagsservice kam, ist seine Mama in die Wohnung gekommen, um nach ihm zu sehen.«

»Herrje«, erwiderte Luigi. »Die arme Frau.«

»Das Merkwürdige ist: Die Kollegen gingen ja zuerst von einem Raubmord aus, aber die Mutter hat in der Vernehmung angegeben, dass gar keine Wertsachen fehlten. Wieso sollte einer in eine so teure Wohnung einbrechen und dann gar nichts mitnehmen?«

»Gab es eine Videoüberwachung? Im Hausflur? Oder vor dem Haus?«

»In der Akte steht, dass die Kameras auf der Piazza ausgewertet worden sind. Aber an diesem Abend waren noch so viele Leute unterwegs, dass die Suche so unsinnig war wie jene nach der sprichwörtlichen Stecknadel im Heuhaufen – außerdem wäre ein kluger Täter einfach durch die Gasse gekommen statt über die Piazza, und da gibt es keine Kameras.«

»So ein Mist«, zischte Luigi, »ich hab mir früher oft gewünscht, in London Polizist zu sein. Da sind selbst manche Klos videoüberwacht – und jede Straße ist es sowieso.«

»Aber da würden Sie dann Ihren guten *caffè* vermissen«, sagte Giulia mit einem Lächeln.

Sie wandte sich um und betrachtete die wenigen Möbel in der Wohnung, allesamt Designerstücke. »Die Kollegen haben alles durchsucht, steht in der Akte, aber nichts Auffälliges gefunden. Wollen wir trotzdem noch mal nachsehen?«

Luigi sah sie prüfend an. »Sie haben eine Idee, oder?«

Sie nickte. »Mir kommt die Sache mit dem Taschentuch spanisch vor.«

»Na dann los, Signora Commissaria«, erwiderte er und verschwand im Badezimmer, während sie sich am ersten Schrank zu schaffen machte. Darin waren fein säuberlich die Lehrbücher einer renommierten Fachschule für Gastronomie und Hotellerie aufgereiht, an der Fausto Brunelli offensichtlich studiert hatte. Daneben standen Weinfibeln, aus denen man die besten Jahrgänge jeder Region herauslesen konnte, Besonderheiten der Trauben, Lagerfähigkeiten. Giulia trank nicht gerne Alkohol, dennoch hatte sie großen Respekt vor dem Beruf des Sommeliers, weil er ja auf seine Weise auch ein Detektiv war, auf der Suche nach dem besten Geschmack, nach Inhaltsstoffen, nach Rebsorten.

Sie schloss den Schrank wieder und ging zu einer niedrigen Kommode aus Holz, die glänzend weiß lackiert war. Sie zog die oberste Schublade auf, hier lagen Dutzende schwarze Boxershorts von BOSS, daneben Nike-Sportsocken und … Sie pfiff durch die Zähne.

»Ich hab es«, rief sie ins Nebenzimmer, »und ich glaube, die Kollegen wussten einfach nicht, wonach sie suchen sollten.«

Schnell zog sie sich die Handschuhe über, dann nahm sie das Stück Stoff und hielt es hoch. Luigi kam zur Tür herein und schnalzte mit der Zunge.

»Gratulation, Signora Commissaria. Aber Sie haben recht – wer würde schon ein Stofftaschentuch in einem Kleiderschrank merkwürdig finden?«

»Nun ja, merkwürdig ist es schon, weil ein so junger Mann wohl kaum so ein Taschentuch benutzen würde. Ich …« Sie drehte das Tuch und warf einen Blick auf die Initialen. Auch hier waren sie mit blauem Garn eingestickt.

»Es sind andere Buchstaben«, sagte sie. »G und V.« Sie runzelte die Stirn. Und sah, dass es in Luigis Kopf ebenso arbeitete. Bis es plötzlich aus beiden herausplatzte, so laut, dass sogar Tulipan den Kopf hob.

»Gianluca Viccione«, sagten sie im Chor. Giulia fügte atemlos hinzu: »Der Täter hat uns einen Hinweis auf sein nächstes Opfer gegeben.«

»Also sind es keine Zufallsopfer«, antwortete Luigi.

»Und das nächste wird S und O als Initialen haben.«

»Es wird ein nächstes Opfer geben«, sagte Luigi tonlos.

»Oder wir sind schneller«, erwiderte die Commissaria.

DIECI – 10

Sie hatten den Beweismittelbeutel einem herbeigerufenen Carabiniere übergeben, der damit auf direktem Wege ins Ospedale Careggi gefahren war, dem Universitätskrankenhaus von Florenz, in dem die Gerichtsmedizin ihren Hauptsitz für die gesamte Toskana hatte. Leider war es schon zu spät, um noch mit einem Ergebnis an diesem Tag zu rechnen.

»Dafür müsste nun das Ristorante schon geöffnet sein«, sagte die Commissaria. »Wollen wir? Oder müssen Sie pünktlich zum *Cena* oben sein?«

»Sie brauchen das gar nicht so ironisch zu fragen, Commissaria. Sie haben mich ja nun schon um mein Mittagessen gebracht – und es gab meine liebsten Gnocchi. Zum Abendessen möchte ich wirklich daheim sein.« Er sah auf die Kirchturmuhr des Palazzo Vecchio. »Aber das Restaurant schaffen wir wohl noch.«

Es war tatsächlich nicht weit, nur ein kleiner Spaziergang entlang des langgestreckten Gebäudes, das die Uffizien beherbergte, dann erreichten sie den Fluss, und sofort eröffnete sich der Blick auf die berühmteste Brücke der Welt, die Ponte Vecchio. Diese malerische Querung des Arno, die so wundersam war, weil auf der Brücke unzählige Gebäude gebaut worden waren, windschiefe Häuser, die dicht an dicht standen und die unterschiedlich hoch emporragten, als habe ein verrückter Architekt einen allzu bunten Tag gehabt. Unglaublich, dass die Steinbrücke all diese Gebäude tragen konnte – und das nun schon seit fast siebenhundert Jahren.

Die alten Gemäuer beherbergten zumeist Schmuckläden und Ateliers, die Brücke war ein Treffpunkt für Verliebte aus aller Welt, die sich hier ihre Verlobungs- oder Trauringe aussuchen wollten.

»Das war schon ein zutiefst seltsamer Fall, oder?«, fragte Luigi und sah sie von der Seite an.

»*Tragisch* würde ich diesen Fall eher nennen«, erwiderte die Commissaria und dachte kurz an die Auflösung des Mordes am besten Goldschmied der Stadt, der sie damals überhaupt erst wieder nach Florenz geführt hatte. Umberto Rossi hatte auf der Ponte Vecchio sein Ende gefunden, er war erschlagen worden. Lange hatte Giulia mit Luigi in der Welt der Juweliere ermittelt, ehe klarwurde, dass das Mordmotiv ein viel düstereres und privates war. Eine Auflösung, die nicht nur die Beamten erschüttert hatte, sondern in der ganzen Stadt noch tagelang Gesprächsthema gewesen war.

Sie überquerte die Straße, wie sie es immer tat, wenn sie hier war. Sie mochte es so gern, auf den Fluss hinunterzuschauen. Auf den alten Ruderclub, der im Schatten der Brücke lag und in dem die jungen Leute der Stadt täglich zusammenkamen, um mit ihren Booten auf den Arno zu fahren, an den stählernen Armen konnte man sehen, wie anstrengend es sein musste, mit den Riemen der Strömung Herr zu werden.

Das Restaurant lag hundert Meter westlich der Brücke, schon von Weitem war die Schrift über der Fensterfront zu sehen.

Ristorante Sotto le Stelle stand da geschrieben. *Unter den Sternen.* Was für ein schöner, fast lyrischer Name.

Draußen vor dem Lokal gab es nur drei Tische, es war eine kleine Terrasse, was auch dem sehr engen Bürgersteig geschuldet war. Jeder Tisch war besetzt, an zweien saßen je vier Asiaten, am dritten eine Gruppe von sehr dicken Menschen, die laut miteinander diskutierten und sich ständig gegenseitig auf die Schultern klopften.

»Amerikaner«, sagte Luigi mit einem Stöhnen, »denen würde ich ja am liebsten Hausverbot erteilen. Keine Ahnung, wie man so laut sprechen kann – und da sag noch mal jemand, Italiener wären ständig so laut.«

Giulia grinste und musste Luigi mal wieder recht geben. Auch sie war in ihrer Wohnung im römischen In-Stadtteil Trastevere so manchen frühen Morgen von schreienden amerikanischen Touristengruppen geweckt worden.

Luigi öffnete die Glastür und ließ die Commissaria als Erste hindurchtreten. Im Saal war es schummrig, die Kerzenleuchter auf den Tischen verbreiteten ein sanft-goldenes Licht. Das Restaurant war klein und intim, perfekt für ein erstes Date oder ein Essen unter Freunden, vielleicht zehn Tische standen an den Wänden aus rotem Backstein, es gab schöne Gemälde und den Blick in eine offene Küche. Auch hier saßen schon die ersten Gäste, und eine ältere Kellnerin in schwarzer Bluse und Stoffhose brachte die Speisekarten gerade an einen der Tische. Als sie die Neuankömmlinge sah, eilte sie ihnen sofort entgegen.

»*Buona sera*«, sagte die Frau mit einer angenehm rauchigen Stimme, »haben Sie reserviert?«

»Leider sind wir nicht zum Essen gekommen«, erwiderte Giulia, »wir sind von der Polizia di Stato – und wir suchen die Inhaber – Signora und Signore Brunelli.«

Die Frau hob erwartungsvoll den Blick und sagte: »Das bin

ich – und mein Mann, der in der Küche werkelt. Sie …«, sie sah sich um und senkte die Stimme, »haben Sie etwas herausgefunden?«

»Signora, bisher sind wir leider nicht weitergekommen. Aber es gab einen zweiten Mord in der vergangenen Nacht, der dem an Ihrem Sohn ähnelt. Deshalb haben wir noch einige Fragen. Meinen Sie, dass Sie ein paar Minuten Zeit hätten?« Giulia sah sich um. »Es ist nicht ideal, jetzt, zur Abendessenszeit, aber vielleicht passt es ja.«

Die Frau runzelte die Stirn. »Es geht um meinen toten Sohn. Ich bin ohnehin nur hier, weil ich hier funktionieren muss, das hilft mir. Aber ich werde mir immer die Zeit nehmen, um Ihre Fragen zu beantworten. Also: Gehen wir in die Küche.«

Sie rief eine junge Kellnerin zu sich: »Angela, machst du weiter? Ich muss zehn Minuten zu Fabio.«

Die junge Frau nickte und eilte zu neuen Gästen, um sie an ihren Tisch zu geleiten.

Die Inhaberin wandte sich wieder Giulia und Luigi zu. »Er fehlt hier, sehr sogar. Also nicht als Arbeitskraft, verstehen Sie das nicht falsch. Er fehlt, weil Fausto die Seele dieses Ladens war. Er … Das hier war sein Reich.« Sie wies auf einen riesigen Weinkühlschrank, der die ganze rechte Seite des Gastraums einnahm. Darin waren Hunderte Flaschen Rot- und Weißwein, allesamt mit goldenem Licht angestrahlt. Luigi erkannte bekannte Weine aus dem Chianti und dem Piemont, Etiketten mit großen Namen, die die Herzen von Weinliebhabern höherschlagen ließen. Hier waren sicherlich einige Werte versammelt, und er fragte sich, wer sich wohl solche teuren Flaschen leisten konnte, in einem so kleinen Restaurant.

»Die Leute kamen aus der ganzen Toskana, weil Fausto sich so einen guten Ruf erarbeitet hatte. Sie kamen an Geburtstagen und an Feiertagen, weil er es schaffte, wirklich genau den richtigen Wein für jedes Essen herauszusuchen, genau die eine Flasche, die die Gäste berührte. Manchmal überraschte er Geburtstagsgäste mit einer Flasche ihres eigenen Jahrgangs. Das war dann immer …«, sie verstummte, und Luigi sah, wie sich ihre Augen mit Tränen füllten.

»Ich hab meinen Jungen sehr liebgehabt«, sagte sie leise.

»Es tut uns sehr leid«, sagte Giulia. »Und wir wollen alles dafür tun, dass wir seinen Mörder finden.«

»Es war ein sehr brutaler Mord, oder? Ich habe versucht, nicht in den Zeitungen zu lesen, aber … es gelingt nicht. Weil er in meinem Kopf so präsent ist – und natürlich will ich als Mutter alles über seinen Tod wissen, es ist so schrecklich. Mein Kopf kreist den ganzen Tag, seit dem Moment, in dem ich die Nachricht erhalten habe …«

Luigi sah sie ernst an und sagte leise: »Ich werde Sie nicht anlügen, Signora, deshalb: Ja, es war ein brutaler Mord, genau wie jener in der vergangenen Nacht. Es hat einen Busfahrer getroffen, hinterm Steuer, genau am Dom.«

»Oh.« Sie blickte ihn überrascht an. »Deshalb war dort alles abgesperrt und voller Polizei. Ich hatte mich schon gefragt …«

»Genau. Und gerade deshalb arbeiten wir mit Hochdruck daran, den Täter aufzuspüren.«

»Kommen Sie«, sagte die Frau und ging durch einen kleinen Durchgang in die glänzende Küche. Im hinteren Bereich spülte ein Mann mit dunkler Hautfarbe dreckiges Geschirr, vorne schnippelte eine junge Frau Gemüse auf einer Arbeitsplatte, und am Herd stand ein älterer Mann mit Kochmütze, er trug einen Oberlippenbart und sah aus wie die Karikatur eines italienischen Kochs. Gerade gab er aus einem Abtropfsieb Spaghetti in eine Pfanne. Luigi roch die Gewürze, das Öl, die Kräuter, all das, was eine wirkliche Restaurantküche ausmachte. Es war einfach ein herrlicher Duft.

»Fabio«, sagte die Frau, und der Mann legte den Kopf schief, »diese Leute sind von der Polizei. Hör zu, es wurde noch jemand ermordet – und offenbar genau so wie Fausto. Ein Busfahrer, am Dom.«

»Was? Ein zweiter Mord?« Der alte Mann ließ den Kochlöffel sinken, mit dem er eben noch die Spaghetti umgerührt hatte. »Aber das ist doch … Warum sollte denn jemand unseren Fausto ermorden – und dann noch einen Busfahrer?«

»Das fragen wir uns auch, Signore«, antwortete Giulia, gemeinsam traten sie einen Schritt näher an den Herd, damit nicht das ganze Ristorante ihre Unterhaltung mitbekam.

»Kennen Sie einen Busfahrer mit Namen Gianluca Viccione? Er stammt aus Florenz und wohnte nördlich vom Bahnhof.«

»Genau wie wir«, sagte die Frau. »Aber ich hab den Namen noch nie gehört. Du?«

Ihr Mann schüttelte den Kopf. »Nein, nie gehört. Und er wurde wirklich auf die gleiche Weise umgebracht wie …«

Luigi nickte. Jetzt erst erkannte er in dem hellen Licht der Küche, was sie für eine attraktive Frau war. Sie war schon weit über sechzig und hatte dennoch langes blondes Haar mit glänzenden Strähnen, er nahm an, dass sie färbte – aber was machte das schon? Er hatte selbst eine Zeitlang mit dunkler Haarfarbe nachgeholfen, bis ihm Carla eines Tages gesagt hatte, dass sie ihn grau viel schöner fände – da hatte er sofort mit dem Färben aufgehört. Die Frau hatte feine, ebenmäßige Gesichtszüge und hohe Wangenknochen. Natürlich sah er, dass sie von der Trauer gezeichnet war, die Augen lagen tief in den Höhlen, und sie sah müde aus, aber dennoch war da eine Anmut, die nicht zu übersehen war. Ihr Mann dagegen war ein kleiner, verhutzelter Koch, der so gar nicht zu ihr zu passen schien – aber wie sagte Carla immer: *Wo die Liebe hinfällt.*

»Moment, ja? Ich muss nur gerade das hier fertig machen.«

Sie beobachteten, wie er zwei Teller griff und die Spaghetti mit einer Gabel darauf drapierte. Es war ein ganz simples Gericht, vielleicht das simpelste, das die italienische Küche zu bieten hatte. Aber Luigi fand, dass sich an diesem Gericht entschied, ob ein Koch gut war oder nicht. Weil doch meistens das Einfachste am schwersten zu kochen war. Und für gute Spaghetti aglio e olio würde Luigi tatsächlich morden. Diese hier rochen phantastisch und sahen nun, da der Koch auch noch die Sauce aus Olivenöl, geröstetem Knoblauch und jeder Menge Peperoncini auf den Teller gab, auch wahnsinnig lecker aus.

»Sabina, Petersilie«, sagte er zu der jungen Frau am Schneidebrett, und als die erst mal zwei Dosen öffnen musste und dabei immer hektischer wurde, rief er: »Petersilie, hast du nicht gehört? Nun mach aber mal, wird doch alles kalt.«

Luigi sah Giulia fragend an, die zuckte mit den Schultern. So war der Ton in den Küchen der Restaurants manchmal immer noch. Carla hätte so eine Schreierei niemals geduldet. Endlich hatte die junge Frau die richtige Dose und reichte sie ihrem Chef mit hochrotem Kopf. »Na endlich«, murmelte der. Er gab große Stücke der glatten Petersilie auf die Teller, danach rieb er frischen Parmesan darüber und pfefferte noch einmal nach. Luigi lief das Wasser im Mund zusammen. Eine Focaccia zu Mittag war schon ein bisschen wenig, befand er.

Der Koch stellte die beiden Teller auf den Pass und hieb auf die Klingel. »Service«, rief er. Sofort erschien die junge Kellnerin und brachte die Teller an einen Tisch auf der Terrasse.

»Also, jetzt haben wir einen Moment«, sagte der Koch und rieb sich mit einem Handtuch über die schweißnasse Stirn. »Was wollen Sie wissen?«

»Wir müssen einen Zusammenhang finden, zwischen dem Mord an Ihrem Sohn und jenem an dem Busfahrer. Könnte Fausto den Mann gekannt haben?«

»Fausto war sehr gesellig«, sagte die Mutter, »der kannte alle möglichen Leute. Aber ich habe den Namen jedenfalls noch nie gehört.«

»Wenn Ihnen dazu noch etwas einfällt, dann würde uns das sehr helfen«, entgegnete Giulia.

»Natürlich«, sagte die Frau.

»Was war Fausto für ein Mann? Sie haben ja schon gesagt, er war ein ganz wunderbarer Sommelier – was hat ihn noch ausgemacht?«

Der Koch sah seine Frau an und lächelte. »Er war ein lieber Junge, ein freundlicher Charakter. Und er hat für seine Arbeit gebrannt. Er hat noch nach guten Weinen gesucht, wenn wir alle längst Feierabend gemacht hatten. Ich habe ihn bewundert, auch für sein Talent und für seinen guten Geschmack.«

»Er war freundlich und zugewandt – und wie gesagt: Er war sehr gesellig.«

»Hatte er Feinde?« Giulia sah von der Frau zu dem Mann und zurück. »Es tut mir leid, ich muss das fragen.«

»Nicht, dass ich wüsste«, sagte die Frau. »Und ich wüsste davon. Fausto hat mir alles erzählt, er war niemand, der viele Geheimnisse hatte. Er trug sein Herz auf der Zunge.«

»Hatte er eine Freundin?«

Die Mutter lächelte sanft.

»Nein. Er wollte sich nicht festlegen. Er hat sein Leben genossen. Ist ja auch ein schwieriger Job, all die Arbeit am Wochenende und an den Feiertagen – und immer spätabends. Das ist schwierig mit einer Partnerschaft. Außerdem, wenn man so jung ist wie mein Fausto, da ergeben sich auch immer Dinge, gerade in der Gastronomie. Ich glaube, dieses leichte Leben hat er sehr genossen.«

»Liegt wohl in der Familie«, sagte der Koch und zog eine Augenbraue hoch. Es war nur eine kurze Bemerkung, aber an der Reaktion seiner Frau sah Luigi, dass sie dieses Thema wohl schon viele Jahre mit sich herumschleppten.

»Sagen Sie, hat Fausto hier viel verdient?«, fragte Giulia.

»Es ist das Restaurant unserer Familie«, erwiderte der Koch. »Es läuft gut, aber nach der Pandemie mussten wir auch erst mal wieder klarkommen. Also, reich ist Fausto damit nicht geworden, wie wir alle.«

»Ich frage das, weil seine Wohnung … Nun ja, die wirkt ja eher kostspielig. Und die Lage …«

»Fausto hat geerbt«, sagte die Frau schnell, »die Wohnung war Teil dieses Erbes. Mir war das nichts, viel zu modern, ich mag es eher traditionell. Und dann all die Touristen …«

»Aber das ist ja schon ein gutes Erbe, so eine tolle Wohnung.«

Fabio, der Koch, wandte sich ab, er schien nicht darüber sprechen zu wollen. Seine Frau sagte: »Ja, manchmal hat man Glück im Leben.«

Giulia sah Luigi an, der nickte ihr zu. Das führte zu nichts.

»Haben Sie irgendeine Idee, warum Fausto das zugestoßen ist? So etwas kann doch nicht aus heiterem Himmel passieren.«

Die ältere Dame sah Luigi beinahe hilfesuchend an. »Commissario, wirklich, ich grübele darüber seit Tagen – und ich finde einfach keine Antwort darauf. Das ist schrecklich, weil ich so gerne verstehen möchte. Und helfen will ich natürlich auch. Aber ich weiß es wirklich nicht.«

»Haben Sie eine Idee, Signore?«

»Nein, leider nicht«, erwiderte der Koch knapp. »Ich … Fausto und ich, wir haben nicht so viel geredet wie meine Frau mit ihm. Aber … natürlich tut mir das alles sehr leid.«

»In Ordnung. Wir danken Ihnen für Ihre Zeit. Hier, nehmen Sie meine Karte«, sagte Giulia und reichte der Frau ihre Visitenkarte. »Melden Sie sich, wenn Ihnen noch etwas einfällt.«

»Natürlich, Signora Commissaria.«

Sie verabschiedeten sich, dann gingen die beiden Polizisten zur Tür. Doch im Gehen wandte sich Giulia noch einmal um.

»Ah, Signora, Signore, noch eine Frage.«

Das Paar sah sie überrascht an.

»Fällt Ihnen jemand mit den Initialen S und O ein?«

Die Wirtin schaute ihren Mann an und er sie. Doch nach einer Weile schüttelten beide den Kopf.

»Das sagt mir nichts.«

»Mir auch nicht.«

»Schade. Hätte ja sein können. *Grazie.* Und *buona serata.*«

Draußen auf der Terrasse warf Luigi einen sehnsüchtigen Blick auf das Paar, das die Pasta mit Knoblauch bestellt hatte. Die beiden sahen sehr glücklich aus mit ihrem Mahl.

»Das war merkwürdig«, sagte Giulia, als sie draußen auf dem Bürgersteig am Fluss standen, der langsam und sanft in seinem Bett dahinfloss. Gerade verschwand die Abendsonne hinter den Dächern.

»Na, die Spaghetti sahen tatsächlich sehr lecker aus. Aber die meinen Sie wohl nicht, Commissaria?«

»Es war komisch zwischen den beiden.«

»In der Tat, das war nun nicht wirklich eine harmonische Partnerschaft. Andererseits: Sie haben gerade ihren Sohn verloren. Ich möchte gar nicht nachfühlen, wie es einem da geht.«

»Gerade deshalb: Irgendwas stand da im Raum.«

»Und auch finanziell ist es merkwürdig.«

»Was meinen Sie, Commissario?«

»Na, sie selbst sind die Wirte, ihnen gehört das Ristorante. Aber sie wohnen im Arbeiterviertel nördlich des Bahnhofs und ihr Sohn in einem Designapartment genau an der Piazza della Signoria? Fünf Minuten vom Restaurant entfernt? Allein? Das ist doch … total seltsam.«

»Da haben Sie recht. Wird Zeit, dass wir die Familie mal durchleuchten. Ich würde das Enzo machen lassen.«

»Sehr gut, Commissaria. Aber nun … Die Gerüche in der Küche haben meinen Hunger nicht besser gemacht. Ich muss jetzt nach Hause. Und hoffe, Carla hat etwas auf dem Herd.«

»Hat sie das nicht immer?«

»Das stimmt wohl. Möchten Sie mitkommen?«

Giulia winkte ab. »Das war genug Italianità für einen Tag für mich. Vielen Dank, Commissario. Ich gehe jetzt mal in meine selbstgewählte Einsamkeit zurück. *Buona notte.*«

»*Buona notte,* Commissaria.«

TAG 1. 20.30 UHR

La Cena à Casa Batista (Das Abendessen im Hause Batista)

Carla: Herrgott, als du weg warst, mein lieber Luigi, da hatten wir aber ganz schön zu tun. Heute schien alle Welt bei uns essen zu wollen.

Sie ruft es aus der Küche zu ihm herüber ins Wohnzimmer, wo Luigi über eine Akte gebeugt am Esstisch sitzt.

Luigi: Wie könnte es auch anders sein? Wenn du so gut kochst …

Carla: Du alter Charmeur.

Luigi: Aber war denn alles in Ordnung? Hat Fiona durchgehalten?

Carla: Hat sie. Aber sie ist eben nicht du. Die Gäste sind immer so kurz angebunden, wenn du nicht da bist. Sie fragen immer ganz enttäuscht: »Wo ist denn Luigi?« So, als wären wir alle gar nicht da.

Luigi: Tut mir leid. Aber ich glaube, ich werde noch ein paar Tage ausfallen.

Carla steckt den Kopf durch die Tür und sieht ihn interessiert an.

Carla: Ich gieß gleich die Pasta ab. Also ist es ein spannender Fall?

Luigi: Spannend ist er, sehr. Aber es scheint auch ein großer Fall zu sein. Immerhin der zweite Mord in einer Woche – mit einer sehr ähnlichen Vorgehensweise.

Carla: Was ist denn genau passiert? Die Nachrichten im Radio waren so kryptisch.

Luigi: Ein Busfahrer ist gestern Nacht in seinem Bus ermordet worden. Ihm wurde … hach, mir behagt das gar nicht, das hier bei uns im Wohnzimmer zu sagen, aber ihm wurde die Kehle durchtrennt.

Carla macht ein erschrockenes Gesicht.

Luigi: Und er saß da mit einem Lächeln im Gesicht. Kannst du dir das vorstellen?

Carla: Was?!

Luigis Frau ist selten geschockt, aber diesmal sieht er, wie sie zusammenzuckt.

Carla: Aber wie ist das denn möglich?

Luigi: Der Gerichtsmediziner sagt, dass der Täter das Gesicht des Opfers verzogen hat, nachdem der Tod eingetreten ist. Also die Mundwinkel nach oben gezogen und ihm mit Rouge rosige Wangen gemalt hat. Und dann hat die Totenstarre eingesetzt, und damit wurde das alles eingefroren. *Luigi spürt die Gänsehaut auf seinem Rücken.* Es war tatsächlich ein furchtbarer Anblick.

Carla: Und das ist schon einmal passiert?

Luigi: Es war ein junger Mann. In seiner Wohnung an der Piazza della Signoria. Zuerst dachte die Polizei, es sei ein Raubmord gewesen. Niemand hat so recht auf das Lächeln in seinem Gesicht geachtet. Manchmal kommt das vor, Menschen sterben in den absurdesten Posen. Aber jetzt wissen wir, dass es vom Täter so gewollt war.

Carla: Das ist ja schrecklich.

Carla verschwindet in der Küche. Luigi hört, wie es auf dem alten Gasherd brutzelt. Nach drei Minuten kommt sie wieder und stellt die Pfanne auf den Tisch.

Luigi: Du bist so ein Schatz.

Carla: Ich wusste doch, dass du so gerne etwas vom *Pranzo* abbekommen hättest. Also habe ich es noch mal gekocht.

Luigi nimmt sich reichlich von den Gnocchi, und Carla hobelt den frischen Parmigiano Reggiano darüber, den sie immer beim Käsehändler auf dem Markt kauft. Das ganze Wohnzimmer riecht himmlisch nach der unwiderstehlichen Mischung aus Käse und Salbei.

Carla: Aber warum sollte jemand so etwas tun? Habt ihr schon eine Spur?

Luigi: Nicht wirklich, ehrlich gesagt.

Carla: Aber das Lachen – das klingt doch, als wäre das ein Irrer. Ein Serienmörder?

Luigi runzelt die Stirn.

Luigi: Du weißt, dass ich sehr skeptisch bin, was Serienmörder angeht. Normalerweise gibt es ganz einfache Erklärungen. Furchtbar einfache sogar.

Carla: Ich weiß, *caro*. Aber nun essen wir.

Luigi: Ich dachte, du schlägst das nie vor.

Luigi öffnet die Flasche mit dem Rosato und gießt ihnen beiden von dem eiskalten Wein ein.

Carla: Wie ist es mit der Commissaria?

Luigi: Sie ist wieder ganz die Alte.

Carla *(lachend)***:** Du meinst bärbeißig und ohne Emotionen?

Luigi: Eine Frau wie ein personifiziertes Gesetzbuch. Aber immerhin mittlerweile ein zuweilen freundliches Gesetzbuch. Und nun *buon appetito*.

Die nächsten Minuten spricht niemand. Luigi genießt die sämigen Kartoffelklößchen und den würzigen Salbei.

Luigi: Weißt du, wie himmlisch das ist, nach so einem Tag nach Hause zu kommen – und dann ist da so ein Mahl vorbereitet, von so einer tollen Frau?

Carla: Quatschkopf … Ich hab doch nur ein paar Gnocchi gekocht.

Luigi steht auf, geht um den Tisch und gibt ihr einen Kuss.

RECETTE

Gnocchi burro e salvia
Gnocchi mit Butter und Salbei

Für 4 Personen

- *400 g mehligkochende Kartoffeln*
- *1 Ei*
- *100 g Mehl*
- *50 g Butter*
- *20 Salbeiblätter*
- *Salz*
- *Pfeffer*
- *bestes Olivenöl*
- *100 g Parmesan*

Kartoffeln mit Schale weichkochen und erst dann schälen. Anschließend entweder durch eine Kartoffelpresse in eine Schüssel drücken oder durch ein Passe-vite treiben. Dann das Ei daruntermischen und die Mischung abkühlen lassen. Langsam das Mehl einrühren, der Teig darf nicht mehr klebrig sein, wenn er an den Händen klebt, braucht es mehr Mehl.

Mit den Händen fingerdicke Rollen formen und dann die Gnocchi in drei Zentimeter langen Stücken abschneiden.

Die Gnocchi in kochendes Salzwasser geben und dort fünf Minuten ziehen lassen, sind sie fertig, steigen sie an die Oberfläche.

Währenddessen die Butter auflösen. Die Hälfte des Salbeis in Streifen schneiden, die andere Hälfte als ganze Blätter lassen. Die Streifen und die Blätter in der Butter knusprig ausbacken.

Die Gnocchi in die Pfanne geben und kurz schwenken, dann mit reichlich Parmesan bestreuen und sofort servieren.

Hervorragend passt dazu ein Rosato aus der Toskana, etwa der 2020er Cassiopeia.

TAG 1

Mein liebes Schwesterherz,

Du glaubst nicht, wie schön unser Garten jetzt ist. Die Karotten sprießen schon, und die ersten Kräuter kommen zum Vorschein. Es ist eine tolle Erfahrung, zu sehen, wie aus dem Braun der Erde grüne Knospen treiben.

Ich habe noch nie etwas mit meinen Händen geschaffen. Aber hier hatte ich Lust dazu, weil ich mich erinnert habe, wie gern ich mit Dir in diesem Garten gebuddelt habe, damals, als wir Kinder waren. Erinnerst Du Dich? Wir haben dann immer ganz doll gelacht, wenn wir so schmutzig waren, dass Mama geschimpft hat.

Ich habe Dir versprochen, dass ich unser Haus wieder in Besitz nehme. Es schön mache, so schön, wie es damals war, als wir noch hier zu Hause waren.

Heute ist es wieder mein Zuhause – und da Du immer bei mir bist, ist es unser Zuhause. Dein Foto steht auf dem Kamin.

Ich arbeite wieder. Seit heute. Es gibt einen Fall. Etwas Merkwürdiges. Nein, etwas Düsteres. Ich habe kein gutes Gefühl.

Ich habe den Toten lächeln sehen. Und er sah gleichzeitig so aus, als habe er das Schlimmste gesehen, kurz vor seinem Ende. Es war einfach schrecklich.

Ich habe Sorge, dass mich dieser Fall in eine große Dunkelheit mitnimmt. Weil ich mir nicht erklären kann, wer so etwas tut. Dabei sind mir menschliche Abgründe gar nicht so fremd, wie Du weißt.

Ich hoffe, dass ich bald eine Spur habe. Jetzt setze ich mich in den Garten, denke nach und höre den Zikaden zu.

Buona notte, *mein Schwesterherz.*

Deine Giulia

UNDICI – 11

Sie wachte auf, weil der Kamin noch knisterte. Am Abend hatte sie gefroren, weil der Tag sie mit seiner großen Hitze aufgeladen und sie sich daran gewöhnt hatte. Also hatte Giulia sehr viel Holz aufgelegt und sich auf dem Sofa zusammengerollt, über der Lektüre eines Buches war sie rasch eingeschlafen. Aber es war ein unruhiger Schlaf gewesen.

Die klaffende Wunde im Hals des Busfahrers, die blutigen Flecken auf den Laken in der schicken Wohnung, die traurige Mutter im Restaurant, all die Bilder hatten sie die ganze Nacht heimgesucht.

Etwas an diesem Fall beunruhigte sie sehr, da war etwas Finsteres hinter diesen Taten, eine Kälte, eine Grausamkeit – und nicht zuletzt: eine Berechnung.

Heute würden sie weiterkommen müssen, sie hoffte auf die Spurensicherung, aber auch auf Enzos Recherchen – und auf den Instinkt des Commissario.

Die Morgensonne fiel durch die Fensterläden, sie stand auf und streckte sich. In der Küche holte sie sich ein Glas und füllte es mit Wasser, dann öffnete sie die Tür des Hauses und trat hinaus in den Garten.

Noch war der Rasen nass und die Blüten und Blumen voller Tautropfen, die Salatköpfe sahen so frisch benetzt aus, mit großen Tropfen, dass sie hineinfassen musste, weil das alles so schön war.

Nach einer Weile löste sie sich von diesem Anblick, sie ging nach drinnen, duschte und zog sich an, dann stieg sie in ihren Käfer, der Motor sprang mit dem typischen Rasseln an, und nur fünf Minuten später hielt sie vor der Bar von Luigi. Draußen an den beiden Tischen saßen schon frühe Gäste, die Cappuccini vor sich hatten, ein Mann aß ein Cornetto alla crema, dieses leckere Croissant mit der leicht zitronigen Vanillecreme, das Giulia als Kind so gern gemocht hatte.

Sie betrat den Laden und musste lächeln, weil ihr Kollege schon wieder hinterm Tresen stand und drei Dinge gleichzeitig tat, Croissants auf Teller verteilte, währenddessen die Kaffeemaschine bediente und ein Schwätzchen mit einem Stammgast hielt.

»Sie schlafen nie, oder, Commissario?«

Luigi sah sie an und lächelte. »Ciao, Commissaria. Hier oben bin ich aber bitte nur Luigi, nicht Commissario. *Caffè?*«

»Sehr gerne.«

Sie sah ihm zu, wie er ihr den Espresso zubereitete, den sie mittlerweile so gerne trank.

»Gut geschlafen?«, rief er ihr über die Schulter hinweg zu.

»Geht so«, erwiderte sie. Luigi nickte.

»Die Bilder kommen wieder, Hm? Auch so ein Grund, warum ich diese Arbeit eigentlich nicht mehr machen wollte.«

»Aber die Mörder fangen sich nicht von alleine«, sagte Giulia. »Können Sie sich hier loseisen – kommen Sie mit runter in die Stadt?«

»Natürlich. Isabella hat mich angerufen. Sie möchte uns noch am Morgen sehen.«

»Die Dottoressa?« Giulia hatte die führende Gerichtsmedizinerin der Toskana bei ihrem ersten Fall hier kennengelernt und sofort gespürt, dass die elegante Frau und Luigi einiges verband.

»Ja, sie hat mich um sechs Uhr aus dem Bett geklingelt und klang so hell und freundlich, als wäre sie eben erst aufgestanden. Dabei wette ich, dass sie die ganze Nacht durchgearbeitet hat.«

»Na, vielleicht war sie auch nur so freundlich, weil sie dich anrufen konnte, *caro*«, kam ein Ruf aus der Küche, und gleich darauf steckte Carla ihren Kopf durch die Tür.

»*Salve*, Signora Commissaria.«

»Carla …«, Giulia lächelte, »ich freue mich, Sie zu sehen.«

»Die Frauen prügeln sich ja förmlich um mich«, sagte Luigi und stellte den Espresso vor Giulia ab.

»Und ich weiß ganz genau, wieso«, sagte seine Frau und gab ihm einen Kuss in den Nacken. »Deine Vertretung kommt gleich, *caro*, also auf, ab in die Stadt, fangt euren Mörder.«

DODICI – 12

»Wissen Sie, was ich heute Morgen gedacht habe?« Sie fuhren in Giulias altem Käfer die Serpentinen hinunter ins Tal, Tulipan saß auf dem Rücksitz und hielt seine Nase in den Fahrtwind. Es war schon wieder mächtig heiß, obwohl es noch früh am Tage war.

»Na, Commissario? Was war es? Dass Sie Lust auf einen Espresso haben? Oder schon wieder unstillbaren Hunger nach einer Focaccia?«

»Ich habe ganz erleichtert festgestellt, dass mein Telefon in der Nacht nicht geklingelt hatte, weil Sie mir einen neuen Mord melden wollten.«

»Hatten Sie Sorge, dass es in der Nacht noch einen Mord geben könnte?«

Er sah sie von der Seite an, auf seiner Miene lag Überraschung.

»Waren wir uns da nicht einig?«

»Ich weiß nicht«, erwiderte Giulia. »Sie haben natürlich recht: Die Initialen auf dem Taschentuch im Bus, und mein Bauchgefühl sagt mir auch, dass da noch etwas kommt – aber wir wissen einfach viel zu wenig.«

»Aber dieses Lachen – dieses Lachen sagt mir, dass wir es mit einem Verrückten zu tun haben.«

»Ich bin gespannt, was die Dottoressa gefunden hat. Wenn es eine DNA-Spur ist, die in der Datenbank vorliegt, dann sitze ich heute Abend wieder in meinem Garten – und Sie in Ihrer Bar.«

»Schön wäre es.«

Sie brauchten noch fünf Minuten, dann hielten sie vor dem klobigen Neubau mit dem vielen Glas, der das Universitätskrankenhaus der Stadt Florenz beherbergte – und damit auch das *Istituto Medico-legale,* die Gerichtsmedizin, in der jeder verdächtige Tote aus der gesamten Toskana untersucht wurde.

Sie stiegen aus und betraten das Krankenhaus, es war ein Gewirr von Gängen und Fluren, doch Luigi bewegte sich hier so sicher, dass Giulia jedes Mal wieder staunte – nun, schließlich war er als Leiter der Florentiner Mordkommission hier schon Hunderte Male ein und aus gegangen. Und Tulipan? Der ließ sich von der ja eigentlich reichlich hundefeindlichen Umgebung überhaupt nicht irritieren, er trottete einfach hinterher, als sei er ein weiterer Ermittler ihres Teams. Und vielleicht war er das ja auch, dachte Giulia, die sich an die Verfolgungsjagd bei ihrem ersten gemeinsamen Fall erinnerte, bei der Tulipan einen Verdächtigen quer durch Florenz gescheucht hatte.

Sie betraten die Gerichtsmedizin durch die sich öffnende doppelte Glastür und sahen schon von Weitem die Frau in dem sehr bunten Kleid, die ihnen entgegenkam. Ihre roten Haare leuchteten in diesem weiß-gräulichen Ambiente wie eine Blüte in einer Winterlandschaft.

»Na endlich«, rief die Dottoressa, »mein liebster Commissario – und unsere neue Chefin – *benvenuto.*«

»Isabella«, sagte Luigi und begrüßte die Ärztin mit drei Wangenküssen, Giulia reichte ihr freundlich die Hand. »Was hast du für uns?«

»Nun lass mich doch erst mal meinen liebsten Retriever begrüßen«, sagte die Dottoressa, bückte sich hinunter und bedachte Tulipan mit ein paar Streicheleinheiten.

»Kommt mit«, sagte sie, als sie wieder aufgestanden war, und führte sie den langen Gang hinunter, vorbei an den Türen, die rechts in Obduktionssäle und in die Leichenkammer führten. Giulia musste sich nicht mehr zusammenreißen, um es hier auszuhalten. Aber das hieß nicht, dass dieses Gefühl nicht mehr da war, das ihr einen Schauer über den Rücken laufen ließ. Diese Erinnerung an den Tag in der Leichenkammer auf Sardinien, als sie noch ein Mädchen gewesen war, irgendwo auf der Schwelle zwischen Kind und Erwachsener, viel zu jung, um zu realisieren, was sie gleich sehen – und was ihr Leben für immer verändern würde.

»Eigentlich habe ich nichts für euch«, sagte die Dottoressa mit einer Stimme, als würde sie einen Trommelwirbel veranstalten, »und das ist für mich die wirkliche Überraschung.«

»Was meinst du?«, fragte Luigi. Sie betraten den Hauptsaal für die Sektionen, hier war das Reich der Dottoressa. Auf zwei nebeneinanderstehenden Tischen lagen die beiden Toten, ihre Körper waren mit weißen Laken bedeckt, und ihre Mienen sahen tatsächlich aus, als schliefen die beiden nur. Von den Wunden war nichts zu sehen, die Dottoressa ließ den Leichen stets ihre Würde.

»Es gibt nichts. Keine einzige Spur auf einer der Leichen – und das habe ich in dreißig Berufsjahren noch nicht erlebt.«

»Keine Spuren heißt: keine DNA?«, fragte Giulia.

»Nein. Es heißt: gar nichts. Keine DNA. Aber auch sonst nichts, keine Fingerabdrücke. Es ist, als wären sie in einer sterilen Umgebung umgebracht worden – und ich kann euch sagen, selbst hier im Ospedale, in einem sterilen OP, habe ich schon mehr Spuren gefunden.«

»Sehr beruhigend«, sagte Luigi.

»Ach komm, du alter Hypochonder, du bist doch sowieso nie krank, weil du nur aus Weißwein und *caffè* bestehst … Also keine Sorge, so wirst du mindestens hundert.« Sie wandte sich wieder den Toten zu. »Es ist wirklich merkwürdig.«

Sie hielt zwei Beutel hoch, darin befanden sich die beiden Taschentücher aus Stoff, die gestickten Initialen waren deutlich zu sehen.

»Auch hier – nichts. Die Tücher sind so lupenrein, als wären sie frisch aus dem Werk gekommen, in einer sterilen Tüte. Weichspüler war dran, sonst nichts.« Sie schüttelte den Kopf. »Es tut mir leid, ich habe gedacht, dass ich mehr sagen könnte. Andererseits: Vielleicht sagt uns das ja auch etwas.«

»Aber was könnte es uns sagen?«, fragte Giulia. »Was meinen Sie?«

Die Dottoressa legte den Kopf schief und sagte leise: »Ich bin mir nicht sicher. Es könnte sein, dass der Täter ein Pedant ist, der akribisch genau alles geplant hat. Oder dass er eine sehr ausgeprägte Störung hat, dass er einen Ganzkörperanzug trug, Handschuhe und Waschzwang inklusive.«

»Es kann aber auch einfach bedeuten, dass er auf keinen Fall gefunden werden will«, sagte Giulia.

»Darüber habe ich auch schon nachgedacht«, erwiderte die Dottoressa. »Wenn ich mir das Lächeln im Gesicht der Opfer anschaue, dann denke ich natürlich in erster Linie an einen Serienmörder. Und was tun Serienmörder?«

Giulia wusste, dass die Dottoressa eine der beliebtesten Professorinnen an der medizinischen Fakultät war, und auch hier, in ihrem Kellerreich, war sie zugewandt, unterhaltsam und ausgesprochen mitteilungsfreudig – schon bei der ersten Begegnung hatte Giulia gespürt, dass die alte Dame mit den aufsehenerregenden Kleidern ein sehr gutes und warmes Herz hatte.

»Serienmörder hinterlassen Nachrichten«, antwortete Luigi. »Denn eigentlich ringen sie um Aufmerksamkeit. Sie wollen gefunden werden.«

»Genau. Sie sprechen mit euch von der Polizei – und mit mir im Seziersaal. Hier lässt uns der Mörder sogar etwas zurück: ein Taschentuch mit Initialen. Doch auch darauf findet sich keine Spur. Daraus schließe ich: Er will unter keinen Umständen gefunden werden.«

»Ist es denn ein Mann?«

Die Dottoressa zögerte.

»Nicht mal da bin ich mir ganz sicher. Meine Erfahrung sagt mir: Ja. Die Art der Morde ist sehr brutal und braucht große innere Kälte. Abgestumpftheit sozusagen. Aber der Schnitt – möchtet ihr die Wunden sehen?«

»Ist das eine rhetorische Frage?«, fragte Luigi. »Natürlich nicht. Aber du wirst sie uns gleich zeigen.«

»Stimmt«, sagte die Dottoressa und zog die beiden Laken ein Stück nach unten. Giulia und Luigi sahen erst auf die Toten, dann blickten sie einander an. Es war einfach kein Anblick, den man am Morgen ertragen wollte. Die Hälse klafften weit offen, das Blut war zwar abgewaschen, aber dadurch waren nun Knochen und Sehnen zu sehen, alles, was den Kopf auf dem Körper hielt.

»Also, es ist so: Die Methode ist männlich, aber die Person, die den Schnitt geführt hat, hat keine große Kraft aufgewendet. Ich bin mir mittlerweile sicher, dass es sich bei der Tatwaffe um ein und dasselbe Cuttermesser gehandelt hat. Es gab jeweils einen Schnitt, allerdings war der ganz präzise ausgeführt und nicht mit roher Gewalt. Das Messer wurde einmal quer über die Kehle gezogen, es gab keine Ausfransungen, keine Stellen, die tiefer waren als andere, es war …«, sie überlegte und suchte scheinbar nach Worten, »es war, als hätte der Täter gar keine Wut gehabt, sondern einfach nur getan, was zu tun war, damit sein Opfer stirbt. Die Wunden sehen sogar aus, als wäre er vorsichtig gewesen. Es könnte also theoretisch auch eine Frau gewesen sein.«

»Na, also wenn ein vorsichtig ausgeführter Schnitt mit dem Cuttermesser solche Wunden hinterlässt, dann werde ich meinen Werkzeugkoffer heute mal aussortieren. Nicht, dass Clara mal wütend auf mich ist«, sagte Luigi.

»Die hat dich viel zu gern«, erwiderte die Dottoressa, und einmal mehr fragte sich Giulia, ob die Ärztin gern an Claras Stelle gewesen wäre.

»Ein Serienmörder, der nicht gefunden werden will und mit übertriebener Vorsicht seine Opfer tötet«, sagte sie leise, als fasste sie die Ergebnisse der Dottoressa zusammen.

»Genau so ist es, Commissaria. Ich weiß, dass Ihnen das kaum weiterhilft.«

»Schauen wir mal«, entgegnete Giulia. »Auf jeden Fall sind wir Ihnen sehr dankbar, dass Sie uns all das so schnell mitteilen.«

»Wissen Sie«, erwiderte die Dottoressa, »ich mag gar keine Mörder in meiner schönen Stadt, ich kann sie nicht leiden. Ich … ich bin, glaube ich, sogar ein paarmal mit diesem Busfahrer hier gefahren – und deshalb ist es eine beinahe persönliche Sache für mich. Wenn Sie etwas brauchen, dann melden Sie sich jederzeit, ja?«

»Das machen wir. Danke, Isabella.«

Luigi küsste sie wieder zur Verabschiedung, und die Dottoressa fing Giulias belustigten Blick auf.

»Wir sind einfach ein Arbeits-Ehepaar, Commissaria. So lange und so glücklich verbunden, und wir haben gemeinsam sogar ein paar Leichen im Keller.«

TREDICI – 13

Eine halbe Stunde später standen sie im Schatten des Duomo. Der Bus war in der Nacht von den Verkehrsbetrieben abgeholt worden, und nun waren die Polizisten gerade dabei, die Absperrung aufzulösen. Die Touristen warteten schon hinter den rot-weißen Bändern, um die Piazza wieder in Beschlag zu nehmen.

Giulia und Luigi sahen unverwandt zu der Stelle, an der sie gestern den Toten gesehen hatten. Heute war alles wieder wie immer. Es war ein gespenstisches Gefühl, dachte der Commissario. So, als würde die Welt wirklich niemals anhalten. Nichts erinnerte mehr an die Leiche. Nichts als ihrer beider Erinnerung.

»Kommen Sie«, sagte er und führte Giulia in ein kleines *Caffè* in der schmalen Gasse. Beim Wirt bestellte er einen Espresso und ein stilles Wasser für die Commissaria und das Gleiche für sich. Die Bar war gut gefüllt, es waren beinahe nur fremde Sprachen zu vernehmen, ein Klangteppich der Reisenden. Sie sahen dabei zu, wie amerikanische Touristen riesige Ciabattas verschlangen, aus denen Schinken und Mozzarella herausquollen, und das so kurz vorm Mittagessen, Luigi wurde ganz übel.

»Was haben wir?«, fragte er und trank einen Schluck von seinem Espresso.

»Wir haben zwei Tote, die auf den ersten Blick nichts miteinander zu tun haben«, referierte die Commissaria. »Wir haben eine sehr brutale Mordmethode und einen Täter, der die Opfer mit einem Lächeln präpariert. Beide Tote scheinen unauffällig zu sein, keine Vorstrafen, keine Feinde, laut Aussagen der Zeugen. Einer der beiden hat eine sehr teure Wohnung, obwohl er einen ganz normalen Job hat. Aber da werden wir ja hoffentlich noch mehr drüber erfahren. Seine Eltern machten bei der Befragung einen seltsamen Eindruck – aber auch das ist ja nicht unbedingt verdächtig.«

»Gut zusammengefasst, Signora Commissaria. Ich beneide Sie um diese Fähigkeit, ich hatte schon wieder die Hälfte vergessen.«

»Ich würde gern zu der Familie des anderen Opfers. Die Mutter, die in Fonte dei Marmi wohnt. Kommen Sie mit?«

»Ich würde lieber unten mit den Kollegen sprechen. Vielleicht hat irgendjemand eine Idee – so merkwürdige Morde, das kann doch alles kein Zufall sein. Dieses Lachen im Gesicht …« Er verzog angewidert den Mund. »Es ist so schrecklich.«

»Und wenn die Morde tatsächlich in keinem Zusammenhang stehen?«

»Sie meinen, wenn es wirklich Zufallsopfer sind?«

»Das Werk eines Verrückten – ganz genau …«

»Wenn es das ist, dann müssen wir wohl oder übel warten, bis der Mann einen Fehler macht.«

»Ich hoffe, Sie haben unrecht, Commissario.«

»Fahren Sie allein ans Meer, Commissaria?«

»Ich glaube, ich weiß schon, wer mich begleiten wird«, erwiderte sie, und Luigi konnte ihr knappes Lächeln nicht recht deuten.

QUATTORDICI – 14

»So«, sagte sie, als sie an seinen Schreibtisch trat und sich leise räusperte, weil sie ihn nicht erschrecken wollte, »ich hatte ja versprochen, dass ich Sie hier raushole – und da bin ich.«

»Oh«, erwiderte Enzo Aleardi und sah auf, diesmal trug er seine Sonnenbrille nicht, und ihr war kurz schwummrig, als sie seinen Blick traf, obwohl sie wusste, dass er sie nur schemenhaft wahrnehmen konnte. »Ist es so weit?«

»Ja, und wir machen eine richtig schöne Landpartie.«

»Wir fahren hinaus aus Florenz?«

»Ans Meer, Sergente Aleardi, ans Meer.«

Mit einem Satz war er auf den Beinen, er griff nach seiner Jacke, seinem Telefon und seiner Wasserflasche, und es war gerade so, als würde er alles genau erkennen, er brauchte jeweils nur cinen Griff.

»Gehen wir«, sagte er, und ein Hauch Stolz klang in seiner Stimme mit.

»*Andiamo*«, wiederholte die Commissaria.

Sie gingen hinaus, und sie achtete darauf, ganz nah neben ihm zu gehen und ständig mit ihm zu sprechen. Leise und ruhig, damit er den Weg finden und sich neben ihr halten konnte, so hatte er es ihr erklärt, als sie sich kennengelernt hatten.

Vor der Tür stiegen sie in ihren alten Käfer.

»Ich mag Ihr Auto«, sagte der Sergente, als sie Platz genommen hatten.

»Warum?«, fragte Giulia.

»Ich mag das laute Rasseln des Motors, und ich liebe den Fahrtwind im Gesicht. Es gibt mir so ein großes Gefühl von Lebendigkeit.«

»Ich habe mich sehr darauf gefreut, dass Sie mitfahren«, sagte Giulia, und sofort trat Stille ein. Es war, als habe sie gar nicht sagen wollen, was ihr herausgerutscht war – und als müsse er nun über ihre Worte nachdenken.

Sie verließen Florenz in südlicher Richtung und fuhren auf die Ringautobahn, dann stets gen Westen, der Fahrtwind tat gut, er kühlte zumindest ein wenig an diesem heißen Tag. Hinter Lucca wurde die Autobahn etwas flacher, die Fahrt ins Tal begann, bis hinunter zum Meer, während auf der rechten Seite die Apuanischen Alpen anstiegen, diese Bergkette, die der Region ihr Antlitz gab – und die ihren Reichtum begründete, schließlich wurde hier seit Jahrhunderten der Carrara-Marmor abgebaut, der teuerste Stein der Welt. In diesen Bergen lagen Millionen, nein, Milliarden an Werten. Aber Giulia war immer lieber gewesen, was sich eine Viertelstunde später vor ihren Augen ausbreitete: das Meer. Diese glatte blaue Fläche, weit bis zum Horizont, deren leichte Wellen sich kräuselten, und die pure Entspannung versprach, Salzgeruch und leichte Gedanken.

Sehnsuchtsort, Urlaubsziel, ein Platz zum Durchatmen.

»Fonte dei Marmi ist kein Ort für eine Frau mit normaler Rente«, bemerkte Enzo, als sie von der Autobahn abfuhren, die Strandorte lagen nur noch fünf Minuten entfernt. »Es ist der reichste Ort der ganzen Toskana, habe ich gelesen.«

»Das stimmt – es ist genauso auffällig wie die Wohnung, die der junge Sommelier sein Eigen nannte. Aber vielleicht hat die Mutter des Busfahrers nur eine ganz kleine Wohnung, wir werden es gleich wissen.«

»Beschreiben Sie mir, was Sie sehen, Signora Commissaria?«

Wieder zuckte sie zusammen, weil sie immer noch vergaß, dass er ja nichts um sie herum sehen konnte außer Schattenrissen. Durch seine ruhige Art und seine Souveränität vergaß sie immer wieder, dass er blind war.

Sie fing an, ganz ruhig zu sprechen und alles zu schildern, was sie vor und hinter ihnen sah.

»In unserem Rücken, im Spiegel, sehe ich die Berge, es ist eine hohe Bergkette, die sich die ganze Küste entlangzieht. Die Berge sehen trutzig aus, aber sie sind nicht dunkel oder grau, sondern fast weiß, ganz oben sieht es aus, als würde dort Schnee liegen. Aber man kann die Abbruchkanten sehen, wo sie den Marmor abbauen. Glatte Schnitte, wo die Blöcke mit Sägen aus dem Berg gefräst werden. Vorhin haben wir einen Lkw überholt, der einen riesigen Marmorblock geladen hatte. Und vorne ist der Strand. Wir biegen gerade auf die Promenade, es ist die *Viale Italico,* hier stehen Villen, in deren Gärten herrliche Palmen wachsen. Riechen Sie es? Es riecht so sehr nach Urlaub. Da vorne läuft eine Familie, die Kinder tragen riesige aufblasbare Schwimmtiere, ein Krokodil und einen Pelikan. Sie sehen glücklich aus. Und gegenüber liegen die Strandbäder, die Lidos, mit ihren Bars und Eisdielen, mit den Kinderspielplätzen und den Sonnenschirmen. Jeder Lido hat eine eigene Farbe, in der die Strandmöbel gehalten sind.«

»Sie beschreiben sehr schön, Signora Commissaria. Ich kann mir alles gut vorstellen. Sie beschreiben nicht nur schlicht irgendwelche Fakten, sondern erzählen mir auch, was Sie fühlen und welche Farben Sie sehen. Das ist wunderbar.«

Sie spürte, wie sie errötete. Dieses Kompliment war so viel mehr wert als die letzten einhundert Anmachen, die sie in Rom von irgendwelchen Schönlingen für ihr Aussehen bekommen hatte.

»Wir sind da«, sagte sie und hielt den Wagen auf dem Seitenstreifen, sie hatte Glück, gerade fuhr ein junges Paar mit seinem Auto davon. Im Hochsommer war dieser Strand so voll, dass es beinahe unmöglich war, einen Parkplatz zu finden. »Und: nein. Sie hat wohl keine kleine Wohnung.«

Tatsächlich standen sie vor einer ausgewachsenen Villa, die von einer Reihe hoch aufragender Zypressen vor allzu neugierigen Blicken verborgen war. Das Portal war von griechischen Säulen eingefasst. Giulia las drei Namen auf den Klingeln.

Signora Veccione stand auf dem ersten Schild. »Sie wohnt in der obersten Etage.« Sie drückte den Knopf, und nach Sekunden surrte das Tor auf, dann öffnete sich die Holztür in dem Portal.

»*Sì?*« Eine Dame stand in der Tür, Giulia musste nicht eine Sekunde über die Bezeichnung nachdenken, die dieser Frau gebührte – denn sie war eine *Dame*, da gab es gar keinen Zweifel. Sie hatte lange graue Haare, die ihr glatt über die Schultern fielen, ihr Kleid war hellbeige und kontrastierte mit dem Goldschmuck, den sie trug, große Creolen in den Ohren, eine auffällige Kette mit Ornamentanhänger.

Giulia war es unmöglich, ihr Alter zu schätzen. Ihre hellblauen Augen waren ein wenig trüb, aber sie sah die beiden Besucher mit wacher Erwartung an.

»Sie sind von der Polizei, oder?«

»Genau, Signora, das ist Sergente Aleardi, ich bin Commissaria Ferrari von der Polizei in Florenz. Wir danken Ihnen, dass Sie uns empfangen.«

»Natürlich, Signora Commissaria«, sagte die Frau und ließ

sie eintreten. Sie bat die beiden, ihr zu folgen, und führte sie hinauf durch ein Treppenhaus, das eher der Lobby eines Luxushotels glich. Die Wohnungstür in der oberen Etage stand offen. Die Frau führte sie in ein großes Wohnzimmer, das einen atemberaubenden Blick über das Meer bot. Es war schlicht möbliert, mit skandinavisch anmutenden Möbeln, die in ihrer Zurückgenommenheit dennoch teuer wirkten, alles hier war edel – und zugleich ganz und gar nicht der Einrichtungsstil, den Giulia von einer Frau wie dieser Signora erwartet hatte.

»Ich kann an nichts anderes denken, seit Ihre Kollegen gestern hier waren. Ich muss wissen, was Gianluca widerfahren ist.«

»Das versuchen wir herauszufinden, Signora. Und ich möchte Ihnen im Namen der Polizia di Stato unser Beileid aussprechen.«

»Danke, Signora Commissaria. Gianluca ist auf barbarische Weise ums Leben gekommen, oder?«

»Es war ein schlimmer Anblick«, erwiderte die Commissaria ehrlich. »Aber ich kann Ihnen versichern, dass Ihr Sohn nicht gelitten hat, Signora. Er war sofort tot.«

»Ich bin ganz durcheinander …« Sie setzte sich in den Sessel, der zum Meer hin gerichtet war, Giulia konnte sich vorstellen, wie sie hier den ganzen Tag saß und die Aussicht genoss. »Ich kann mir wirklich nicht vorstellen, wer Gianluca so etwas angetan haben könnte. Wissen Sie, seit gestern grübele ich darüber nach, wer ihn so gehasst haben könnte. Aber mein Sohn war so ein lieber Kerl – ich komme einfach nicht auf eine Antwort.«

»Erzählen Sie uns von Ihrem Sohn, Signora. Hatten Sie ein gutes Verhältnis?« Sie zögerte. »Er war Ihr einziges Kind, oder?«

Die Frau nickte und wirkte auf einmal deutlich älter. Ihre Grazie war von der Trauer überschattet. Giulias Blick wanderte von der Frau zu Enzo, der versunken auf seinem Stuhl saß und ihren Worten lauschte.

»Ja, Gianluca war mein einziges Kind.« Sie musste lächeln, obwohl Giulia spürte, dass sie mit den Tränen kämpfte. »Ich habe mich erst spät im Leben für ein Kind entschieden, ich war schon Ende dreißig. Heute ist das normal, damals aber war das im ländlichen Italien außergewöhnlich. Ich habe Gianluca vergöttert, wie das oft so ist bei alten Müttern. Wir haben alles miteinander geteilt und über alles geredet. So war es beinahe die ganze Zeit, na ja«, sie schluckte, »bis er dann diese junge Frau kennenlernte, mit der er zusammengelebt hat. Es gibt diese Momente, in denen man als Mutter lernen muss, zurückzutreten, ein Stück nur, um die Liebe des Sohnes nicht zu gefährden. Und das habe ich getan.«

»Sie meinen, Gianlucas Freundin hat einen besitzergreifenden Charakter?«

»Ach«, die alte Frau lächelte wieder, »sie ist wohl ganz normal. Aber ja, natürlich war da eine Eifersucht, dass er und ich uns so nahestanden. Vielleicht war ich auch eifersüchtig auf sie, ein wenig bestimmt. Deshalb haben wir uns nicht mehr so oft gesehen wie früher, seit Gianluca mit ihr zusammengezogen ist.«

»Er hat seinen Job sehr gerne gemacht, oder?«

»Das hat er. Gianluca wollte immer nur mit Autos spielen und mit Bussen, als er klein war. Deswegen habe ich seinen Traumberuf auch immer unterstützt. Auch wenn ich mir etwas Besseres für ihn gewünscht habe. Aber so war er glücklich. Er liebte den Bus, er liebte Florenz, und er liebte die Menschen, die er herumkutschierte.«

»Wann haben Sie Ihren Sohn zum letzten Mal gesehen? Oder gesprochen?«

»Am Wochenende hat er mich angerufen. Wir haben kurz

geplaudert, weil er mich mal wieder besuchen kommen wollte. Das letzte Mal ist schon vier Wochen her, oder sogar fünf? Es … Natürlich macht mich das traurig, noch trauriger jetzt, wo ich weiß, dass wir viel mehr Zeit hätten miteinander verbringen sollen.«

»Wie war er, als sie das letzte Mal sprachen? War er irgendwie anders als sonst? Aufgebracht? Nervös?«

»Er war ganz normal. Wir haben über den Sommerurlaub gesprochen, den er mit seiner Freundin in Amalfi verbringen wollte. Er war voller Vorfreude, in zwei Wochen sollte es losgehen. Er hat es mir nicht gesagt, aber ich glaube, er wollte ihr dort einen Antrag machen.«

»Er wollte seine Freundin heiraten?«

»Er hat nichts erzählt, aber ich als Mutter habe da so ein Gefühl.«

Enzo war ganz ruhig, als er begann zu sprechen. Und doch war es wie eine Überraschung für sie beide, sowohl Giulia als auch die Signora sahen den Sergente mit großem Interesse an.

»Ein Urlaub in Amalfi und dieses sehr schöne Haus hier, sagen Sie, Signora, sind Sie eine sehr wohlhabende Familie?«

Die alte Frau lachte nun wieder, ein drittes Mal, ihr Gesicht war ganz offen und wunderschön.

»Nein, Sergente, das sind wir ganz und gar nicht. Das Haus … Nun ja, es ist das Ergebnis einer überraschenden Erbschaft, und … Amalfi … Gianluca hat wohl eine Prämie von den Busbetrieben bekommen. Deshalb konnte er sich einen so schönen Urlaub leisten. Früher sind wir oft zusammen weggefahren. Früher …«

»Was haben Sie in Ihrem Leben gemacht, Signora?«, fragte Giulia. »Sie haben gearbeitet, nicht wahr?« Sie räusperte sich. »Sie sind eine sehr besondere und ausnehmend schöne Frau.«

»Das ist sehr freundlich«, erwiderte die alte Dame. »Ich war

Model. Als ich noch jung war.« Ihre Stimme klang nun tonlos, so, als suche sie in einer längst vergangenen Zeit nach den richtigen Worten. »Damit habe ich sehr viel Geld verdient. Ich habe gearbeitet, bis ich dreißig war. Die nächsten zwanzig Jahre konnte ich gut von meinen Rücklagen leben. Aber dann waren die Einnahmen aufgebraucht, und ich habe angefangen, in einem Laden an der Promenade als Verkäuferin zu arbeiten, Haushaltswaren und so etwas.«

»Gab es einen Vater für Gianluca? Also, natürlich gab es einen – aber kannte er ihn?« Wieder war es Enzo, der die Frage stellte. Die alte Frau sah zu ihm hinüber und kniff die Augen zusammen.

»Es war eine Affäre, ganz kurz nur, in meinen wilden Zeiten. Als ich die Schwangerschaft bemerkte, war der Mann längst wieder weg. Ich habe ihm nie davon erzählt – und wenn ich ganz ehrlich bin, habe ich sogar seinen Namen schon vergessen.«

»Also hat Gianluca seinen Vater nie kennengelernt?«

»Nein, das hat er nicht.«

»In Ordnung, Signora. Ich denke, wir haben keine weiteren Fragen für den Moment. Aber ich muss Sie bitten, sich zu unserer Verfügung zu halten. Wissen Sie, es gab einen zweiten Mord, eine Woche vorher.«

»Wirklich?« Die Frau wurde blass. Giulia nickte.

»Das Opfer wurde auf dieselbe Art ermordet wie Ihr Sohn. Und auch in dem Fall tappen wir noch im Dunkeln, wer als Täter infrage kommt. Der Tote war ein Sommelier aus Florenz, er hieß Fausto Brunelli. Kennen Sie ihn zufällig?«

»Ich habe den Namen leider noch nie gehört. Ich hätte Ihnen sehr gern geholfen.«

»Gianlucas Freundin sagte der Name auch nichts.«

»Natürlich kannte Gianluca viele Leute, allein durch seine

Arbeit. Aber nur weil er den anderen Mann mal gefahren hat, wäre das doch kein Zusammenhang, oder, Signora Commissaria?«

»Nein, das wäre in der Tat zu wenig. Aber ich bin mir sicher, dass es einen Zusammenhang gibt. Also, wenn Ihnen doch noch irgendetwas einfällt, dann melden Sie sich bitte, einverstanden?«

Die alte Frau nickte. »Danke, Signora Commissaria. Ich danke Ihnen.«

QUINDICI – 15

»Das war nicht sehr viel, oder?«, fragte Giulia, als sie draußen auf der Promenade standen. Die Commissaria hatte auf einmal große Lust, an den Strand zu gehen. Also blieben sie an der Ampel stehen, und als sie grün wurde, überquerten sie die Straße. Wieder achtete sie darauf, leise mit ihm zu sprechen, damit Enzo sich quasi an ihrer Stimme orientieren konnte. Sie mochte es, wie nah er neben ihr ging.

Sie überquerten den Grünstreifen, der die Promenade vom Lido trennte. Sofort begannen die Strandbäder mit ihrer Symmetrie, die Giulia so mochte: die Sonnenschirme und Liegen in den bunten Farben, die dicht an dicht standen, in Reih und Glied, als seien sie Teilnehmer eines Militäraufmarsches. Auf den Liegen hatten es sich die Sonnenhungrigen bequem gemacht, selbst jetzt am Mittag, wenn die Sonne am erbarmungslosesten brannte. Als Italienerin wusste sie, dass es zumeist Touristen waren, die sich hier in der Sonne aalten und ihre Haut brieten, bis sie abends wie hochrote Krebse stöhnend in ihre Hotelbetten fallen würden. Ihre Landsleute standen lieber gut eingecremt und tiefbraun im flachen Wasser und unterhielten sich, plauderten, schwatzten, es lag ein Klangteppich über dem Meer, direkt über dem feinen Fettfilm auf der obersten Wasserschicht, von all der Sonnencreme. Kinder badeten und planschten und spritzten sich gegenseitig nass. Giulia musste einmal zur Seite springen, weil ein Platscher genau in ihre Richtung kam, Enzo wurde getroffen, und sie mussten beide lachen. Sie gingen in dem festen Sand ganz nah an der Wasserkante, der feucht unter ihren Füßen knirschte. Der nächste Lido kam in Sicht, die Farben der Sonnenschirme wechselten von gelb-blau zu rot-grün.

»Der Strand ist eine der schönsten Geräuschquellen, die es gibt«, sagte der Sergente. »Ich kann die Leichtigkeit richtig spüren, alle sind frei und fröhlich, und doch gibt es am Strand immer auch diese Melancholie, weil alle wunderschönen Tage irgendwann enden. Ich finde, die Vergänglichkeit spürt man am Strand besonders stark.«

»Sie sind …«, Giulia konnte nicht weitersprechen, weil sie den Kloß in ihrem Hals spürte.

»Was bin ich?«

»Ich weiß nicht. Sie fühlen so viel, und Sie können es anders als die meisten Menschen in Worte fassen. Das – berührt mich.«

Weil sie so nahe nebeneinandergingen, war es nur eine winzige Geste, mit der seine Hand ihren Arm streifte. Sie konnte nicht sagen, ob es ein Versehen war oder Absicht, aber als er die Hand wieder wegzog, entschied sie, nichts darauf zu geben. Ein Versehen. Ganz klar.

»Ich fand gar nicht, dass es wenig war, was die Signora offenbart hat«, kam Enzo leise auf Giulias Einschätzung der Befragung zurück.

»Was meinen Sie?«

»Ihre Rührung war echt – und auch ihre Trauer. Das habe ich ganz deutlich gehört. Deshalb war der Wechsel in ihrer Stimme auch so auffällig.«

»Was für ein Wechsel?«, fragte Giulia, die tatsächlich keine auffälligen Veränderungen bei Signora Vecchione festgestellt hatte.

»Sie wurde plötzlich vorsichtig. Ihre Stimme veränderte sich so wie die Bewegungen einer Frau, die eben noch mit vielen Freundinnen an der Bar saß und nun alleine auf dem Nachhauseweg ist. Jede Frau wird sich dann schneller bewegen, dichter an der Hauswand entlanggehen, sich immer wieder umdrehen. Sie ist aufmerksamer. Und genau so hat sich die Stimme der Signora verändert. Sie war plötzlich schneller und achtsamer und auch – ja, ängstlicher.«

»Also meinen Sie, sie verbirgt etwas?«

»Die Veränderung hat eingesetzt, als wir nach seinem Vater gefragt haben. Es war, als würden die Rollläden runtergehen, als würde sie komplett verschwinden hinter einer Lüge. Als hätten wir nach einem Geheimnis gegraben und wären tatsächlich auf etwas gestoßen.«

»Sie sollten alle Verhöre führen in Zukunft«, sagte Giulia und lächelte. »Ich bin offenbar unnütz in meinem Beruf. Ich habe das alles nicht gehört.« Sie war tatsächlich beeindruckt von ihrem Sergente.

»Das würde ja bedeuten, dass wir eigentlich zurückgehen müssten und sie zur Rede stellen«, fügte sie hinzu, doch Enzo schüttelte den Kopf. »Sie ist nicht bereit, darüber zu reden. Was kann denn Schlimmeres geschehen als der Mord an ihrem Sohn? Und trotzdem ist da diese Mauer des Schweigens. Ich weiß nicht – ich denke, wir werden andere Wege finden müssen, um an die Informationen zu kommen. Ich muss einfach ein wenig recherchieren.«

»Sehr gut«, erwiderte Giulia. »Es ist schon auffällig, dass die Eltern beider Opfer bei den Befragungen so merkwürdig reagiert haben. Und beide Mütter …« Giulia ließ die Worte in der

Luft hängen ... sie war wohl selbst noch nicht fertig mit ihrem Gedanken. Stattdessen sagte sie: »Dort vorne, beim nächsten Lido, da sehe ich eine wunderschöne Terrasse, es gibt Korbstühle und man schaut direkt aufs Meer. Ich denke, das ist eine sehr gute Adresse für ein *Pranzo*. Darf ich Sie zum Essen einladen?«

Enzo lächelte. »So habe ich mir das aber nicht vorgestellt fürs erste Date. Ich dachte, *ich* lade *Sie* ein.«

»Am Abend einmal, in Ordnung? Heute Mittag rechnen wir es als Geschäftsessen ab. Der Questore muss schließlich auch mal bluten, finden Sie nicht?« Sie mussten beide lachen, aber Giulia spürte Enzos Worten nach. *Ein Date?* Sie war in diesem Augenblick ganz froh, dass er ihre roten Wangen nicht sehen konnte.

Zehn Minuten später saßen sie auf der lauschigen Terrasse des Ristorante, das zum Lido gehörte. Die Korbstühle waren tatsächlich so bequem, wie sie aussahen. Auf dem Tisch stand eine Flasche mit kaltem Wasser und eine Karaffe mit dem Hauswein, ein halber Liter, der so eiskalt und fruchtig war, dass Giulia mit Lust den ersten Schluck genommen hatte. In Rom hatte sie Alkohol jeglicher Art gemieden, seit ihrer Ankunft in Florenz aber hatte sie Gefallen gefunden an einem kleinen Apéro, und sie hatte sich sogar nach der Gartenarbeit daheim zum Feierabend manchmal ein winziges Glas Wein gegönnt.

»Wie geht es Ihnen, Commissaria?« Enzos Stimme war so weich wie sonst, und doch lag etwas darin, das Giulia eine Gänsehaut verpasste. »Ich meine, Sie waren damals einfach wieder weg, von einem Tag auf den anderen. Ich wusste ja, dass sie bald wiederkommen. Aber es war doch komisch, so gar nichts mehr von Ihnen zu hören.«

»Ich bin abgetaucht.« Giulia merkte selber, wie hart das klang. »Ich musste erst einmal wieder hier ankommen. Dafür brauchte ich etwas Zeit. Ich habe mein Elternhaus auf Vordermann gebracht, und ich habe den Garten neu bestellt. Es war … Ich habe so etwas noch nie zuvor gemacht.«

»Sie meinen, den Garten bestellen? Oder irgendwo ankommen?«

Er sah sie an, und natürlich wusste sie, dass er sie nicht richtig sehen konnte. Und dennoch fühlte es sich so an, dass er der erste Mann war, der sie überhaupt richtig wahrnahm.

»Ich bin tatsächlich noch nie an einem Ort angekommen, um dort zu leben. Immer nur, um dort zu arbeiten.«

»Und hier ist es jetzt anders?«

»Es ist merkwürdig. Das hier war der Ort, an dem ich von allen Orten auf der Welt am wenigsten sein wollte. Und doch ist es nun so, als würde ich genau hier bleiben – und ich finde es nicht einmal schlimm.«

»Also lohnt es sich, Sie zum Essen einzuladen? Am Abend einmal?« Wieder lächelte er.

»Es würde sich auch lohnen, mich zum Essen einzuladen, wenn ich am nächsten Tag wieder abreisen würde – glauben Sie mir.«

»Ist das ein Flirt, Commissaria?« Seine Miene war so undurchdringlich wie seine Worte. Giulia musste lächeln.

»Ich glaube, Sie haben angefangen mit dem Flirten.«

»Vielleicht …«, sagte er und lächelte auch. Er wollte wieder ansetzen, aber da kam schon der Wirt mit einer großen Platte und zwei Tellern. Giulia konnte ihr *Pranzo* riechen, bevor sie es sah. Da lag der Duft nach gutem Öl in der Luft, nach Knoblauch, Chili und reichlich Weißwein, und nach Petersilie. Und der Duft des Meeres, weil die Venusmuscheln genauso rochen wie das Mittelmeer. Nach Jod und Salz und frischer Luft.

»*Alora*«, sagte der Wirt und stellte die Platte vor ihnen ab. »Unsere Linguine alle vongole, *buon appetito*.«

»Das riecht so gut, wie dieser Strand klingt«, sagte Enzo. Giulia hatte dem nichts hinzuzufügen.

SEDICI – 16

Er war am Fluss entlanggelaufen, weil er diese Zeit für sich brauchte, Tulipan hatte hier an einer Zypresse geschnuppert und da eine Platane gewässert, aber immer wieder hatte er zu dem Commissario aufgeschlossen, war nie länger als eine halbe Minute von seiner Seite gewichen.

Während es in der Altstadt nur so von Touristen wimmelte, war es zu dieser Stunde hier am Fluss wie ausgestorben. Es gab kaum Schatten am Lungarno, deshalb mieden die Menschen in der größten Hitze diesen Glutofen. Nur auf dem Wasser ruderten zwei Unermüdliche in ihrem Boot den Stromschnellen entgegen.

Ein Mörder, der seine Opfer präparierte. Wie unmenschlich das war. Wie viel Hass in diesem Mann stecken musste, dass er die Toten auf so zynische Weise entstellte.

Das Bild des Busfahrers auf seinem Sitz ging ihm nicht mehr aus dem Kopf. Und dazu der junge Mann, der in der Sicherheit der eigenen Wohnung ermordet worden war. Einer in der Öffentlichkeit. Einer im privatesten Teil seines Lebens. Der Täter hatte ganz genau gewusst, wen er auswählte, so viel war Luigi inzwischen klar. Und keine Skrupel gezeigt. Keine Gnade.

Er hatte nicht mehr auf den Weg geachtet, sondern war wie ferngesteuert wieder in die Stadt eingetaucht, an den alten Fassaden entlanggestreift, durch die kleinen Gassen südlich der Piazza della Signoria.

Bis ihn plötzlich jemand rief.

»Commissario«, tönte es. Luigi kam aus seiner Gedankenwelt wieder ins Jetzt und fand sich vor der Bar wieder, die der Questura am nächsten lag und in der er in seiner aktiven Zeit ein und aus gegangen war. »Auf ein Glas?«

Er nickte und winkte den beiden Uniformierten zu, dann betrat er die kleine Bar mit dem langen Tresen, die fast ausschließlich von Polizisten frequentiert wurde. Heute fand man hier ein knappes Dutzend von ihnen, in Uniform und in Zivil – und alle bedrängten den Commissario. Selbst der Wirt wartete nicht auf seine Bestellung, sondern bestürmte Luigi.

»Was ist das für ein Killer?«, fragte er laut. »Er hinterlässt die Opfer mit einem Lachen im Gesicht?«

Der Commissario nickte und wies auf die Kaffeemaschine. »Kann ich einen Espresso haben? Nein, besser einen Corretto.«

Der Wirt machte sich sofort daran, er füllte das Kaffeepulver in den Siebträger, dann wärmte er die Tasse mit heißem Wasser an und gab den Grappa hinein, bevor er schließlich den Espresso über den scharfen Schnaps laufen ließ. Luigi dankte und nahm den ersten Schluck. Es tat fast weh, so sehr brannte es, aber er spürte, wie ihn die Wärme sogleich durchflutete und er wieder einen klaren Gedanken fassen konnte.

»Ja, mein Lieber«, sagte er, »so ist es. Er formt den Opfern ein Lachen ins Gesicht. Und durch die Totenstarre bleibt es dann so, und wir finden die armen Leute entstellt auf.« Er sah, dass die Polizisten um ihn herum an seinen Lippen hingen. »Und jetzt frage ich mich: Habt ihr von so etwas schon einmal gehört? Vielleicht vor vielen Jahren? Wir müssen alle Akten durchgehen, aber das kann dauern – wir wissen alle, dass Florenz nicht sehr weit vorne mitspielt, was die neuen Technologien angeht, bis heute ist kaum etwas digitalisiert worden. Also: Kennt jemand von euch einen Fall, der Parallelen hat? Ihr seid ja alle lange dabei.«

Die Beamten blickten sich an und legten die Köpfe schief, manch einer murmelte etwas.

»Wirklich, sagt mir, wenn ihr eine Idee habt, selbst wenn sie noch so weit hergeholt erscheint. Wir sind für jede Spur dankbar.«

»Es heißt, er würde sein nächstes Opfer ankündigen?«

»Das glauben wir – weil er eine Ankündigung beim ersten Opfer hinterlassen hat, die auf das zweite passte.«

»Sagt er auch einen dritten Toten voraus?«

»Ja, das tut er.«

»Wie macht er das?« Der Wirt beugte sich über den Tresen und sah zu, wie Luigi seine Tasse austrank.

»Das kann ich nicht sagen, *caro*.«

»Wir haben wirklich überlegt, Commissario«, sagte einer der älteren Uniformierten, der seit Jahrzehnten in den Straßen der Stadt unterwegs war. »Aber so etwas haben wir alle noch nicht erlebt. Meinen Sie, es ist ein kompletter Irrer, der sich nun immer neue Opfer suchen wird?«

Luigi drehte die leere Tasse in den Händen und spürte, dass ihn ein leichter Kopfschmerz überkam.

»Oder es ist jemand, der uns genau das glauben machen will.«

DICIASSETTE – 17

Wenn sie spielte, war sie wie in einem Tunnel. Manchmal nur für Minuten, doch meistens waren es Stunden, in denen sie verschwand, in ihren eigenen Klängen und in den Bewegungen ihrer Hände, die schneller zupften, als sie denken konnte. Aber denken musste sie auch nicht.

Tunnelblick. Was für ein schönes, treffendes Wort. Sie war in einem Tunnel und sah aus diesem heraus, verschwommen nur, wie in weite Ferne. Auf der anderen Seite des Tunnels waren die Menschen, die ihr zuschauten, manchmal sah sie auf und warf einen Blick hinaus, und da standen sie dann, kleine Mädchen mit hübschen Kleidern, die ausgelassen tanzten, obwohl die Musik ganz ruhig war, ältere Damen, die sie mit einer gewissen Wehmut ansahen. *So jung, so hübsch und so talentiert,* das hatte ihr mal eine von ihnen gesagt. Die Touristen, die eigentlich nur das Schwein anfassen wollten, dann aber doch lange stehenblieben, weil die Musik sie verzauberte. Und die älteren Herren, denen die Geige ganz egal war, die einfach nur einen Blick auf diese junge Frau mit dem weißen Kleid erhaschen wollten.

Sie bewegte ihre Hände, und die Klänge folgten ihren Bewegungen, als seien sie miteinander verwandt, untrennbar miteinander verbunden. Dabei musste sie gar nichts mehr tun, sie musste keine Notenblätter lesen, sich nicht einmal mehr an die richtige Reihenfolge der Noten erinnern, es war, als würden die alten Komponisten sich ihrer bedienen, als hätten sie die Abfolge ihrer Klänge in ihren Kopf gepflanzt.

Die meiste Zeit über hielt sie die Augen geschlossen, weil sie den Menschen nicht gern dabei zusah, wie sie ihr zusahen. Sie wollte einfach nur hier stehen und spielen, auf diesem schönsten aller Plätze in Florenz. Das hier war ihre Bühne.

Die Stadtverwaltung hatte damals eigentlich ein langes Vorspiel verlangt, eine Stunde wollten die Verantwortlichen sie auf ihr Talent prüfen. Doch nach zwei Minuten, einem kurzen Stück von Mozart nur, hatten die drei Männer und zwei Frauen ihre Augen abgewischt und genickt – ihr wurde der Platz neben dem Wildschein zugewiesen, der Platz, an dem die Touristen stets innehielten und der Musik lauschten, um ihr dann einen, zwei oder gleich zehn Euro in den Geigenkasten zu werfen.

Dies hier war der lukrativste Ort der Stadt, und auch wenn es ihr nicht ums Geld ging, weil sie das gar nicht nötig hatte, war es doch schön, hier zu spielen und am Abend die Scheine zu zählen. Zweitausend Euro kamen an einem Tag locker zusammen, mit vier oder fünf Stunden Spiel, unterbrochen nur von kurzen Pausen in der Bar gegenüber, in der der verliebte Barista sie stets auf eine Flasche Wasser einlud und abends nach Feierabend auf ein Glas Wein oder zwei. Manchmal sah sie ihn, wie er versonnen vor seiner Bar stand und ihr zusah, ihr nachspürte, ihrer Musik lauschte.

Sie war kurz vor dem Ende ihres Stücks, noch eine Seite wäre es, sie sah die Noten vor ihrem geistigen Auge, sie konzentrierte sich jetzt noch einmal, allzu oft war es ihr passiert, dass sie nach einem Stück gleich weitergespielt hatte, den Applaus hatte sie gar nicht richtig wahrgenommen. Irgendwann aber, ein Jahr mochte es her sein, hatte sie sich vorgenommen, mehr auf den Applaus zu achten, ihn vielleicht sogar zu genießen, schließlich wärmte sie die Zuneigung ihrer Zuschauer von innen.

Sie flog durch die letzten Klänge, es war ein Stück von Paganini, das sie sehr mochte.

Sie spielte die letzten vier Noten mit großer Geste, der Bogen flog noch einmal, doch dann setzte sie ihn schnell ab und nahm die Geige von der Schulter, sie verbeugte sich, und dann brach der Applaus los, laut und heftig, die Zuschauer schlugen die Hände ineinander, manche riefen etwas, *bravo* und *que bello,* und dann öffnete sie die Augen und verbeugte sich noch einmal, lachte ihr strahlendes Lachen, und nun waren es die älteren Herren, die am lautesten klatschten, und sogar der Barbesitzer pfiff auf den Fingern und klatschte frenetisch.

»*Grazie*«, rief sie, und ihre Stimme war viel tiefer, als ihre Erscheinung es ahnen ließ. »Kurze Pause, ich bin in einer halben Stunde zurück.« Noch zweimal musste sie sich verbeugen, weil der Applaus nicht enden wollte, dann endlich wurden die Menschen leiser, weil sie begriffen, dass erst mal keine Zugabe folgen würde, sie kamen zu ihr und warfen Münzen und Scheine in den Geigenkasten, und schließlich gingen sie in alle Richtungen auseinander.

Sie nahm das Geld aus dem Kasten, dann verstaute sie die Geige vorsichtig in dem weichen Samt. Sie hängte sich den Kasten über die Schulter und nickte dem Barbesitzer zu. Dann ging sie in die Arkadengänge, an den Marktständen vorbei, die allerhand Krimskrams verkauften, Souvenirs, Ansichtskarten.

Früher gab es hier Lebensmittel, Obst, Gemüse, frisches Fleisch und Fisch, Mama hatte ihr immer davon erzählt. Heute gab es nur noch Kitsch und gefälschte Handtaschen, Schuhe, Tücher, es war ein Ort für Touristen, aber es war eben auch ein

Ort, an dem sich gutes Geld verdienen ließ, für Markthändler und für Musikerinnen.

Die Fremde bemerkte sie erst, als sie sie leise ansprach. Ihre Stimme war hoch und klar. Sie stand in der kleinen Gasse, die von der Loggia del Mercato Nuovo wegführte. Sie war menschenleer.

»*Scusi*, Signorina?«

»*Sì?*« Sie wollte ihre Pause nicht mit Touristen verbringen, die sich verlaufen hatten, aber die Stimmlage der Frau war so angenehm wie ihr toskanischer Akzent. Sie trug eine dunkle Sonnenbrille und einen Prada-Hut tief ins Gesicht gezogen.

»Ich sehe, dass Sie einen Geigenkasten bei sich haben – ich suche die musikalische Accademia, sie muss hier irgendwo sein.«

»Oh«, sagte die Geigerin, »ich habe dort gelernt, als ich noch ein Kind war, aber die Accademia ist ein gutes Stück von hier entfernt.«

Sie ging ein Stück in die Gasse, weil der Strom der Touristen hinter ihr schob und schob.

»Sie müssen durch die Gasse hier, dann kommt nach fünf Minuten der Duomo, daran rechts vorbei, und dann …«

Sie sah den Schatten hinter sich nicht, bemerkte nur, dass sie jemand nach vorne schob, der Hauseingang kam näher, dorthinein wurde sie geschoben, sie dachte, all das sei ein Versehen, weil die junge Frau immer noch vor ihr stand, doch als sie sagte *scusi* und sich umdrehen wollte, erblickte sie erst den Mann hinter sich und dann das Gesicht der Frau, kurz bevor das Messer über ihre Kehle gezogen wurde, und dann wollte sie kurz aufschreien, aber die Hand legte sich fest über ihren Mund, der Geigenkasten fiel zu Boden, und dann war der blaue Himmel über der engen Gasse das Letzte, was Svetlana Oleskova in ihrem Leben sehen sollte.

DICIOTTO – 18

Luigi trat durch die Tür und rief fröhlich: »Na, endlich Feierabend. *Buona sera,* meine Freunde.«

Da saßen sie alle, am langen Tresen, sie hatten Gläser mit Spritz und Campari Soda vor sich und waren vor der Nachmittagshitze nach drinnen geflohen, um hier zu versacken.

»Wie war dein Tag, *caro?*«, fragte Clara und ging sofort zum Zapfhahn, um ein frisches Nastro Azzuro ins Glas zu lassen.

»Anstrengend, aber ohne den großen Durchbruch.«

»Seid ihr gar nicht weitergekommen?« Bei Claras Frage blickten alle Gäste in der Bar auf, sie alle wollten wissen, wie es um die Morde in Florenz stand – Klatsch war in Santa Croce sowieso immer eine harte Währung.

»Nicht wirklich«, erwiderte Luigi. »Wir sind bei den Hintergrundrecherchen, es braucht alles seine Zeit.«

Luigi war nie ein Mann gewesen, der viele Geheimnisse hatte. Aber bei diesem Fall war es tatsächlich schwierig, etwas zu erzählen – weil sie schlicht gar nichts wussten.

»Hier, mein Liebster, dein Feierabendbier.«

»Wie geht's euch?«, fragte Luigi. »Sehen wir uns morgen alle zum Aperitivo?«

»Na klar«, riefen die Freunde, allesamt Stammgäste und Einwohner von Santa Croce. Keiner von ihnen würde ohne Not den wöchentlichen Aperitivo verpassen, zu dem das ganze Dorf zusammenkam. Da war Rosa, die Künstlerin, die hier oben eine Galerie betrieb, daneben saß Alberto, der Müllfahrer, und Dottore Federico, der seine Praxis für Allgemeinmedizin eigentlich wegen seines Renteneintritts schon vor Jahren hätte schließen können, aber er arbeitete lieber weiter. Luigi liebte diese Runde – und er liebte es, mit Leuten aller Couleur zusammenzusitzen und zu schwatzen, das hier war schließlich Italien.

Das Telefon klingelte hinter der Bar, und Clara runzelte die Stirn. Luigi kannte diesen Ausdruck auf ihrem Gesicht. Seine Frau war ein Seismograph für schwierige Situationen und menschliche Regungen. Und ihr Blick sagte ihm, dass sie längst wusste, wie dieser Abend enden würde. Er war nur nicht sicher, ob er diese Auflösung gerne hören würde.

»Ja? Batista hier?« Clara lauschte in den Hörer und nickte dann Luigi ernst zu. Verdammt. Er nahm den Hörer entgegen. Am anderen Ende der Leitung war Giulias Stimme zu vernehmen, die klar und deutlich sagte: »Er hat wieder zugeschlagen. Eine Geigerin. Am Mercato Nuovo.«

DICIANNOVE – 19

Sie trafen sich am Rande der Piazza del Mercato Nuovo. Der Commissario sah seine neue Chefin ernst an. »War es derselbe Täter?«

»Es sieht jedenfalls ganz danach aus.« Sie wies ihm die Richtung zu der kleinen Gasse, die mit Polizeiband abgesperrt war. Die übliche Karawane aus Gerichtsmedizinern und Spurensicherern war vor Ort – und die Schaulustigen standen sich hinter der Absperrung die Beine in den Bauch, die Handys gezückt, dass es Luigi grauste.

»Am helllichten Tag und vor aller Augen – das ist tatsächlich eine neue Entwicklung«, sagte Giulia.

»Der Täter eskaliert, würde ich sagen«, erwiderte Luigi. »Ist ja auch kein ganz stiller Tod, wenn du jemandem die Kehle durchschneidest. Und dabei die Gefahr einzugehen, entdeckt zu werden, Hm …«

»Kommen Sie, sehen wir uns das Opfer an.«

Sie gingen um die Ecke und blieben für einen Moment stehen, um die Szenerie auf sich wirken zu lassen. All diese Menschen, die um eine tote Frau herumstanden, Fotos machten, sie berührten, prüften, in Augenschein nahmen. War der Platz am

Markt groß und weit, war die Gasse so winzig und eng, dass man glauben konnte, die gegenüberstehenden Häuser würden sich bald berühren. Es war nahezu kühl hier im Schatten der Gasse, befand Luigi, aber vielleicht war es auch nur der eisige Schauer, der ihn befallen hatte, als er das viele Blut in dem Hauseingang erblickte. Es war unglaublich, wie viel fünf Liter Blut waren, wenn sie aus einem Menschen herausliefen. Das Pflaster war rostrot eingefärbt.

Eine Bewegung fing seinen Blick ein, es war die Dottoressa, die sich die weiße Haube abnahm und auf sie zukam. Sofort fiel ihr das rote Haar über die Schultern und gab der Gasse etwas mehr Farbe.

»Luigi, Commissaria«, sagte sie, und ihr Gesicht war viel ernster als am Morgen. »Ich sehe Sie beide ja gerne zweimal am Tag – aber nicht unter diesen Umständen.«

»Der gleiche Täter?«, fragte die Commissaria.

»Ohne Zweifel. Das gleiche Schnittmuster, die gleiche Waffe – und es war wieder alles blitzsauber. Obwohl der Tatort darauf hindeutet, dass es eine spontane Tat war, habe ich keine einzige Spur. Keinen Fingerabdruck, keine DNA. Es ist wirklich außergewöhnlich. Der perfekte Mord.«

»An einem der öffentlichsten Orte der Stadt«, erwiderte Giulia.

»Perfekt ist er nur, wenn wir den Mistkerl nicht kriegen – und ich will ihn kriegen. Ohne Zweifel. Ich hab die Schnauze voll von Leichen, die in meiner Stadt rumliegen, ohne irgendeinen Sinn.« Luigis Stimme bebte. »Dieser Mann, der das tut, der geht mir langsam echt auf die Nerven.«

»Zeugen haben eine Frau gesehen«, erwiderte die Commissaria.

»Was? Eine Frau?«

»Schon eine Minute nach dem Mord haben Passanten die

Leiche gefunden, es muss ein schrecklicher Anblick gewesen sein, sie war noch ganz warm, und sie blutete furchtbar doll. Und eine Zeugin hat ausgesagt, dass eine Frau mit einer Geige von einer anderen Frau angesprochen worden war – und dann in die Gasse hineingegangen ist. Sie war sich ganz sicher.«

»Aber, das ist ja …« Luigi konnte den Satz nicht beenden. »Welche Frau macht denn so etwas? Mit einem Messer …« Er kannte die Kriminalstatistiken genau wie die Commissaria. Für Morde mit Waffen, Pistolen, Messern, Macheten waren in allererster Linie Männer verantwortlich. Frauen töteten subtiler. Mit Gift. Oder mit Worten.

»Ich würde dennoch nach wie vor von einem Mann als Täter ausgehen – auch wenn so eine Zeugenaussage natürlich viel Gewicht hat«, sagte die Dottoressa. »Kommt, wir sehen sie uns an.«

Sie hieß sie, ihr zu folgen, und als sie zur Leiche kamen, traten die anderen Mitarbeiter der Spurensicherung ehrfurchtsvoll zur Seite. Die Dottoressa war eine Institution auf ihrem Gebiet, ihre Kollegen respektierten sie, manche fürchteten sie auch.

»Sie war eine sehr schöne junge Frau«, sagte sie und wies auf die Leiche. Luigi musste kurz die Augen schließen, weil die Tote so lang ausgestreckt auf dem Boden lag, die Arme ausgebreitet, genau wie die Beine – und das Gesicht war wieder zu einer lächelnden Maske verzerrt, was ihren Ausdruck beinahe höhnisch wirken ließ. Es war schlimm anzusehen. Ihre Erscheinung war tatsächlich die eines Engels, hohe Wangenknochen, lange blonde Haare, eine zarte, beinahe mädchenhafte Gestalt, dazu die blasse Haut, die durch den Blutverlust nun schon einen Stich ins Bläuliche hatte.

Der Hals zeigte die gleiche klaffende Wunde, die sie schon am Vortag gesehen hatten. Ja, die Dottoressa hatte recht, dachte Luigi, das war derselbe Täter. Aber konnte das tatsächlich eine Frau getan haben?

»Es gibt keine Kampfspuren, nichts. Als hätte man sie überrascht und einfach – nun ja – abgestochen. So schlimm das klingt, aber ich habe kein anderes Wort dafür. Der Angriff kam von vorne. Und sie hatte dennoch keine Zeit, sich zu wehren. Es muss so schnell gegangen sein. Schrecklich.«

Luigi sah sich um. »Ich brauche wohl nicht zu fragen, ob es in dieser winzigen Gasse Überwachungskameras gibt, oder?«

»Italien ist eben immer noch das Land der ungetrübten Privatsphäre«, erwiderte die Commissaria. »Aber wir wissen immerhin, wer sie ist. Eine Geigerin, die ganz in der Nähe einen Platz zum Spielen von der Stadt zugewiesen bekommen hat. Sie scheint sehr bekannt zu sein, weil sie so anmutig und schön spielte.«

Luigi kniff die Augen zusammen und betrachtete die Frau genauer.

»Ich habe sie schon spielen gehört«, sagte er leise. »Am Wildschwein mit der goldenen Nase, oder?«

»Genau dort«, erwiderte die Commissaria. »Sie hieß Svetlana Oleskova.«

Luigi lief es kalt den Rücken herunter. Svetlana Oleskova. S. O. »Osteuropäerin?«, fragte er.

»Eine Russin. Aber hier in Florenz geboren. Sagt zumindest der Ausweis, den wir bei ihr gefunden haben. Enzo ist schon informiert. Er sucht nach der Familie.«

Luigi nickte. »Sie spielte wirklich sehr schön. Das ist …« Er brach ab und spürte die Kälte in sich. So langsam wurde dieser Fall persönlich.

»Dort vorne sind ihre Sachen«, sagte Giulia, und sie gingen zu dem Geigenkoffer, der am Boden lag. »Haben Sie alles aufgenommen?«, fragte sie einen jungen Spurensicherer. Auf sein

Nicken hin streifte sie sich ihre Handschuhe über und öffnete den Koffer.

Als Luigi sah, was in dem Koffer lag, war er tatsächlich für einen Moment von seinem neuen Gedanken abgelenkt und vergaß die in ihm aufsteigende Wut. Er pfiff durch die Zähne.

»Sie hat tatsächlich viel Geld eingenommen«, sagte die Commissaria und blickte auf die bunten Scheine, Euros, Dollar, Schweizer Franken, Touristen aus aller Herren Länder mussten die junge Frau heute spielen gehört und sich mit Geld für die Musik bedankt haben.

»Das meine ich nicht«, erwiderte Luigi. »Sehen Sie die Geige? Das ist eine …« Er zögerte, weil er sich sicher sein wollte, aber dann fuhr er fort, weil er keinen Zweifel hatte: »Das muss eine Stradivari sein. Die teuerste Geige der Welt.«

»Wie kommen Sie darauf, Commissario?«, fragte Giulia. Die Dottoressa trat zu ihnen und warf einen Blick über ihre Schulter.

»Luigi ist ein großer Freund klassischer Musik, wussten Sie das nicht, Commissaria? Und er hat recht: Das ist eine Stradivari. Das Holz, der Körperbau der Violine, dieser Glanz, es gibt keinen Zweifel.«

»Was kostet so eine Geige? Ein paar tausend Euro?« Giulia fragte es und fing sofort die erstaunten Blicke ihrer Kollegen auf. »Was denn? Noch mehr?«

Luigi lächelte. »Herrgott, gibt es in Rom etwa keine guten Konzerte mehr, wo Musiker solche Geigen spielen? Ein paar tausend Euro, dafür kriegen Sie wohl gar keine ernstzunehmende Geige mehr. Eines von den wenigen Exemplaren, die Antonio Stradivari gebaut hat, kostet heute ab drei Millionen Euro und aufwärts. Ich habe neulich erst von einer Auktion in New York gelesen, da hat eine solche Geige über 15 Millionen Euro eingespielt.«

»15 Millionen?« Die Commissaria sah Luigi erstaunt an. »Aber wie sollte sich eine junge Frau ein so teures Instrument leisten können? Ich meine, sie hat ja nicht im Opernhaus von Sydney gespielt, sondern auf der Straße.«

»Ich habe tatsächlich keine Ahnung, Frau Kollegin«, erwiderte Luigi. »Aber noch merkwürdiger ist, dass der Täter die Geige einfach hier hat liegen lassen. Ich meine: Da hätte doch jeder Mörder sofort einen Raubmord daraus gemacht, selbst wenn er ein anderes Motiv hatte. Drei Millionen Euro.«

»Dieser Täter ist tatsächlich ein großes Rätsel.«

»Oder diese Täterin.«

»Wir werden die Geige sichern«, sagte Giulia. »Und dann müssen wir mit allen sprechen, die die junge Frau heute gesehen haben. Ich will alle Überwachungskameras der Umgebung, wir müssen sie heute noch auswerten. Und Sie, liebe Dottoressa, bitte schauen Sie noch mal, ob Sie nicht doch irgendetwas finden können. Dieser Tatort ist so öffentlich, vielleicht hat der Mörder diesmal doch einen Fehler gemacht.«

»Ich gebe mein Bestes, Commissaria. Aber nach dem ersten Augenschein …« Sie schüttelte traurig den Kopf. »Die arme Frau.«

»Die arme Frau«, wiederholte Luigi, und wer ihn gut kannte, der konnte an seinen bebenden Nasenflügeln sehen, wie wütend er war.

VENTI – 20

»Enzo?« Giulia stockte. »Ich meine, Sergente Aleardi … *scusa* …«

»Sie dürfen mich durchaus duzen, Commissaria.«

Giulia spürte, wie sie selbst am Telefon errötete. Sie war auf dem Weg zur Questura, Luigi saß auf seinem Roller und folgte ihr. Die Straßen der Stadt waren leerer geworden, es war die heiße Nachmittagsstunde nach 16 Uhr, in der die Menschen sich in den Büros durch die letzten Aufgaben quälten und die Touristen in ihre klimatisierten Hotelzimmer geflüchtet waren. Bald kam die blaue Stunde, die Stunde des Aperitivo – und dann würde die Altstadt wieder aus allen Nähten platzen.

»Ich … ähm«, stotterte sie, »ich werde darüber nachdenken.« Was für ein Blödsinn, dachte sie, was redete sie denn da? »Haben Sie etwas herausgefunden?«

»Die junge Frau war dreiundzwanzig Jahre alt. Sie studierte klassische Musik an der Universität in Florenz. Das hätte sie aber gar nicht nötig gehabt, weil sie bereits jeden Tag so viel Geld verdient hat mit ihrem Spiel, dass sie locker allein damit bis zur Rente hätte kommen können. Sie hat alle Einnahmen von der Straße ordnungsgemäß versteuert, das waren im letzten Jahr 300 000 Euro.«

»Wie viel?«, fragte Giulia. Sie war völlig verblüfft.

»Sie haben richtig gehört, Commissaria.«

»Aber das reicht immer noch nicht für eine Stradivari. Nicht mal mit drei Jahren Spiel.«

»Was meinen Sie?«

»Wir haben eine sehr teure Geige bei ihr gefunden, Sergente. Haben Sie etwas zu ihrer Familie herausgefunden?«

»Ihre Mutter ist eine berühmte Schauspielerin. Sie ist nach der Öffnung des Eisernen Vorhangs aus Moskau nach Italien gekommen. Und hat hier ihren Durchbruch geschafft. Mittlerweile lebt sie in Genf. Ich habe die Schweizer Polizei gebeten, sie zu informieren und uns dann ihren Kontakt zu geben.«

»Das ist sehr gut, Sergente. Haben Sie vielen Dank.«

»War es …«, sie hörte, wie er zögerte, »war der Anblick sehr schlimm?«

»Es war ein furchtbarer Mord. Ja. Das war er.« Sie spürte, wie ihre Stimme bebte, und konnte nichts dagegen tun.

»Meinen Sie nicht, wir sollten damit an die Öffentlichkeit? Was ist … was ist, wenn er einfach weitermacht?«

»Er oder sie – Zeugen wollen eine Frau gesehen haben. Aber ja, Sergente, Sie haben recht. Wir müssen unsere Strategie überdenken.«

VENTUNO – 21

Sie saßen in der kleinen Bar vor der Questura, immer noch unter den Sonnenschirmen, weil die Abendsonne schräg durch die Häuserschluchten fiel. In einer halben Stunde würde die Dunkelheit von der Stadt Besitz ergriffen haben. Doch noch strahlte das alte Pflaster die gespeicherte Hitze des Tages ab.

Tulipan trank Wasser aus einer Schüssel unter dem Tisch. Luigi hingegen hatte wortlos Bier und Wein vom Tresen geholt und beides auf den Tisch gestellt. Sogar Giulia hatte sich ein Glas genommen. Dieser Tag schrie nach ein wenig Ablenkung alkoholischer Art.

»Es ist zum Verrücktwerden«, sagte die Commissaria, nachdem sie ihr Glas geleert hatte. »Er hat schon wieder zugeschlagen – und wir haben nichts. Wir haben keine Spuren, wir haben keine Aussagen, wir haben keine Zeugen. Wir haben nichts. Und das macht mich rasend.«

»Ich muss Ihnen zustimmen, Signora Commissaria«, sagte Luigi und nahm einen tiefen Schluck aus seinem Bierglas. »Ich kann mich nicht erinnern, in meiner aktiven Zeit einen Fall gehabt zu haben, bei dem es so wenig Anhaltspunkte gab. Es ist …«

Enzo räusperte sich und murmelte: »Wir haben drei Opfer, die in keinerlei Verbindung zueinander stehen. Zumindest keine, auf die wir bisher gekommen sind. Das könnte bedeuten, dass wir es mit einem Serienmörder zu tun haben, der sich zufällige Opfer aussucht. Wenn da nicht die Sache mit den Initialen wäre.«

»Stimmt das denn?«, fragte Giulia und runzelte die Stirn. »Dass es gar keinen Zusammenhang gibt?«

»Was meinen Sie, Commissaria?«

»Lassen sie es mich anders formulieren«, erwiderte Giulia. »Was gibt es für Ähnlichkeiten zwischen den Opfern?«

Luigi sah zu Enzo Aleardi, kratzte sich am Kopf und trank sein Bierglas in einem Zug aus. Fast widerwillig sagte er: »Ich will jetzt nicht wunderlich erscheinen. Aber viel ist es tatsächlich nicht, was mir aufgefallen ist. Also: Die Opfer waren alle eher jung als alt, aber die Altersspanne zwischen ihnen war doch groß. Der Busfahrer war Anfang vierzig, der Sommelier Ende dreißig, die Geigerin erst Mitte zwanzig. Auch waren sie aus völlig verschiedenen Metiers. Wie sollen ein Busfahrer und eine Geigerin sich begegnen? Doch nur durch Zufall.«

»Da dürfen wir nicht aufgeben«, sagte Giulia. »Wir müssen alles wissen, auch, ob sie im gleichen Fitnessstudio trainiert haben, vielleicht gerne in derselben Focacceria gegessen haben, vielleicht hatten sie auch alle drei eine Vorliebe für Geocaching oder so einen Quatsch. Was haben wir noch?«

»Was meinen Sie, Commissaria? Nun spannen Sie uns doch nicht so auf die Folter.«

»Alle drei stammen ursprünglich aus Florenz. Sie sind hier geboren. Und sie haben alle drei wahnsinnig schöne … Mütter.«

»Hm?« Luigi sah sie erstaunt an.

»Dass ausgerechnet Ihnen das nicht aufgefallen ist, erstaunt mich doch sehr, Commissario.«

»Ich darf doch sehr bitten …« Luigi sah sie mit gespielter Entrüstung an. Doch dann wurde sein Blick wieder ernst. »Ich war am Meer ja nicht dabei – war die Mutter des Busfahrers auch so eine Erscheinung wie die Wirtin?«

»Ja, das war sie. Und sie lebte in einer wirklich schönen Villa am Meer. Und dann haben wir noch diese Frau hier …«

Sie hielt ihr Handy hoch, mit dem sie Dora Oleskova im Internet gefunden hatte. Auf dem Display erschienen Bilder der Schauspielerin, einer großen blonden Frau mit durch und durch schönen und gleichmäßigen Gesichtszügen, hohen Wangenknochen und heller Haut, wie sie jungen Osteuropäerinnen eigen waren.

»Das ist die dritte im Bunde.«

»Aber meinen Sie, dass das die Gemeinsamkeit ist, die wir suchen, Commissaria?«, fragte Enzo mit deutlichem Zweifel in der Stimme. »Die hübschen Mütter?«

Giulia hob die Arme wie zur Verteidigung und sagte: »Es ist mir eben aufgefallen, als sie mir von der Mutter der Geigerin erzählt haben. Ich meine – wir haben gar nichts, und vielleicht ist das doch etwas, was wir haben. Und es gibt diese absonderlichen Besitzverhältnisse: Die Luxuswohnung des jungen Sommeliers, diese absurd teure Geige und die Villa, in der die Mutter des Busfahrers wohnt.«

»Dann wäre es wohl gut, in der Vergangenheit der Opfer zu wühlen, oder?«

»Eben wollte ich Sie darum bitten, Sergente.«

»Und wir sollten mit der Mutter der Geigerin sprechen. Die Schweizer Kollegen haben sie bereits informiert. Die Frau wird noch heute mit dem Nachtzug nach Florenz reisen. Sie war tief bestürzt, sagten mir die Kollegen aus Genf, ich hab eben mit ihnen …«

»Dachte ich es mir doch, dass ich Sie hier treffe«, hallte eine tiefe weibliche Stimme über die kleine Piazza. Alle drei sahen sofort auf, nein, vier, denn auch Tulipan hob seinen Kopf, weil er den Neuankömmling sehr gut kannte. Sein Schwanz wedelte sogar im Liegen.

»Dottoressa«, rief Luigi als Erster, er stand sofort auf und begrüßte die Gerichtsmedizinerin. »Warst du überhaupt schon im Krankenhaus? Wir haben uns doch eben erst am Tatort gesehen.«

»Ich war tatsächlich nur ein paar Minuten im Ospedale. Die Tote liegt dort, aber ich habe mich zuerst um die Geige gekümmert. Weil ich ganz sichergehen will, dass es sich um eine Stradivari handelt. Also, ich habe keinen Zweifel, aber ich habe gleich einen Experten aus dem Museum für Musikinstrumente ins Krankenhaus beordert, der für die Galleria dell'Accademia arbeitet. Er wird sich die Geige ansehen. Aber im Geigenkasten habe ich das hier gefunden – und wollte es euch nicht vorenthalten.«

Mit großer Geste griff sie in die ausgestellte Tasche ihres hellblauen Sommerkleides und nahm einen Beweismittelbeutel heraus. Darin – Giulia stockte der Atem – war ganz deutlich ein Stofftaschentuch zu erkennen.

»*Mio dio*«, sagte Giulia.

»Da war es Nummer vier«, fügte Luigi hinzu.

»Wo war das?«, fragte die Commissaria.

»Im Inneren der Geige. Der Täter hat es zusammengefaltet und durch eines der F-Löcher ins Innere des Instrumentes geschoben. Ich habe es nur gesehen, weil ich genau hineingeschaut habe. Da ist mir der weiße Stoff aufgefallen.«

»Sind da wieder Initialen drauf?«, fragte die Commissaria.

»Leider ja.« Die Dottoressa zog Gummihandschuhe über und nahm das Taschentuch aus der Tüte, dann faltete sie es auf. Auf das Tuch waren zwei Buchstaben gestickt.

»F und N«, sagte Luigi bitter.

»Also wird es noch ein Opfer geben«, fügte Giulia leise hinzu.

»F, das kann alles und jeder sein. Francesco, Fernando, Fabrizio, Fabia, Herrgott, es ist zum Verrücktwerden.«

»Aber was um alles in der Welt soll das mit dem Lachen?«, fragte Enzo in die angespannte Stimmung hinein.

»Ich sag ja: Es ist der schwierigste Fall, den ich je hatte. Dieser Mistkerl ...«

»Jetzt müssen wir Ernst machen«, sagte Giulia. »Also: Sie, Sergente, müssen heute leider eine Nachtschicht einlegen. Wir müssen die Mutter vernehmen, sobald sie in Florenz angekommen ist. Können wir sie vielleicht sogar vom Bahnhof abholen? Aber vielleicht möchte sie zuerst ihre Tochter sehen ...« Giulia legte die Stirn in Falten, sie mochte sich nicht vorstellen, welche Schmerzen die Mutter in diesen Stunden fühlen musste – sie konnte sich noch sehr lebhaft an ihren eigenen Besuch in der Gerichtsmedizin erinnern, damals, auf Sardinien. Voller Eifer sagte sie: »Und wir laden morgen zu einer Pressekonferenz ein. Wir müssen die Öffentlichkeit warnen – insbesondere alle, deren Initialen F und N sind. Ich will, dass jeder, der Francesco heißt oder sonst wie mit F, sich ab morgen genau überlegt, ob er das Haus verlässt – und sich möglichst dagegen entscheidet.«

»Das wird einen ordentlichen Aufruhr geben«, sagte Luigi. »Außerdem hat es dem jungen Weinkellner auch nicht geholfen, zu Hause zu bleiben. Der Mörder weiß ganz genau, wie er zu seinen Opfern gelangt.«

»Das stimmt, Commissario. Aber was schlagen Sie vor? Sollen wir warten, bis der nächste Mensch stirbt, und einfach zusehen, bis der Täter einen Fehler macht?« Sie war laut geworden. Die anderen sahen die Commissaria erschrocken an. Nach einer Weile senkte die den Blick. »Tut mir leid. Mir geht das alles echt nah. Und ich brauche einen verdammten Anhaltspunkt.«

»Das verstehe ich gut, Commissaria«, erwiderte Luigi. »Es war ein langer Tag – vielleicht sollten wir es für heute gut sein lassen.«

»Das sollten wir, Commissario. Hoffen wir, dass es der Täter für heute auch gut sein lässt.«

TAG 2. 21.00 UHR

La Cena à Casa Batista (Das Abendessen im Hause Batista)

Carla: Ich dachte, du kommst heute gar nicht mehr.

Als er zur Tür hereinkommt, geht Carla nach ihrer Begrüßung sofort in die Küche, um die Zutaten in die Pfanne zu geben, die sie vorbereitet hat. Luigi hört das Zischen des Knoblauchs in dem heißen Olivenöl und nach einer Weile das noch lautere Zischen, als Carla den Weißwein in die Pfanne gibt. Sofort dringt eine köstliche Duftwolke zu ihm ins Esszimmer.

Luigi: Ehrlich gesagt: Zwischenzeitlich dachte ich das auch.

Carla: Ich wollte ja nicht fragen, damit du erst mal durchatmen kannst. Aber ich habe vorhin im Radio gehört, dass es einen weiteren Mord gab.

Luigi: Eine junge Frau. Du kennst sie vielleicht. Die Geigerin, die immer an der Wildschweinskulptur gespielt hat.

Carla: Die junge Frau, die viel zu gut war, um eine Straßenmusikerin zu sein?

Luigi: Genau die.

Carla: Jetzt … *Sie steckt ihren Kopf durch die Tür, und er sieht die Er-*

schrockenheit in ihrem Blick. Ich … Das macht mich wirklich traurig. Ich weiß, dass ich einmal Tränen in den Augen hatte, weil sie so schön gespielt hat. Und … und hat der Mörder sie wieder auf diese grausame Weise präpariert?

Luigi: Ja. Das hat er. Leider. *Er stockt.* Ich bin wirklich wütend.

Carla: Das ist so schrecklich.

Luigi: Weißt du, sie hatte eine echte Stradivari, die junge Frau. Ein so edles Instrument. Was meinst du, wie kann sich eine so junge Frau, die auf der Straße für Geld Musik macht, so ein teures Instrument leisten?

Carla: Kam sie aus einer feinen Familie?

Luigi: Ihre Mutter ist Schauspielerin, na ja, sie ist es einmal gewesen, sagt Enzo Aleardi. Sie lebt in der Schweiz und ist auf dem Weg hierher. Aber trotzdem: Wenn sie nicht in Hollywood gespielt hat, dann kann sie sich auch keine Stradivari leisten. Die Preise dafür liegen bei drei Millionen Euro aufwärts.

Carla: Hm, vielleicht eine Leihgabe aus einem Museum?

Luigi: Damit sie damit auf der Straße spielt? Das halte ich für sehr unwahrscheinlich.

Er hört, wie sie die Pfanne schüttelt und das Geräusch ist so markant, dass er zu ahnen beginnt, was es an diesem Abend zu essen geben wird.

Carla: Tja, dann musst du wohl die Spur der Geige aufnehmen. Vielleicht verrät sie dir mehr darüber, wer der Täter ist.

Luigi: Enzo Aleardi ist schon dran. Es gibt nicht viele Läden in Florenz, die sich mit so feinen Instrumenten auskennen, er recherchiert, woher sie ihre Geige hat. Es gibt wohl nur noch sechshundert davon auf der ganzen Welt. Also kann es ja wohl nicht so schwer sein, festzustellen, woher diese Geige stammt.

Carla: Enzo Aleardi? Ist das dieser junge Mann, der schon damals beim ersten Fall mit der Commissaria dabei war?

Luigi: Der blinde Kollege.

Carla: Für den deine Kollegin so geschwärmt hat?

Luigi: Was? Giulia hat für Enzo geschwärmt?

Carla: Hast du das etwa nicht bemerkt? Herrje, Luigi …

Luigi: Du glaubst, die Commissaria ist verliebt in Enzo?

Carla: Würdest du nicht so furchtbar kochen, würde ich vorschlagen, unsere Jobs zu tauschen. Ich habe ja wohl die viel bessere Menschenkenntnis. Andererseits könnten wir dann die Bar zumachen.

Luigi: Na hör mal.

Er stockt, als er sie mit der Pfanne sieht, in der sie schon die Nudeln geschwenkt hat. Sofort erfüllt der Duft nach Wein, Knoblauch und dem Jod des Meeres die Luft.

Luigi: Okay, du hast gewonnen – du bist die beste Köchin der Welt. Und nun her damit, ich habe einen Bärenhunger.

Carla: *Buon appetito,* Commissario.

Luigi: *Buon appetito, cara.* Und danke. Für alles.

Recette

Linguine alle vongole
Linguine mit Venusmuscheln

Für 4 Personen

- *1 kg Venusmuscheln*
- *500 g Linguine*
- *4 Knoblauchzehen*
- *1 Bund Petersilie*
- *2 Chilischoten*
- *250 ml Weißwein*
- *20 Kirschtomaten*
- *bestes Olivenöl*
- *Salz*
- *Pfeffer*

Die Venusmuscheln im Beutel oder lose waschen und einmal abbürsten. Die geöffneten Muscheln entsorgen. Tomaten waschen und vierteln. Knoblauch schälen und fein hacken. In einer Pfanne in reichlich Olivenöl anschwitzen, aber nicht braun werden lassen. Chilis waschen und fein hacken und ab in die Pfanne, je nach Wunsch Kerne hinzugeben, dann wird es schärfer.

Die Muscheln zugeben und den Weißwein hinzufügen, dann mit Deckel verschließen. Circa zehn Minuten unter gelegentlichem Durchschwenken kochen.
Den Deckel öffnen und nun die Muscheln wegwerfen, die geschlossen sind. Ganz wichtig, denn diese könnten verdorben sein.

Die Tomaten hinzufügen und noch mal zwei bis drei Minuten in der offenen Pfanne durchschwenken.

Die Linguine in Salzwasser nach Packungsanleitung kochen, abgießen und in der Pfanne mit den Muscheln und dem Sud vermischen. Reichlich frisch gemahlenen schwarzen Pfeffer darüber – und auf keinen Fall Parmesan, Fisch und Käse vertragen sich nicht, sagen die Italiener.

Hervorragend passt dazu ein weißer Pecorino Terre di Chieti aus den Abruzzen, etwa der 2022er Botte dei Conti.

TAG 2

Mein liebes Schwesterherz,

eine Geige. Eine Geige könnte meinen Fall lösen. Weißt Du noch? Ich musste Geige lernen, Mama hat darauf bestanden. Aber dann klang es so furchtbar, weil ich ja überhaupt nicht spielen konnte, dass sie mich nach drei Wochen inständig darum gebeten hat, wieder aufzuhören.

Wir mussten beide darüber so lachen. Eine einzelne Geige kann aber auch wirklich schlimm klingen.

Ich habe die Frau, die die Geige so schön gespielt hat, leider nie kennengelernt. Ich hätte sie gerne spielen hören. Und ich bin mir sicher, dass es Dir genauso gegangen wäre. Du hast immer so schön Klavier gespielt, ich habe es geliebt, Dir zu lauschen.

Enzo versucht jetzt herauszufinden, woher diese Geige stammt. Vielleicht ist das des Rätsels Lösung. Ich bete dafür, dass es so ist.

Wir müssen uns wirklich beeilen. Ich habe Angst, dass der Mörder noch nicht fertig ist. Ich hasse es, hilflos zu sein. Damals bei Dir, da war ich auch hilflos. Und ich habe mir geschworen, dass es das letzte Mal war.

Eben habe ich mir im Garten ein paar Tomaten geholt, die werde ich jetzt essen, mit etwas Brot und Öl. Ich hätte Dich gerne hier neben mir, auf dem Stuhl unter der Pergola, während die blaue Stunde endet und der Garten bald vor Dunkelheit nicht mehr zu sehen ist. Die Zikaden zirpen. Und ich bin sehr müde.

Buona notte, *mein Schwesterherz.*

Deine Giulia

VENTIDUE – 22

Als Giulia am Morgen an der Questura ankam, konnte sie ein Stöhnen nicht unterdrücken. Der Vorplatz war verstopft von Übertragungswagen, die ihre Satellitenschüsseln ausgeklappt hatten. Neben den italienischen Sendern waren auch deutsche und britische gekommen, wie sie an den Kennzeichen erkennen konnte. Eine Pressekonferenz zu einem mutmaßlichen Serienmörder, der mitten in Florenz wahllos Menschen umbrachte und seinen Opfern ein Lächeln im Gesicht hinterließ – das war tatsächlich ein gefundenes Fressen für Reporter aus aller Welt, eine Geschichte, die das Zeug zu einem Quotenbringer hatte. Giulia konnte gar nicht sagen, wie sehr sie das hasste; aber in diesem Fall ging es nicht anders. Sie mussten Druck auf den Täter ausüben, echten Fahndungsdruck – und sie mussten potenzielle Opfer warnen.

Sie betrat die Questura und sah, wie die Journalisten mit ihren Kameras und Mikrophonen an der Sicherheitskontrolle anstanden, um in den großen Saal im Erdgeschoss zu gelangen, wo die Pressekonferenz in einer halben Stunde beginnen würde. Sie selbst nahm die Treppe in die dritte Etage und wollte schnurstracks ins Büro ihrer Einheit gehen, doch sie sah aus dem Augenwinkel, dass die Tür des Questore offen stand. Naturgemäß hatte sich der eitle Pfau das schönste Büro in der ganzen Questura geschnappt, mit Fischgrätparkett und einem alten Kamin – und mit einem Balkon mit Altstadtblick. Nun stand er in diesem Büro und wiegte sich vor seinem großen Spiegel hin und her, heute hatte er sich für einen dunkelblauen Anzug mit Weste und Einstecktuch entschieden, als sei er für einen Model-Contest angemeldet. Sie sah zu, wie er seine Frisur richtete und dabei leise den Mund bewegte, offenbar schien er seinen Text zu üben. Die Commissaria schüttelte den Kopf, dann ging sie leise von dannen, in Richtung ihres Großraumbüros. Na, das konnte ja was werden.

Sie betrat den Raum und blieb einen Moment stehen. Bisher waren keine anderen Kollegen in dem großen Büro – außer … ja, da saß er, Enzo, mit geschlossenen Augen, in seinem Stuhl. Sie näherte sich vorsichtig und blieb vor ihm stehen. Erst als sie ganz sicher war, dass er wirklich schlief, räusperte sie sich leise und berührte ihn sanft an der Schulter.

»Ähm … ja, was …«, rief er und fuhr erschrocken auf.

»Es tut mir leid, Sergente, ich wollte Sie nicht unsanft wecken. Haben Sie etwa die ganze Nacht gearbeitet?«

»Wenn Sie mir eine Nachtschicht befehlen, dann werde ich ja wohl spuren …«, sagte Enzo und grinste. Er war ohne Sonnenbrille eingeschlafen, und Giulia sah seine braunen Augen.

»Was haben Sie herausgefunden?«

»Ich bin noch mittendrin. Sie wissen ja, es ist beinahe nichts digitalisiert in Florenz. Ich muss also warten, bis die Mitarbeiter im Rathaus endlich am Platz sitzen.«

Das Telefon klingelte so laut, dass sie beide zusammenzuckten. Enzo nahm sogleich den Hörer ab.

Er lauschte dem Anrufer und legte nach wenigen Sekunden wieder auf.

»Der Morgen beginnt so schlecht, wie der Abend geendet hat.«

Giulia sah den Sergente fragend an.

»Die Mutter der Geigerin – ihr Zug ist ausgefallen. Sie ist unterwegs. Aber sie wird nicht vor dem Nachmittag hier ankommen.«

»So ein Mist. Jede Minute zählt. Aber ich will unbedingt persönlich mit ihr sprechen, nicht bloß am Telefon.«

»Dann müssen wir bis zum Nachmittag warten. Und Sie halten jetzt die Pressekonferenz, Commissaria?«

»Ja. Der Questore scheint schon sehr aufgeregt zu sein. Ich habe ihn eben beobachten können – seine Vorbereitung ist legendär.«

Enzo wies auf den Computer. »Ich werde es mir hier anhören. Sie werden das gut machen – und wer weiß, vielleicht retten Sie ein Leben.«

»Ich mag das gar nicht«, erwiderte die Commissaria. »Auch wenn in diesem Fall …«

»Es ist das Richtige«, sagte Enzo mit fester Stimme. Draußen schlugen die Kirchenglocken von San Marco zehnmal.

»Es wird Zeit«, sagte die Commissaria, strich sich die dunkelblaue Bluse glatt, dann ging sie durch den Flur, an der Tür des Questore vorbei, die nun verschlossen war, dann nahm sie die hintere Treppe, die den Angestellten vorbehalten war und die tief in die Katakomben führte, hinunter ins Archiv und in den Flur, von dem die wenigen Haftzellen abgingen, die sie für vorübergehend Festgenommene bereithielten.

Durch den Hintereingang betrat sie das Foyer vor dem Eingang des großen Saales, wo der Questore und der Pressesprecher schon warteten.

»Na endlich, Commissaria«, sagte Signore di Medici. »Wir wollen doch die Reporter nicht warten lassen.«

Der Pressesprecher öffnete die Saaltür, und sogleich begann das ohrenbetäubende Klicken der Fotoapparate, ein wahres Blitzlichtgewitter fuhr durch den Saal, dazu blinkten die roten Lichter der Fernsehkameras. Außer den technischen Geräuschen aber war es still, alle Gespräche waren verstummt, und während die drei zu ihren Plätzen hinter dem langen Tisch gingen, sah Giulia, wie ihnen die Blicke der anwesenden Journalisten folgten. Es waren tatsächlich viele gekommen – und die gespannte Ruhe erinnerte sie einmal mehr daran, wie quotenbringend und aufsehenerregend dieser Fall sein musste.

Der Pressesprecher wollte gerade sein Mikrophon einschalten, doch der Questore war schneller. Er strich sich noch einmal über die Krawatte, dann räusperte er sich und sagte mit bebender Stimme: »Meine sehr verehrten Damen und Herren, liebe Journalisten aus Florenz, Italien und aus ganz Europa, herzlichen Dank, dass Sie meiner Einladung so zahlreich gefolgt sind, wir sind froh darüber, dass unser Anliegen nun so viel Öffentlichkeit erfährt, auch international – und ich bin mir sicher, dass die großartige Polizei dieser Stadt zusammen mit Ihnen dafür sorgen wird, dass dieser Fall gelöst wird.«

Er machte eine dramatische Pause und atmete einmal tief durch, während er die Hände hob, als würde er ein Orchester dirigieren. Giulia musste kurz die Augen schließen, weil sie die Opulenz seiner Gestik und Mimik derart abstieß. Was für ein eitler Pfau. Aber sie musste hier durch. Und vielleicht half diese Pressekonferenz ja tatsächlich.

»Ich möchte Ihnen nun berichten, was wir seit Tagen hier erleben – und worüber wir bisher den Mantel des Schweigens gebreitet haben, aus ermittlungstaktischen Gründen.« Der Questore legte so viel Verve in seine Stimme, als würde er den anwesenden Reportern gleich einen Heiratsantrag machen. »Es gab drei Morde in dieser Stadt, aufsehenerregende Morde, so geheimnisvoll wie brutal. Drei Menschen wurde die Kehle durchtrennt, und sie wurden mit einem Lachen im Gesicht zurückgelassen. Ja, meine sehr verehrten Damen und Herren, Sie haben richtig gehört – es wurde ja auch in den hiesigen Medien schon darüber gemunkelt –, und ich muss sagen, dass ich derlei in meiner langen Karriere und mit all meiner Erfahrung noch nicht erlebt habe; aber die Opfer wurden so präpariert, dass wir sie mit einem Lachen im Gesicht vorgefunden haben, das durch die Leichenstarre verfestigt wurde. Ich habe alle drei Opfer selbst in Augenschein genommen, und ich muss zugeben, dass der Anblick selbst mich als gestandenen Ermittler schockiert hat.« Er verdrehte die Augen gen Himmel, als müsse er sich wieder von den Bildern lösen. Giulia konnte nicht anders, sie musste kurz weggucken, sonst hätte sie ihn angesprungen. Dieser Mann war so von sich selbst berauscht, er hätte gut in Hollywood Karriere machen können, leider aber nur bei den schlechten Filmen.

»Wir erhoffen uns von dieser öffentlichen Fahndung nun Hinweise von den Bürgerinnen und Bürgern unserer wunderbaren Stadt, damit der oder die Täter schnell gefasst werden können«, fuhr di Medici fort. »Deshalb ist es nun an unserer neuen Chefin der Florentiner Kriminalpolizei, Ihnen die Einzelheiten vorzustellen, Commissaria Giulia Ferrari leitet unsere schlagkräftige Truppe seit dieser Woche, sie ist mir direkt unterstellt und berichtet mir täglich, sodass wir unsere Fähigkeiten alle bestmöglich einbringen können – ich habe stets ein waches Auge auf den Fall. Also, Signora, bitte, legen Sie los.«

Er bedachte sie mit einer Geste, als würde er ihr einen roten Teppich ausrollen. Sofort begannen die Blitzlichter wieder aufzuflackern, sodass Giulia ein wenig die Augen zusammenkneifen musste. Sie beugte sich zum Mikrophon und begann, leise, aber deutlich zu sprechen.

»*Grazie*, Questore, für Ihre salbungsvolle Einleitung.« Diese kleine Spitze konnte sie sich nicht verkneifen. »In der Tat haben wir drei Morde, die alle auf denselben Täter – oder dieselbe Täterin – zurückgehen, bei denen es aber bislang keinen Zusammenhang gibt, der für uns erkennbar ist. Drei Morde mitten in der Stadt, der erste in einer Wohnung an der Piazza della Signoria, der zweite in einem Linienbus unweit des Duomo, der dritte erst gestern an einer Geigerin an der Piazza del Mercato Nuovo. Die Mordwaffe war bei allen drei Taten ein Cuttermesser, und es wurde an allen drei Tatorten ein Stofftaschentuch gefunden. Ich …« Sie griff in ihre Jackentasche und nahm eines der Exemplare heraus, es war jenes Tuch, das sie in der Wohnung des jungen Sommeliers gefunden hatten. Die Dottoressa hatte es freigegeben und ihr für die Pressekonferenz zugesteckt. »Ich habe hier eines dieser Taschentücher, es ist aus feinstem Leinen – und es ist mit Initialen versehen. Die Initialen haben jeweils auf den nächsten Toten hingewiesen. In diesem Falle waren es ein G und ein V – die Initialen des Busfahrers, dessen Namen wir aus Gründen der Diskretion und der Pietät nicht veröffentlichen. Auch bei dem Opfer gestern war so ein Tuch platziert – diesmal trug es die Initialen F und N. Diese Buchstaben sind ein Hinweis darauf, dass der Täter die Opfer nicht zufällig auswählt – er hat die Tücher so platziert, dass wir sie finden. Also: Wer kennt diese edlen Stofftaschentücher einer italienischen Nobel-Manufaktur? Wer kennt diese Initialen – und wer hat in Florenz in den letzten Tagen verdächtige Beobachtungen gemacht? Besonders vorgestern Nacht in der Nähe des Domes, als es im Bus der Linie C1 zu einem der Morde kam – und gestern, als die junge Geigerin mitten in der Stadt am helllichten Tag umgebracht wurde. Und wir müssen wissen: Wer trägt die Buchstaben F und N als Initialen – und wer könnte das nächste Opfer sein? Alle Bürgerinnen und

Bürger aus Florenz mit diesen Initialen sollten in den nächsten Stunden und Tagen sehr vorsichtig sein – bitte«, sie blickte ernst in die Kameras, sie wusste, dass die Kameramänner sie gerade in Nahaufnahme hatten, »bitte, bleiben Sie so weit möglich zu Hause, öffnen Sie die Tür nur, wenn Sie die Besucher kennen, und passen Sie einfach auf sich auf. Im Zweifel rufen Sie uns sofort an. Ich bitte Sie um Ihre Mithilfe – jedes Detail könnte uns helfen.« Sie nickte den Journalisten zu, dann fügte sie leise an: »Ich danke Ihnen.«

»Und ich danke Ihnen, Signora Commissaria«, sagte der Questore schnell, bevor sein Adjutant übernehmen konnte, »Sie haben damit alle auf den neuesten Stand gebracht. Wer etwas gesehen hat, kann sich bei jeder Polizeidienststelle im Stadtgebiet melden oder uns anrufen. Wir werden Sie selbstverständlich wieder einladen, wenn es Neuigkeiten gibt – und wir werden Ihnen sofort mitteilen, wenn wir den Täter gefasst haben. Bis dahin bitte ich Sie alle, liebe Bürgerinnen und Bürger«, di Medici senkte dramatisch seine Stimme, »seien Sie schön vorsichtig, noch ist der Mörder da draußen, und er hat sein nächstes Opfer schon im Visier.«

Giulia hörte nicht mehr weiter zu, es ging einfach nicht, sie wandte sich ab, stand auf und verließ den Saal. Im Hintergrund hörte sie Rufe, die Journalisten hatten noch Fragen, aber sie hatte es neben dem Questore einfach nicht mehr ausgehalten. Sie nahm die Treppe, doch auf der dritten Stufe entschied sie sich um. Sie musste erst einmal raus hier, frische Luft schnappen.

Es war schlimm gewesen – aber immerhin hatten sie die Bürgerinnen und Bürger gewarnt.

Wer war F. N.? Wer war das nächste Opfer? Und wer hatte all diese Menschen auf so brutale Weise umgebracht?

VENTITRÉ – 23

Schon wieder hatte er sich vertippt, und er wusste es ganz genau. Das passierte ihm eigentlich nicht, er kannte jede Taste seiner Braille-Tastatur aus dem Effeff, und ihm war sofort klar, dass er sich mal wieder vergriffen hatte. Zum dritten Mal heute. Trotzdem glitt Enzo ein Lächeln über das Gesicht. Weil er genau wusste, warum er an diesem Tag so unkonzentriert war. Neben der Spur. Aber ein gutes *Neben der Spur*.

Wie schön es gewesen war, mit ihr draußen zu ermitteln. Wie selbstverständlich sie ihn schon damals, bei ihrem ersten Fall, einfach auf die Straße beordert hatte. Wie viel sie ihm zutraute. Und wie gerne er ihre Stimme mochte.

Er hatte sie die ganze Zeit gehört. Bei der Pressekonferenz vor einer Stunde, die in seinem Büro übertragen worden war. Die Kollegen hatten alle zugesehen – und er hatte sich ganz auf ihre weiche Stimme konzentriert. Leise hatte sie gesprochen, leise und ganz klar, zielstrebig, hellwach.

Sergente Enzo Aleardi war sich sicher: Die Ankunft von Commissaria Giulia Ferrari hatte sein Leben verändert. Ganz bestimmt im professionellen Sinne. Und vielleicht … Wieder war da dieses Lächeln, aber dann besann er sich und konzentrierte sich auf seine Recherche. Die Kopfhörer in seinen Ohren sagten ihm, was er schrieb, und lasen ihm seine Rechercheergebnisse vor. Unwillkürlich wünschte er sich, dass es Giulias Stimme wäre, die in seinen Ohren klang – aber dann könnte er sich wahrscheinlich gar nicht mehr konzentrieren.

Er klickte auf die Uhr auf dem Desktop, und die Stimme sagte ihm, dass es kurz vor halb ein Uhr mittags war. Er verspürte leichten Appetit und großen Durst.

In diesem Augenblick klingelte sein Telefon. Die Vermittlung.

»*Sì?*«

»Sergente Aleardi? Hier ist ein Anrufer, der nichts sagt außer *Das Lachen*. Es ist echt gruselig. Darf ich durchstellen?«

Sofort war Enzo hellwach, er spürte, wie fest seine Finger den Hörer hielten.

»*Certo …*«

Es piepte einmal in der Leitung, dann war die Verbindung hergestellt, und Enzo hörte ein Röcheln am anderen Ende, ein so schweres Atmen, wie er es noch nie gehört hatte. Es war wie ein alter Dieselmotor kurz vorm Absterben.

»Hier ist Sergente Enzo Aleardi von der Polizei in Florenz. Wer spricht?«

Er wartete einen Moment, doch da war wieder nur das Röcheln, nein, es war ein tiefes Rasseln, so schwer, dass er sich Sorgen machte, der andere könnte gerade ermordet werden. Er hielt den Atem an.

»Hallo? Wer spricht da?«

Enzo lauschte in die fiebrige Stille, die nur von dem schweren Atmen unterbrochen wurde. Er achtete auf Hintergrundgeräusche, aber da war nichts. Doch. Ganz leise. Da piepte etwas. Es war das Piepen von Maschinen. Es klang … wie im Krankenhaus. Auf einer Intensivstation. Leises, gleichmäßiges

Piepen. Und wieder das Rasseln einer Lunge. Schnell, tief. Und er hatte das Gefühl: voller Angst. Mittlerweile nahm er an, dass es ein Mann war, der da am anderen Ende der Leitung war. Instinktiv drückte er auf den Knopf für das Anrufer-Tracking.

»Signore«, sagte er laut, aber immer noch freundlich, weil er den Anrufer um keinen Preis erschrecken wollte, »können Sie mich hören? Was wissen Sie über die lachenden Toten?«

Das Röcheln erstarb, er konnte hören, wie der Anrufer durch das Piepen der Geräte um ihn herum begann, Worte zu formen, doch es war alles so undeutlich, dass Enzo am liebsten in den Hörer gekrochen wäre.

»*Io* …« Sein erstes Wort, ein Knarzen nur, und dann folgte ein Stöhnen. »*Bim*…« Dann wurde deutlich hörbar eine Tür geöffnet, und er brach ab, schnelle Schritte, ein Ruf: »Papa, was …«, und dann war da eine Bewegung, wie ein Reißen, ein Schlag und ein Piepen in der Leitung. Aufgelegt. *Merda.*

Enzo war sofort auf den Beinen, er rief durch den Raum: »Techniker, Techniker, wir brauchen eine Nummernverfolgung …«

Sofort war ein Mann aus der Technik bei ihm, er wählte sich ins System ein, Enzo hörte nur das fiebrige Tippen. »Der letzte Anruf auf diesem Telefon. Ich muss wissen, wer das war – und wo der Anruf herkam.«

»*D'accordo* … Ich schaue, was ich machen kann …«

Enzo wählte die Nummer auf seinem Handy, die er auf der Kurzwahltaste 1 gespeichert hatte.

»Commissaria?« Er musste sich selbst bremsen, weil er so aufgeregt war. Aber er spürte, dass sich seine Aufregung übertrug.

»Ja?«

»Wo sind Sie?«

»Ich musste nach der Pressekonferenz erst mal raus, ich bin

am Fluss spazieren und denke nach. Es … Der Questore … Herrgott, ich bin so genervt. Aber was wollten Sie sagen, Sergente?«

Enzo hatte sich zusammennehmen müssen, um sie nicht zu unterbrechen, sein Atem ging schnell.

»Ich glaube, Ihre Pressekonferenz hat schon gewirkt.«

»Was meinen Sie?«

»Mich hat jemand angerufen. Ich glaube, es war ein sehr alter Mann. Er konnte nichts sagen. Aber ich bin mir sicher, dass er mit dem Fall zu tun hat.«

»Ist er … der Mörder?«, fragte sie hastig.

»Ich weiß es nicht«, erwiderte Enzo. »Wir versuchen gerade, die Nummer herauszubekommen.«

»Ich komme sofort zurück in die Questura. Ich bringe Luigi mit. Der müsste in der Bar sein.«

»Ich hab was«, sagte der Techniker, als Enzo aufgelegt hatte.

»Was denn?«

»Die Nummer ist im System nicht mit einem privaten Namen hinterlegt. Ich weiß nur, dass sie zu einer Firmengruppe gehört. D'Agostino. Ein riesiger Konzern mit Sitz in Florenz.«

»D'Agostino. Das habe ich schon mal gehört. Ist das nicht dieser alte Mäzen, der halb Florenz finanziert?«

Der Techniker nickte. »Er ist aber schon seit Jahren von der Bildfläche verschwunden. Er lebt in einer riesigen Villa oberhalb der Stadt. Hab ich letztens erst in der Zeitung gelesen. Warten Sie, Sergente …«

Enzo trat von einem Fuß auf den anderen, während der Techniker weitertippte. »Ich fahre gerade an die Funkmasten heran«, erklärte er, »damit ich herausfinden kann, von wo der Anruf genau kam.«

Nach einer Weile gab er einen Schrei ab. »Oh, wow …«

»Was ist denn?«

»Der Anruf kam tatsächlich aus genau dieser Villa. Sie liegt zwischen Fiesole und Santa Croce.«

VENTIQUATTRO – 24

Eine halbe Stunde später saßen sie in der Questura – alle zusammen, diesmal hatte sogar Luigi seine Abneigung überwunden, weil der Wert der Neuigkeit einfach zu groß war.

»D'Agostino – das muss ich sehen«, sagte er, während er sich auf Enzos Schreibtisch setzte. Die Commissaria hatte sich einen Stuhl herangezogen, nun saßen sie alle nebeneinander und lasen die vielen Informationen, die es über den Konzern gab – und die wenigen, die über seinen Besitzer und langjährigen Boss in Erfahrung zu bringen waren.

»Der Konzern D'Agostino ist führend im Bereich der Immobilienwirtschaft, der Rüstungswirtschaft und der Autozulieferindustrie im Norden Italiens. Das Unternehmen hatte seine goldenen Jahre in den Neunzigern, doch mit dem Rückzug des Magnaten vor acht Jahren begann die Rezession. Letztes Jahr hat das Unternehmen aber immer noch einen Umsatz von drei Milliarden Euro gemacht.«

»Drei Milliarden?«

»Und immer noch in der Hand dieses einen Mannes. Giovanni d'Agostino.«

»Was haben wir über ihn?«, fragte Giulia.

Enzo sprach nach, was er über Kopfhörer hörte.

»Geboren ist er im Februar 1931 hier in Florenz. Er hat das Unternehmen mit neunundzwanzig Jahren von seinem Vater geerbt, damals war es aber ein kleiner Gemischtwarenladen. Innerhalb weniger Jahre hat er es zu einem der größten Konzerne Italiens gemacht. Zwei Prozesse wegen Steuerhinterziehung und einer Beschwerde des Kartellamtes, aber immer freigesprochen worden. Keine Vorstrafen, keine weiteren unschönen Vorkommnisse. Vor acht Jahren hat er die Leitung an mehrere Geschäftsführer abgegeben, die seither die einzelnen Gesellschaften verwalten. Er selbst lebt zurückgezogen im Hinterland über Florenz. Das war es. Mehr steht hier nicht.«

»Das stimmt tatsächlich«, sagte Luigi und nickte. »In all den Jahren, in denen ich die Mordkommission geleitet habe, gab es nicht eine Sache, in der d'Agostino aufgetaucht wäre. Er war wie ein Phantom. Unternehmer in der Liga sind ja oft genug in merkwürdige Machenschaften verstrickt, da machen die Italiener ihrem Ruf alle Ehre, aber er war ein Saubermann. Es gab natürlich ab und zu Artikel in der Yellow Press, die versucht haben, ihm etwas anzuhängen. Er sollte ein Playboy sein, hieß es, der auf ganz junge Frauen stand. Aber er hat die Blätter immer verklagt – und stets gewonnen. Er führte eine stabile Ehe. Seine Frau ist aber vor fünf Jahren gestorben, glaube ich. Es gab eine riesige Beerdigung, die halbe Stadt war gesperrt. Sogar der Präsident war zu Gast, wenn ich mich recht entsinne.«

»Italien ist immer noch das Land, in dem die Reichen ihre Geheimnisse haben können, oder? In Amerika wäre das undenkbar.«

»Berlusconi und all die anderen haben eben immer dafür gesorgt, dass sie ihre Geschäfte möglichst ungestört machen können. Zu viel Aufsehen ist geschäftsschädigend – das haben die Italiener verstanden. Und d'Agostino war ein Meister darin, sein Privatleben zu schützen.«

»Zuletzt hieß es, der alte Mann sei schwer erkrankt und dem Tod näher als dem Leben. Aber auch da hat die Familie wieder gegen die Zeitung geklagt, die das berichtet hat – und wieder mussten die Reporter eine Gegendarstellung drucken.«

»Der Mann am Telefon klang tatsächlich sehr krank«, sagte Enzo. »Ich habe auch Geräte piepen hören, es hörte sich an wie in einem Krankenhaus.«

»Können Sie mehr über sein Leben herausfinden, Sergente?«

»Natürlich«, erwiderte Enzo. »Aber Sie werden ihn doch vernehmen, oder?«

»Sind Sie ganz sicher, dass es ein alter Mann war, der Sie angerufen hat? Und hat er wirklich ›*Bim…*‹ gesagt? Was könnte das heißen?«

»Erst hat er gar kein Wort rausgebracht – und dann hat er nur *ich* gesagt und eben dieses ›*Bim…*‹. Und dann wurden wir unterbrochen. So ein Mist.«

»Wenn das so ist, werden wir um eine Vernehmung nicht herumkommen. Auch wenn ich dafür mit dem Questore reden muss. Immerhin ist d'Agostino eine bedeutende Persönlichkeit. Das muss er mir absegnen.«

»Seit wann so scheu, Signora Commissaria?«

»Mir ist es in diesem Fall lieber, der Questore trägt die Verantwortung. Lorbeeren gibt es hier keine zu ernten. Was meinen Sie, Commissario?«

»Auch wieder wahr.«

»Wenn Sie zu der Villa fahren«, Enzo zögerte, aber dann gab er sich sichtlich einen Ruck, »dann wäre ich gern dabei.«

»Ich brauche Sie hier unten für die Recherche.«

»Aber ich habe schon mit ihm gesprochen«, sagte der junge Mann beharrlich, »und seine Stimme … Da lag Angst drin, und irgendein Geheimnis. Ich würde gerne zuhören. Wirklich. Ich glaube, ich kann Ihnen bei dem Gespräch helfen.«

Giulia sah Luigi an, bis der nickte.

»Ja, Sie sollten dabei sein, Sergente. Ich gehe nun zum Questore, und dann fahren wir direkt in die Höhle des Löwen.«

VENTICINQUE – 25

Als sie eintrat, saß er gebannt vor dem Fernseher, weil im Nachrichtensender der RAI sein eigenes Gesicht zu sehen war. In der Unterzeile stand geschrieben: *Questore von Florenz: Serienmörder treibt sein Unwesen. Er hinterlässt die Opfer mit einem Lachen im Gesicht.*

Der Questore lauschte seinen eigenen Worten und wirkte ganz entzückt.

»Entschuldigen Sie bitte, dass ich störe. Aber wir müssen jemanden vernehmen. Jemanden mit Einfluss. Ich wollte Sie nur darüber informieren. Wir wurden aus seinem Haus angerufen.«

Medici blickte auf und sah sie fragend an.

»Von wem sprechen Sie?«

»Signore d'Agostino.«

Der Questore riss die Augen auf, als habe sie eine Waffe auf ihn gerichtet.

»D'Agostino? Sind Sie von allen guten Geistern verlassen?«

»Nein, Questore. Wir nehmen an, dass er uns kontaktiert hat, um über den Fall zu sprechen …«

»Der bedeutendste Unternehmer des ganzen Landes? Wegen eines Serienmörders, der Leuten die Kehle durchschneidet?« Questore Medici rückte seine Krawatte zurecht, als würde allein davon das Wohl dieser Ermittlungen abhängen. »Das ist doch … Wahnsinn …«

»Wahnsinn wäre, wenn wir diesen Anruf nicht ernst nehmen würden. Gerade weil er von einer so bedeutenden Persönlichkeit kam.«

Der Questore saß hinter seinem riesigen Schreibtisch aus Edelholz, als würde er sich dort verschanzen. An der Wand hingen Porträts des Präsidenten und des Premierministers, und daneben noch mal Aufnahmen ebenjener Staatslenker, die neben dem Questore standen. Auf jedem der Bilder lächelte er staatsmännisch, als wäre er es, der Italien führte – und nicht die beiden betagten Herren. Giulia musste aufpassen, dass sie nicht anfing zu grinsen, die Fotos waren einfach zu komisch. Anbiedernd. Unangemessen. Peinlich.

»Ich fürchte, ich kann das nicht erlauben«, sagte er und verschränkte die Arme auf dem Schreibtisch, der über und über mit Akten bedeckt war, die den Vermerk *Vertraulich* trugen. »Diese Familie und dieser Konzern sind in den Top Ten der größten Steuerzahler in ganz Florenz. Und sie schätzen ihre Privatsphäre. Sie zu behelligen, mit dieser Sache …«

»In Ordnung«, erwiderte Giulia trocken, »dann rufe ich vielleicht doch mal den Herrn Minister an. Er wird sich sicher dafür interessieren, dass Sie meine Ermittlungen durch ihre Zweifel – nun ja – behindern wollen.«

Er hieb auf den Schreibtisch, dass die Aktenberge einmal kurz aufhüpften.

»Nun hören Sie aber auf, Signora …«, rief er, »Sie können mir nicht ständig drohen. Ich werde das nicht genehmigen. Aber ich werde es Ihnen auch nicht verbieten. Wenn Sie das machen, dann tragen Sie alle Konsequenzen. Haben Sie das verstanden?

Ich werde mir nicht die Hände daran verbrennen. Denn ich habe noch viel vor in dieser Stadt.«

»Gut. Dann mache ich das auf eigenes Risiko«, erwiderte die Commissaria und sah, wie er sich in seinem Schreibtischsessel entspannte.

»Sie informieren mich, was dabei rausgekommen ist, ist das klar? Und ... nur Sie gehen. Meinetwegen mit diesem schrecklichen Batista. Wir werden diese Familie nicht überfallen. Verstanden?«

»Natürlich, Questore, natürlich«, erwiderte sie kühl. Als sie das Büro verließ, war sie wütend auf diesen Mistkerl – und auf sich selbst. Denn auch sie hatte große Zweifel, dass dieser Unternehmer etwas über die Morde wusste. Und wenn es wirklich nur heiße Luft war, dann wäre das jetzt ihr Problem. Ein Problem, das ihrem Lebenslauf arg zusetzen könnte.

VENTISEI – 26

Die Fahrt hinauf in die Berge über Florenz war wie eine Reise ins Herz der Toskana.

Da waren die gewundenen Kurven, in denen die Straße wie ein sanfter Fluss durch die Landschaft mäanderte, da waren die Zypressen, die wie brave Soldaten am Wegesrand standen, da waren die kleinen Bauernhäuser mit den roten Schindeldächern, die Olivenbäume und die Weinfelder, die an den Hängen klebten und deren Reben der Sonne entgegenstrebten.

Das Cabrio war geöffnet, und Giulia beobachtete, wie Tulipan auf dem Rücksitz die Schnauze in die Luft hielt und den Fahrtwind einzuatmen schien. Luigi wiederum saß neben ihr und löcherte sie seit der Abfahrt mit der immergleichen Frage: »Und der Questore hatte wirklich die Hosen voll?«

»Er hat tatsächlich Angst, dass seine Karriere eine Beule kriegt.«

»Karriere ist bei dem Lackaffen ein großes Wort.«

»Nun, aber man muss ja sagen: Obwohl er so ein Lackaffe ist, hat er es weit geschafft.«

»Nur weil sein Vater mit dem Präsidenten … Was weiß ich … vielleicht rumgeknutscht hat. Jeder andere mit seinem

IQ würde jetzt Briefe austragen oder was auch immer – obwohl ich damit keinem Postboten zu nahe treten möchte.«

»Sie müssen diesen Mann wirklich sehr hassen.«

»Wenn Sie eine Arbeit sehr gerne mögen – und dann kommt jemand und ärgert Sie so sehr, dass Sie am Ende gar keine Lust mehr darauf haben – ja, dann mögen Sie denjenigen wirklich nicht mehr. Obwohl es mich ja nicht besser hätte treffen können – mit meiner Ersatz-Arbeit.«

»Und mit Ihrer Rententeilzeit bei der Polizei doch auch nicht, oder?«

»Wenn Sie mich noch einmal Rentner nennen, Signora, dann müssen Sie mit mir ein ganzes Jahr nur italienische Sachen essen und trinken.«

»Ich weiß gar nicht mehr, ob das wirklich eine Drohung ist, Commissario.«

Sie grinste ihn an und spürte, wie gut ihr dieser Austausch tat. Die letzten Tage waren so fiebrig gewesen wie angespannt. Da tat jede Aufmunterung gut, selbst wenn es nur eine Frotzelei mit ihrem Kollegen war.

»War Enzo sehr enttäuscht, dass er nicht mitkonnte?«, fragte der Commissario.

»Ja. Aber er hat es verstanden.« Sie hätte ihn gern dabeigehabt, aber das wollte sie jetzt nicht zugeben.

»Dort oben ist es«, sagte Luigi und wies den Hügel hinauf. Giulia bog rechts ab, die Straße wurde zu einem hochherrschaftlichen Kiesweg, auf dem die Reifen des alten VW knirschten. Sie fuhr auf ein riesiges Tor zu, schmiedeeisern und sehr hoch. An beiden Seiten befanden sich Überwachungskameras. Am Eingang stand ein kleiner Pfosten mit einer Gegensprechanlage mit noch mehr Kameras. Sie hielt und sah die Klingel an, die namenlos war. Sie drückte auf den Knopf. Nach einer halben Minute surrte die Kamera auf dem Pfosten oben, sie schien an den Wagen heranzuzoomen. Dann hörten sie eine weibliche Stimme durch die Gegensprechanlage.

»Ja, bitte?«

»Hier ist die Polizia di Stato. Commissaria Ferrari. Wir würden gerne mit Signore d'Agostino sprechen.«

»Das ist nicht möglich.«

»Entschuldigen Sie, aber ich glaube schon, dass das möglich ist. Wir müssen mit ihm sprechen.«

»Er ist nicht ansprechbar. Und wenn Sie mit seiner Familie sprechen möchten, dann müssten Sie einen Termin machen.«

Es piepte.

»Aufgelegt«, sagte Giulia und blickte Luigi fragend an. Doch der öffnete die Tür und ging um den Wagen herum, dann drückte er wieder die Klingel. Eine halbe Minute verging, eine ganze, er drückte noch mal und noch mal, und endlich meldete sich die Stimme wieder.

»Ja?«, fragte dieselbe Frau genervt.

»Commissario Batista. Sie öffnen jetzt dieses verdammte Tor, oder ich komme mit einer Sondereinheit und dreißig Journalisten wieder hier hoch, in einer Stunde sollte ich alle zusammengetrommelt haben. Ihre Wahl ...«

Giulia schloss kurz die Augen, weil ihr derlei sehr unangenehm war, doch als Luigi mit selbstsicherer Miene wieder eingestiegen war, öffnete sich das Portal geräuschlos und schwang komplett auf.

»Hm«, murmelte sie, »ich muss sagen: peinlich, aber effektiv.«

»Die gute alte Machonummer zieht bei den oberen Zehntausend am besten«, antwortete der Commissario und grinste.

»Die Höhle des Löwen«, murmelte Giulia. Sogar Tulipan hob den Kopf, er musste die Anspannung im Wagen gespürt haben.

»Na, das ist ja mal eine Hütte«, sagte Luigi, als sie dem Kiesweg folgten, der durch eine herrliche Parkanlage führte. Die

Bäume und Sträucher waren allesamt so makellos geschnitten, als hätte sich der Chefgärtner von Schloss Versailles persönlich darum gekümmert. Und dort, hinter den Bäumen, stand ein echtes Château, ein riesiges Bauwerk aus rotem Backstein, das aussah, als wären sie in den schottischen Highlands oder in Cambridge gelandet. Es hatte drei Etagen und mehrere Flügel, auf den Eingangssäulen standen prächtige Skulpturen. Vor dem Haus befand sich ein mindestens zwanzig Meter langer Infinitypool, der einen unglaublichen Blick auf Florenz erlaubte, das Wasser war hellblau und kristallklar. Die Lichtstimmung hier oben war so gleißend, dass die Commissaria die Augen zusammenkneifen musste.

»Nobel geht die Welt zugrunde«, murmelte Luigi, während Giulia den Wagen im Schatten des Schlosses parkte. Die Beamten stiegen aus. Tulipan machte auch einen Satz und schüttelte sich auf dem Kies, dass sein goldenes Fell nur so stob.

»Na, dann wollen wir mal.«

Die Tür öffnete sich, und eine ältere Frau erschien, die eine weiße Uniform trug. Sie war mitnichten eine Butlerin, machte vielmehr den Anschein einer Krankenschwester. Ihr Gesicht war voller tiefer Falten, und ihr Ausdruck machte nicht den Anschein, als wären die unerbetenen Besucher hier willkommen.

»*Sì?*«

»Polizia di Stato«, sagte Giulia und machte einen Schritt auf die Dame zu.

»Ihre Ausweise bitte«, antwortete die und hielt die Hand vor sich, als würde sie die Ankömmlinge auf Distanz halten wollen. Sie gaben ihre Plastikkarten ab, Luigi murmelte: »Der Hund hat leider keinen Ausweis, es gab Probleme bei der Akkreditierung.«

Ohne eine Miene zu verziehen, wies die Frau auf den Hund.

»Er muss ohnehin draußen bleiben.« Und sie fügte hinzu: »Dass Sie überhaupt auf die Idee kommen, uns unangemeldet zu besuchen, ist eine Unverschämtheit. Der Signore braucht seine absolute Ruhe – er ist überhaupt nicht ansprechbar. Und seine Familie zu behelligen – tss, tss …«

»Wir wollen niemanden behelligen, Signora, aber wir ermitteln in einem dreifachen Mordfall«, sagte Luigi eine Spur zu freundlich, um es ernst zu meinen. »Und deshalb können wir uns leider nicht mit Ihren persönlichen Bedenken auseinandersetzen.«

»Ich werde nun Ihre Ausweise kopieren, und wir werden uns kurz über Sie informieren. Sie werden verstehen, dass wir jeden Besucher genau kontrollieren müssen. Sonst könnte ja jeder kommen …«

»Tun Sie, was Sie tun müssen – aber danach kommen wir rein. Ist die Familie denn anwesend?«

»Sowohl der Signore als auch seine Kinder sind im Haus, natürlich. Aber ob Sie mit ihnen sprechen wollen – wir werden sehen.«

Die Krankenschwester verschwand im Schloss.

»Ein echter Hausdrache«, murmelte Luigi. »Aber sie hat die Dinge gut im Griff. Und sich selbst auch. Keine Spur von Angst oder Aufregung.«

»Ich glaube, in diesen Kreisen kommt man mit Angst nicht weit«, sagte Giulia.

»Keine Ahnung, ob nicht genau das die Kreise sind, in denen die Angst am größten ist«, erwiderte Luigi. Ein tiefes Schweigen trat ein. Sie standen noch eine Weile vor dem Schloss, die Commissaria streichelte Tulipan, und Luigi trat nervös von einem Fuß auf den anderen. Sie versuchten, nach drinnen zu lauschen, aber die Mauern waren undurchdringlich. Die Frau in der weißen Uniform kam erst nach fünf Minuten zurück.

»Bitte, mein Herr, meine Dame, kommen Sie. Aber …«, sie wies auf Tulipan und fuhr resolut fort, »der Hund muss draußen bleiben. Es ist ein steriler Bereich, in dem der alte Signore wohnt, und ich kann dort keine Tiere erlauben, beileibe nicht.«

»In Ordnung«, sagte Luigi schulterzuckend und bückte sich zu Tulipan hinab. »Platz, mein Lieber, ich bin gleich wieder da.«

Der Golden Retriever ließ sich auf allen vieren nieder und legte den Kopf auf den Rasen. Er war wirklich ein schicksalsergebener Hund.

Sie betraten die Villa und durchquerten eine Lobby, die allein so groß war wie die Grundfläche von Giulias ganzem Haus. Sie war in dem italienischen Stil eingerichtet, den Menschen mit Geld vor fünfzig Jahren gepflegt hatten: Leer und kahl und dunkel, die Fliesen waren so kalt wie die Gemälde an der Wand, darüber beleuchtete ein einsamer Kronleuchter die traurige Szenerie. Ihre Schritte hallten auf dem glatten Boden. In der Ferne konnte Giulia das Piepen von Maschinen hören, das Enzo beschrieben hatte.

Es schien, als würden sie alle den Atem anhalten, während sie der Krankenschwester ins Innere des Palazzos folgten. Auch, weil diese nun so vorsichtig ausschritt, als würde sie über Glas laufen. Die Frau schien keinerlei Geräusch machen zu wollen.

Die Eingeweide des Hauses bestanden aus dunklen Fluren, in denen sämtliche Türen geschlossen waren. Nur weit vorne war ein Licht zu sehen, und darauf gingen sie jetzt zu.

Keine Ahnung, wie groß diese Villa war, dachte Giulia, aber sie hätte sich sicher in den ersten Wochen ständig verlaufen. Das Piepen wurde lauter.

Der Lichtschein fiel aus der geöffneten Tür in den Flur, es war elektrisches Licht, LED-Röhren, wie in einer Schule oder eben in einem Krankenhaus. Der Commissaria gelang es, einen Blick in das Zimmer zu erhaschen, ein Metallbett, Gerätschaften mit Lichtern und Monitoren, weiter hinten ein großes Fenster, die Rollläden heruntergelassen, sodass schräg nur ganz leicht Licht hineinfiel. Doch dann zog die Schwester Giulias Aufmerksamkeit auf sich.

»Signorina d'Agostino wird gleich bei Ihnen sein. Sie möchte vorab mit Ihnen sprechen. Bitte, kommen Sie. Hier hinein, die Dame des Hauses wird gleich hier sein.«

Die Krankenschwester führte sie noch ein Stück weiter, dann stieß sie eine große, schwere Holztür auf, und endlich war da wieder Tageslicht. Und Schönheit. Eine riesige Fensterfront, die auf einen großen Garten hinausging, er musste auf einem Felsen liegen, denn dahinter ging es steil bergab, und da war sie, die Stadt, in all ihrer Anmut und Einzigartigkeit. Die Dächer mit ihren roten Ziegeln, die Kreuze der Kirchen, die Kuppel des Doms – und alles schien von hier oben so nah zu sein, als könne man es berühren. Doch auch der Garten selbst war an Schönheit nicht zu übertreffen. Da waren dichte Oleanderbüsche, riesige Palmen mit ausladenden Blättern und blühende Rosenstöcke, auf einem so weiten Rasen verteilt, dass dies hier eigentlich kein Garten mehr war, sondern eine Parkanlage, die es mit dem Boboli-Garten unten am Palazzo Pitti aufnehmen konnte.

»Jesus und Maria«, entfuhr es Luigi. »Ich bin ja kein Freund von Reichtum, aber wenn der so daherkommt wie dieser hier, dann wäre ich auch gern reich.«

»Na ja, der Blick von Ihrer Bar aus ist nun auch nicht schlecht«, erwiderte Giulia. »Und nachdem ich meinen Garten nun zum ersten Mal selbst bestellt habe und immer noch schmerzende Hände habe – und meiner nur ein Zehntel so groß ist wie dieser hier –, möchte ich mir nicht vorstellen, wie viel Arbeit das hier ist.«

»Hier werden wohl mehr als fünf Gärtner arbeiten – bei dieser Pracht«, sagte Luigi.

»Sechs sind es«, antwortete die Stimme in seinem Rücken, eine weiche, warme Stimme, einschmeichelnd beinahe. Die beiden Polizisten wandten sich um, und da stand sie, eine junge Frau mit kurzem blondem Haar, ein Bob-Schnitt mit Pony, unter dem kühle blaue Augen hervorsahen. Sie war attraktiv, ohne Frage, aber da war noch mehr, eine Aura von Klugheit und Umsicht umgab sie, die Kleidung war so klassisch, dass sie die junge Frau alterslos erscheinen ließ, eine hellblaue Bluse aus Seide, eine Stoffhose in derselben Farbe, dezentes Make-up, kein Lippenstift. Und dazu dieser Blick aus Augen, die waren wie das Meer im Herbst, ein wenig farblos, aber irgendetwas tobte unter dieser Oberfläche. Lächelnd fuhr sie fort: »Früher waren es nur drei Gärtner, weil meine Mama am liebsten alles alleine gemacht hätte, aber seit sie nicht mehr ist, sind es sechs. Mein grüner Daumen ist leider etwas unausgeprägt – aber es wäre eine Schande, diesen Garten nicht zu pflegen.«

»Es ist ein paradiesischer Ort«, sagte Luigi. »Wenn meine Frau diese Palmen sehen würde – und diese Oleanderbüsche, sie würde sofort versuchen, einen auszubuddeln.«

»Was kann ich für Sie tun, Signora Commissaria Ferrari? Commissario Batista? Ihr Besuch hat uns überrascht.«

»Das glaube ich«, erwiderte Giulia. »Wir hätten uns vorher anmelden sollen, verzeihen Sie bitte …«

»Nein, nein«, sagte die junge Frau und winkte ab. »Ich muss Sie um Verzeihung bitten, unsere Haushälterin ist gleichzeitig die Krankenschwester meines Vaters – und es sind schwierige Tage hier bei uns, deshalb war sie wohl etwas schroff. Also, wie kann ich Ihnen helfen?«

»Signorina d'Agostino, wir sind hier, weil wir unten in der Stadt in drei Mordfällen ermitteln, Sie werden sicher davon gehört haben, es gab drei Tote, die in einer merkwürdigen Situation aufgefunden wurden – sie hatten ein Lächeln auf dem Gesicht.«

»Hm«, sagte die junge Frau, »das ist tatsächlich – merkwürdig.«

Ihre Worte blieben so kühl wie ihr Wesen. Sie schien alles unter Kontrolle zu haben, am meisten aber sich selbst.

»Sie haben nicht davon gehört?«

»Nein, entschuldigen Sie, ich schaue ausschließlich Börsennachrichten und befasse mich gerade sehr intensiv mit unserem Konzern – und dazu haben wir uns in den letzten Tagen nahezu ausschließlich um unseren Vater gekümmert. Da blieb nicht viel Zeit für irgendwelche Räuberpistolen.« Sie stockte. »Drei Morde, sagen Sie. Aber warum kommen Sie damit zu uns?«

»Wir haben heute Morgen eine Pressekonferenz gegeben. Kurz darauf haben wir in der Questura einen Anruf erhalten. Ein Mann hat sich gemeldet.« Giulia schüttelte den Kopf. »Eigentlich hat er nur geschwiegen und geröchelt. Er hat nichts gesagt, außer ein paar Wortfetzen, ganz am Ende des Gesprächs.« Die Commissaria sah zu der jungen Frau und wartete auf ihre Reaktion.

»Aha«, sagte die, als die Pause zu lange dauerte. »Und weiter?«

»Wir haben den Anruf zurückverfolgt. Er kam aus Ihrem Haus.«

Die junge Frau legte den Kopf schief. »Das ist unmöglich.«

»Wie meinen Sie das?«

»Ihre technische Abteilung muss sich getäuscht haben«, wiederholte sie fest. »Wir sind ja eine sehr bekannte Familie, wir haben alle Arten von Fangschaltungen in unseren Systemen, damit nicht jeder bei uns anrufen kann oder unsere Nummer herausbekommt – sicher gab es damit irgendein Problem, das bei Ihrer Rufnummerermittlung einen Fehler provoziert hat. Es ist nicht möglich, dass jemand von uns bei Ihnen angerufen hat.«

»Wer ist denn im Haus?«

»Das ist es ja. Heute Vormittag waren nur mein Vater und ich im Haus – und die Schwester, die Sie bereits kennengelernt haben. Mein Bruder schaut heute in unserem Firmensitz im Zentrum nach dem Rechten.«

»Wir sind uns sicher, Signorina. Es tut mir wirklich leid, aber unsere Systeme sind sehr gut – genauso wie unsere Techniker. Der Kollege, der den Anruf entgegengenommen hat«, sie überlegte einen Moment, ob sie Enzos besondere Begabung schildern sollte, unterließ es aber dann, »der Kollege war sich sicher, dass der Anrufer ein alter Mann war, der im Bett lag, wir haben das Piepen von Maschinen gehört. Und Ihr Vater …«, sie wies auf den Flur, an den das Krankenzimmer angrenzte, in das sie vorhin einen Blick hatte erhaschen können, »Ihr Vater liegt doch im Bett und ist an Maschinen angeschlossen.«

Die junge Frau verschränkte die Arme vor der Brust. »Ich habe Ihnen bereits gesagt, dass es gänzlich unmöglich ist.«

»Ihr Vater wollte uns nicht vielleicht etwas sagen? Nachdem er die Pressekonferenz gesehen hatte?«

»Mein Vater schaut kein Fernsehen. Mein Vater kann nicht mehr sprechen.« Sie war laut geworden, und ihre Stimme bebte, die Beherrschtheit war wie weggeweht. »Mein Vater liegt im Sterben. Und es ist eine Frage von Stunden, nicht mehr von Tagen.«

»Oh …«, war es nun Luigi, der als Erster die Sprache wiederfand, »das tut uns sehr leid. Ist er … ist er sehr krank?«

»Ja, er ist sehr krank«, erwiderte die junge Frau, das Beben war immer noch hörbar. »Es sind die letzten Ausläufer, nachdem wir ihn nun mehr als ein halbes Jahr gepflegt haben. Es sollte eigentlich bergauf gehen, die Ärzte hatten Hoffnung, aber nun ging es recht schnell bergab. Er hatte zwei Schlaganfälle vor einem Jahr, er war sofort bettlägerig, und er hat auch nicht mehr sprechen gelernt, was für einen Mann seiner Intelligenz sowieso schon dem frühen Tod gleichkam. Nun, jedenfalls waren sich die Ärzte vor zwei Wochen einig, dass es nur noch eine Frage von Tagen ist – und so sind wir nun alle hier im Haus, beinahe ununterbrochen, weil wir ihn nicht alleine lassen wollen.«

»Und er kann uns ganz sicher nicht angerufen haben?«, beharrte Giulia.

Die junge Frau sah sie ernst an, ihr Blick war bohrend. »Ich hätte das Krankenzimmer meines Vaters eigentlich gern unbefleckt gelassen, Signora Commissaria, aber wenn Sie darauf bestehen, dann zeige ich Ihnen gern, in welchem Zustand der Mann ist, der einst die wirtschaftlichen Geschicke dieser Region, wenn nicht des ganzen Landes gelenkt hat. Danach werden auch Sie erkennen, dass er sicher keinen Anruf mehr gemacht hat, über ein Telefon, das er nicht einmal hätte greifen können, wenn er sich hätte aufrichten können, was er … was er ganz sicher seit vier Monaten nicht mehr getan hat.«

Giulia tauschte mit Luigi einen schnellen Blick aus, sie sah sein kurzes Nicken und murmelte: »Ja, das wäre sehr freundlich, Signorina.« Sie wandte sich im Raum um und betrachtete die großen, offenen Bibliotheksschränke, die voller alter Bücher waren, dunkelbraune Einbände mit goldener Schrift, ein ganzer Schrank war über und über mit Bildbänden gefüllt, großformatige Kunstbände, Stadtansichten, Frauenkörper.

»Haben Sie Ihr ganzes Leben in diesem Haus verbracht?«, fragte Luigi. »Es ist ja schwierig …« Er stockte, weil er Giulias Blick sah, die ihn warnte, dann fuhr er fort: »Es ist ja sicher schwierig, gerade wenn man jung ist, all diese Verantwortung und das große Haus …«

Die junge Frau sah ihn an, und auf ihren kühlen Zügen erschien zum ersten Mal der Hauch eines Lächelns.

»Das stimmt, Commissario, es ist sicher kein leichtes Leben, aber … nun ja, beklagen möchte ich mich auch nicht. Es war die Krankheit meines Vaters, die mich zurückgeführt hat. Wir beide, mein Bruder und ich, sind direkt nach der *Maturità* zum Studieren weggegangen. Er hat in Rom studiert, ich eine Weile in Mailand und dann in England. Nach dem Studium haben wir beide Unternehmen unseres Konzerns geführt und sind herumgereist, Peking, Australien, Amerika. Aber jetzt sind wir natürlich wieder da, weil wir es unserem Vater in seinen letzten Wochen schuldig sind.«

»Ihre Mutter ist gestorben?«, fragte Giulia.

»Ja, vor vielen Jahren schon. Danach war Papa nicht mehr der Alte. Er hat sie sehr vermisst, denke ich. Auch wenn wir darüber nie gesprochen haben. Aber nun …« Sie sah auf die Uhr. »Ich muss auch wieder an die Arbeit, ich würde jetzt die Schwester rufen, und dann gehen wir kurz hinüber.«

Sie nahm ein kleines Telefon aus ihrer Tasche und drückte eine Kurzwahl, irgendwo auf dem Flur hörte Giulia ein leises Klingeln. Sekunden später öffnete sich die Tür beinahe lautlos, und die alte Frau in der strengen Uniformjacke trat ein.

»Susanna, die Herrschaften würden gern einmal nach Papa sehen, kannst du ihn vorbereiten?«

»Natürlich, Signorina«, sagte die Frau und verschwand wieder.

»Geben wir ihr zwei Minuten. Ich möchte für meinen Vater, dass alles in Ordnung ist. Das Dahinsiechen ist niemals schön. Er war ein starker Mann, der Schwäche verabscheut hat. Deshalb versuche ich, ihm seine Würde zu lassen.«

»Das ist doch selbstverständlich«, murmelte Luigi, und dann schwiegen sie, Giulia sah aus dem Fenster und spürte der Anspannung nach, die im Raum lag. Draußen wiegten sich die Palmen im leichten Sommerwind, es sah aus wie ein zarter Tanz. Das Piepen der Maschinen war zwischenzeitlich lauter geworden. Doch sonst war nichts zu hören, die Signorina schien sogar ihren Atem anzuhalten. Nach zwei Minuten strich sie sich die Hosenbeine glatt und stand auf.

»Nun denn, er müsste so weit sein.«

Sie folgten ihr auf den Flur, die Tür auf der anderen Seite stand offen. Sie traten ein, die junge Frau voran, dann Giulia, schließlich Luigi. Der Geruch brachte die Commissaria gedanklich sofort in den Keller der Gerichtsmedizin von Cagliari zurück. Damals, als sie ihre Familie ein letztes Mal gesehen hatte. Desinfektionsmittel, Medizin, Ausdünstungen, Blut. Sie musste kurz die Augen schließen, erinnerte sich aber sofort wieder daran, warum sie hier war. Sie öffnete ihre Augen und versuchte, alles in diesem Raum wahrzunehmen.

Das Piepen der Bildschirme neben dem Bett, EKG, Puls, Blutdruck, Sauerstoffsättigung, die Medizinpumpen, die unablässig den Druckausgleich machten, um die schmerzlindernden oder lebensverlängernden Präparate ins Blut dieses Mannes zu geben. Der Mann, der da lag, in diesem kargen Bett, das jenen in den Krankenhäusern aufs Haar glich, ein Metallgestell zum Hinauf- und Hinunterfahren, dünne Räder, daneben ein Nachttisch mit einer Schnabeltasse und Medikamentenpackungen, Spritzen, Verbänden.

Giulia prägte sich all diese Dinge ein, jedes Detail konnte wichtig sein in ihrem Beruf, doch irgendwann war es nicht mehr möglich, den Blick noch eine Weile vom eigentlichen Zentrum des Raumes abzulenken.

Dem kleinen Mann, dessen kahles Haupt mit den herausstechenden Adern und den wenigen grauen Haaren, die am Kopf klebten, so gar nichts mehr zu tun hatte mit dem Bild des virilen Managers, das Giulia vorhin im Büro gesehen hatte.

Ehrlich gesagt sah er so aus, als wäre er schon tot.

Er lag vollkommen still, nur seine Brust hob und senkte sich, kurz und schnell. Die Rundung unter der Bettdecke machte deutlich, dass er früher ein Mann mit ungeheurer Leibesfülle gewesen sein musste, ein starker, schwerer Mann. Nun aber war sein ganzer Körper eingefallen. Seine Augen waren geschlossen, die Lider so fahl und durchscheinend wie die ganze Haut. In seiner Nase steckte ein Beatmungsschlauch, sein dünner linker Arm hatte einen Zugang, an dem der Tropf hing.

»Wir geben ihm nur noch Mittel gegen die Schmerzen«, sagte die junge Frau, als hätte sie Giulias Gedanken erraten. »Die anderen Medikamente hat der Arzt vor einer Woche abgesetzt. Es hatte keinen Sinn mehr – und wir wollten es meinem Vater auch nicht erschweren, zu gehen.«

Ein Räuspern kam von der Seite, es war die Krankenschwester, die sich im Hintergrund gehalten hatte. »Ich gehe hinaus«, sagte sie, aber Giulia schüttelte den Kopf. »Nein, bitte, Signora, bleiben Sie, wir werden gleich noch einige Fragen haben ...«

»Aber ...«, wollte die Frau beharren, doch Giulia stellte sich ihr in den Weg. »Bitte, bleiben Sie«, wiederholte sie, diesmal in unmissverständlichem Ton. Die Frau ließ die Arme hängen, ihr Blick klebte irgendwo am Bett des Mannes.

»Ist alles in Ordnung, Signora?«, fragte Giulia, weil ihr die Frau so nervös vorkam.

»Sì, certo.«

»So liegt mein Vater also hier, seit dem zweiten Schlaganfall«, sagte die junge Frau. »Sie spüren es ja, und Sie sehen es, es sind wirklich die letzten Tage oder Stunden – glauben Sie mir jetzt, dass er Sie kaum angerufen hat, um zu plaudern?« Wieder lag dieses Lächeln auf ihrem Gesicht, das aber immer noch kalt war wie ein schwedischer Wintermorgen. Kalt und prüfend.

»Signora«, Giulia antwortete ihr nicht, sondern blickte gleich wieder zur Krankenschwester, »wir wurden vor drei Stunden aus diesem Haus angerufen. Und wir vermuten, dass der Anruf aus diesem Zimmer hier kam. Können Sie uns etwas dazu sagen?«

»Ich …«, die alte Frau atmete schwer, so schien es Giulia, aber dann schüttelte sie den Kopf, »ich war die ganze Zeit hier. Und ich weiß nichts von einem Anruf.«

Giulia wies auf den Fernseher, der gegenüber des Bettes hing und dessen Bildschirm dunkel war. »Haben Sie zufällig die Pressekonferenz verfolgt, die ich heute Morgen gehalten habe? Zusammen mit dem Questore?«

»Ähm, nein, also …«

»Der Fernseher war schon seit Wochen nicht mehr eingeschaltet«, fuhr die junge Frau dazwischen. »Sehen Sie, der Stecker ist nicht mal eingesteckt. Mein Vater hätte sowieso nichts mitbekommen.«

»Signora? Ich frage Sie«, beharrte Giulia.

»Nein, wir haben nicht ferngesehen.«

»Und Signore d'Agostino hat uns auch nicht angerufen?«

»Nein«, sagte die Frau und blickte dabei wieder an Giulia vorbei zum Bett.

»Sie waren die ganze Zeit im Raum?«

»Na ja, nicht die ganze Zeit, aber beinahe. Und wenn ich mal draußen war – ich hätte das doch gehört.«

»Er hat außerdem gar kein Telefon am Bett«, sagte die Tochter. Doch Giulia wies auf das schnurlose Gerät, das in der Brusttasche der Krankenschwester steckte.

»Haben Sie Ihr Telefon hiergelassen? Es vielleicht vergessen?«

Die Krankenschwester schüttelte den Kopf, eine schwache Geste. Es war die Tochter, die sich nun mit verschränkten Armen vor die Commissaria stellte und sie unterbrach.

»Hören Sie, wir sind hier im Krankenzimmer meines Vaters, der im Sterben liegt«, sagte sie ernst und voller Nachdruck. »Ich glaube, dass unsere Familie sehr viel für die Stadt getan hat. Und ich verstehe natürlich, warum Sie ermitteln müssen. Aber Sie haben nun alle Fragen beantwortet bekommen, manche auch mehrfach. Wenn Ihnen die Antworten nicht gefallen, müssen Sie wiederkommen, aber dann habe ich die Anwälte unserer Familie hier. Und bis dahin wäre es schön, wenn hier Frieden einkehrte. Könnten Sie jetzt also gehen?«

Giulia trat keinen Schritt zurück, obwohl die junge Frau so dicht vor ihr stand. Stattdessen sagte sie ruhig und fest: »Ja, natürlich, wir gehen.«

Sie warf einen letzten Blick zum Bett, dann zu den Medikamentenpackungen, die auf dem Nachttisch daneben standen, die Spritzen, die bereitlagen.

»Haben Sie vielen Dank«, murmelte Luigi und gab sowohl der Krankenschwester als auch der Tochter die Hand. »Vielleicht war es ja auch wirklich ein technischer Fehler unsererseits …«

Die Tochter verschwand wieder in dem großen Wohnzimmer, während die alte Schwester sie zur Tür begleitete. Dort angekommen, drehte sich Giulia noch einmal zu ihr um.

»Wenn Sie uns etwas sagen möchten«, sagte sie leise, »dann können Sie jederzeit anrufen. In Ordnung?«

Die Krankenschwester wandte sich um, doch der Flur hinter ihr lag dunkel da. Dann schüttelte sie den Kopf. »Einen guten Tag, Commissaria. Commissario.«

Und schon schloss sie vor ihnen die Tür. Tulipan stand sofort auf und kam schwanzwedelnd auf sein Herrchen zu. Giulia aber schloss die Augen, weil die Sonne auf der Haut sie mit dem ersten Strahl beruhigte und wärmte.

»Es war furchtbar dort drinnen«, murmelte sie.

»Oh ja«, bestätigte Luigi. »Ein kalter Ort.«

»Glauben Sie wirklich, dass es ein Fehler unsererseits war?«, fragte sie den Commissario.

»Nicht für eine Sekunde habe ich das geglaubt.«

»Haben Sie die Packungen auf dem Nachttisch gesehen?«

»Ja. Aber ich hatte meine Brille nicht auf. Was waren das für Medikamente?«

»Adrenalin, Lidocain, Atropin«, zählte sie auf.

»Medikamente zur Reanimation«, sagte Luigi leise und mit finsterem Unterton.

VENTISETTE – 27

»Enzo hatte recht«, sagte sie, während sie die Serpentinen hinunter in die Stadt so ruppig hinunterfuhr, dass Tulipan sich hinten auf dem Rücksitz mit allen vier Pfoten abstützen musste, um nicht umzufallen. »Da stimmt etwas ganz gewaltig nicht.«

»Aber meinen Sie wirklich, Commissaria, dass dieser Mann es noch geschafft hat, die Nummer der Questura zu wählen und mit Enzo zu sprechen?«

»Das ist wahr, Commissario, er wirkte schon sehr am Rande des Lebens angekommen. Und dennoch … Den Stecker vom Fernseher könnte die Tochter einfach rausgezogen haben. Was, wenn er die Pressekonferenz gesehen und uns dann wirklich angerufen hat? Wie auch immer … Vielleicht hat die Krankenschwester das Telefon dort vergessen.«

»Sie war wirklich sehr nervös …«

»Und sie hat gelogen. Sie hat gesagt, er würde nur noch Schmerzmittel bekommen. Stattdessen liegen da gleich drei riesige Präparatpackungen zur Reanimation. Warum sollten sie einen Mann, der im Sterben liegt, reanimieren wollen, wenn sie ihm Leid ersparen möchten?«

»Wir sollten die Krankenschwester vorladen«, schlug Luigi vor.

»Dann wüsste die Familie, dass wir sie auf dem Kieker haben. Ich habe Sie vorhin gebremst …«

»Damit die Tochter nicht erfährt, dass wir schon über sie recherchiert haben. Tut mir leid, ich bin manchmal ein echter Dampfplauderer.«

»Es ist ja noch mal gutgegangen«, erwiderte Giulia. »Aber jetzt werde ich Enzo anrufen. Er soll die Familie auseinandernehmen – wir müssen alles wissen über diese reiche Sippe.«

Gerade wollte sie die Nummer der Questura wählen, doch das Vibrieren eines eingehenden Anrufs ließ sie zusammenzucken. »Die Zentrale der Carabinieri«, flüsterte sie. »Ja? Commissaria Ferrari hier?«

Sie lauschte in den Hörer, und ihre Miene wurde starr. Luigi sah sie besorgt an. Als sie auflegte, war ihre Stimme tonlos.

»Also, die Tochter und die Krankenschwester sind jedenfalls unschuldig.«

»Wie bitte?«

»Es gab einen Mord, unten am Fluss. Eine Obdachlose, mit durchschnittener Kehle und einem Lachen im Gesicht.«

VENTOTTO – 28

Die Commissaria hatte den Käfer an der Altstadtzufahrt vorbeigelenkt und war auf der Ringstraße um Florenz geblieben, auf der linken Spur überholte sie allerlei andere Wagen, und in den Kurven quietschten die Reifen des alten Cabriolets.

Kurz hinter der Piazza della Libertà hatte sie Enzos Nummer gewählt. Der Sergente hatte sofort abgehoben.

»Es gibt noch eine Tote«, hörte sie sich sagen, »eine Obdachlose, unten am Fluss. Wir werden hinfahren und Ihnen dann berichten, Sergente.« Enzo war wortkarg gewesen, sein Schock schien so groß zu sein wie der ihre. »Sie bleiben an der Familie d'Agostino dran. Ich will alles wissen, inklusive einer aktuellen Handyabfrage zu jedem Familienmitglied. Ich will wissen, wo sie alle waren, in den letzten drei Stunden. Haben Sie das?«

»Natürlich, Signora Commissaria.«

Als sie auflegte, tat es ihr für einen Augenblick leid, dass sie so schroff gewesen war. Aber die Wut in ihr war einfach zu groß. Sie umfuhr die Porta alla Croce, und dann waren es nur noch zwei Minuten, bis der Fluss in den Blick kam – und die Ponte San Niccolò, die moderne Brücke östlich der Altstadt.

Sie hielt den Wagen am Straßenrand, hier standen schon

mehrere Fahrzeuge der Carabinieri – und weiter hinten sah sie, wie zwei Satellitenwagen anrückten, es waren jene, die auch am Morgen vor der Questura gestanden hatten. Giulia stöhnte auf.

»Wir haben sie auf die Fährte gesetzt, und jetzt werden sie uns jagen. Verdammt.«

»Die hören bestimmt den Polizeifunk ab, diese Bastarde«, erwiderte Luigi bitter.

»Beeilen wir uns, dass wir hier wegkommen.« Giulia zog ihn mit sich, Tulipan folgte ihnen auf dem Fuße. Sie gingen über die flache Au des Arno, der Boden bestand aus grob behauenen Steinen, die vom Wasser glattgeschliffen waren, und aus wenigen Sprengseln Gras. Vor ihnen befand sich das Tanzlokal Habana 500, an den Abenden war hier die Hölle los, weil es sich am Flussufer so herrlich die ganze Nacht tanzen ließ. Die weißen Liegestühle waren zu dieser Stunde noch verwaist, und die Hütte, wo es des Nachts Mojito, Cuba Libre und simple Speisen gab, war verriegelt und verrammelt. Auf dem Boden lagen die Überreste der letzten Nacht, Pappbecher, Kippen, Plastikflaschen, es war ein trostloser Anblick, aber so war es ja immer, wenn man das Nachtleben zu heller Stunde antraf.

»Weiter hinten, eigentlich genau unter der Kaserne der Carabinieri«, sagte Giulia und musste an ihren ersten Fall in Florenz denken, der sie mehrfach hierhergeführt hatte, weil es zwei Carabinieri waren, die den toten Goldschmied mitten auf der Ponte Vecchio gefunden hatten. Nur leider war einer der beiden niedergeschlagen worden, und anschließend war die Leiche verschwunden. Es war ein verzwickter Fall gewesen, düster und mit tragischem Ausgang. Sie hatten ihn aufklären können, und Giulia hoffte, dass sie auch jetzt wieder der Lösung nahe waren. Doch für das vierte Opfer waren sie nicht schnell genug gewesen.

Sie beschleunigte ihren Schritt, Luigi konnte nur mit Mühe mithalten, er schnaufte.

Der Carabiniere an der Absperrung am Fluss salutierte, sie kletterten unter dem Band hindurch und standen nun genau an der Mauer, die den Arno von der Promenade Lungarno trennte. Alles, was hier unten geschah, war von der Promenade aus nicht zu sehen. Das hatte der Mörder gewusst, dachte Giulia unwillkürlich. Am Tage war hier beinahe nichts los, die Altstadt lag weiter westlich, hierher verirrten sich kaum Touristen. Dabei war es ein malerischer Ort: Sie konnte die Brücken der Stadt sehen, die Ponte alle Grazie und dahinter die Ponte Vecchio, die Fassaden der alten Bürgerhäuser, aber auch die riesige Stromschnelle des Wehrs, die das sonst gemütlich dahinfließende Wasser des Arno aufstaute und in einer Art kleinem Wasserfall zu Tal strömen ließ. Das Wasser war hier ganz grün, nur oben an der Stromschnelle war die Welle weiß, und Giulia blickte lieber dorthin als zu der Frau, die ein Stück weiter von den schon bekannten Leuten in den weißen Anzügen umstellt war. Die Commissaria konnte bisher nur ihre Beine sehen, die Füße steckten in ausgelatschten Lederschuhen. Die Sohlen zeigten zu ihr. Sie warteten noch einen Augenblick, bis sich eine der weißen Figuren die Kapuze abnahm und darunter das unvergleichlich rote Haar der Dottoressa zum Vorschein kam.

»Commissaria, Commissario, mir reicht es langsam.«

»Uns auch«, sagte Luigi, als sie näher traten und er sie wieder einmal begrüßte.

»Das vierte Opfer – und ich muss nicht lange raten. Derselbe Täter. Dieselbe Waffe. Aber …«, sie senkte die Stimme, als setzte sie zu einem Trommelwirbel an, »… es ist etwas anders als sonst.«

Giulia hielt den Atem an, weil sie auf eine solche Nachricht gehofft hatte. Irgendetwas Ungewöhnliches. Ein Zeichen, dass der Mörder nervös wurde. Einfach auf irgendeine Spur.

»Nun sag schon …«, drängte Luigi, der offenbar genauso angespannt war wie Giulia.

»Es ist alles viel … gröber gemacht. Fahrlässiger.« Sie sah zurück zu der Frau, von der zwei Männer nun Fotos in Nahaufnahme machten. »Der Schnitt war viel gröber, nicht so fein und klar wie bei den ersten Morden. Die Haut ist regelrecht gerissen an manchen Stellen. Sie ist von hinten ermordet worden, nicht von vorne. Und dennoch hat der Täter ihr noch das Lachen verpasst. Sie … sie muss geschlafen haben, es gibt keinerlei Verteidigungsspuren. Vielleicht«, sie kratzte sich am Kopf, »finden wir diesmal etwas. Irgendeine Spur, DNA oder sonst was.«

»Wissen wir, wer sie ist?«

»Sie hat keine Ausweispapiere bei sich, so sieht es jedenfalls aus. Aber wir sind noch nicht fertig.«

»Merkwürdig«, murmelte Luigi. »Normalerweise will der Täter doch, dass wir wissen, wen er ermordet hat. Es müsste ja eine Frau mit den Initialen F und N sein. Wie beim letzten Taschentuch.«

»Apropos«, sagte Giulia, »haben Sie ein neues Stofftaschentuch gefunden?«

»Nein, noch nicht. Aber wie gesagt: Da steht ein Rucksack und noch eine Plastiktüte, ich wollte mir erst einmal die Leiche ansehen und dann ihre Habseligkeiten. Ich bin auch erst seit fünf Minuten hier.« Die Dottoressa wandte sich zu der Toten um. »Die arme Frau. Ein Leben auf der Straße ist immer schlimm – aber dann so ein Ende …«

»Sehen wir sie uns an«, sagte Giulia, und sie gingen das kleine Stück zu der Frau, die die Kollegen von der Spurensicherung auf den Bauch gedreht hatten, die Arme in beide Richtungen zur Seite ausgestreckt.

»Die Tote ist deutlich älter als die anderen Opfer.«

»Das stimmt«, sagte die Gerichtsmedizinerin. »Ich schätze sie auf Ende sechzig, aber das ist schwer zu sagen, bei ihrem Zustand, sie ist schmutzig, und die Zähne, nun ja, eben das Leben auf der Straße. Angelo …«, sie rief es einem der Männer zu, »seid ihr fertig? Wir würden gern ihr Gesicht sehen.« Sie wandte sich den beiden Polizisten zu. »Der Mann, der sie gefunden hat, hat wohl das Lächeln gesehen. Er hat von einer Telefonzelle aus angerufen und ist dann abgehauen.«

»So ein Mist. Hat denn niemand in dieser Stadt den Mumm, einfach mal an einem Tatort zu bleiben? Ist alles nicht mehr wie früher.« Luigi war auch in Fahrt.

Die beiden Männer in den weißen Anzügen drehten die Frau in der schmutzigen Kleidung wieder um. Giulia und Luigi mussten beide schlucken. Da lag sie nun, das Gesicht zum Himmel gerichtet. Der Mund war ein wenig geöffnet, deshalb waren die gelben Zähne zu sehen. Doch darauf achtete Giulia erst als Zweites, weil das Lachen so deutlich, so schrecklich, so grimassenhaft war, dass es beinahe schmerzhaft aussah. Die dunkelgrauen Augen waren in den Himmel gerichtet, die spröden Lippen zu einem Lachen geformt. Ihr Gesicht war voller Staub, es war ein Anblick, der Giulias Herz rührte, auf eine finstere und rachsüchtige Art und Weise. Sie wollte den Menschen endlich finden, der anderen so etwas antat.

»Die arme Frau«, murmelte Luigi.

»Gehört der Einkaufswagen dahinten auch ihr?«, fragte Giulia.

»Nein. Das hier ist so eine Art inoffizielles Lager für die Obdachlosen der Stadt, viele von ihnen schlafen hier. Sie wissen ja, das alte Büro der Gerichtsmedizin war gleich hier am Ufer, ich kenne die Gegend also gut, auch wenn wir heute in diesem schrecklichen Neubau hausen.«

»Wann ist sie gestorben?«

»Vor einer, vielleicht anderthalb Stunden. Es war«, die Dottoressa sah auf die Uhr, »in jedem Fall nach 12 Uhr mittags.«

»Und hier, an diesem Ort, will niemand etwas gesehen haben?«

»Sie wissen doch, wie scheu Obdachlose sind. Wenn da die Polizei anrückt, sind alle weg – und niemand würde jemals mit uns reden.«

»Selbst wenn man eine von ihnen abschlachtet?« Giulia runzelte die Stirn. »Wir müssen es versuchen. Treiben Sie genug Leute auf, damit wir alle Obdachlosen in der Umgebung vernehmen können.« Ihre Stimme wurde lauter. »Und wenn hier jemand auch nur einen Schatten gesehen hat um die Mittagszeit, dann will ich das wissen.«

»In Ordnung, Commissaria.«

VENTINOVE – 29

»Ich werde den Rucksack gleich hier durchsuchen«, sagte Giulia, »genau wie die Tüte. Haben Sie Handschuhe?«

Die Dottoressa reichte ihr ein Paar.

»*Grazie.*«

Sie öffnete den Rucksack, der ganz speckig war, dann ließ sie das Sonnenlicht hineinfallen, hielt ihn dabei ein Stück von sich weg, als könne sie etwas daraus anspringen.

Sie wühlte mit den Händen in dem Rucksack herum, immer noch vorsichtig, da waren Schokoriegel, schon alt und klebrig, eine Wasserflasche, eine Bibel. Sie spürte, wie ihr Herz einen Sprung machte. Sie konnte sich richtig vorstellen, wie die Frau am Ufer gesessen und in der Bibel gelesen hatte. Sie öffnete das Buch, die Seiten waren ein wenig geknittert, aber eher so, dass man sah, wie oft darin geblättert worden war. Die Bibel hatte einen Goldschnitt. Auf dem Deckblatt las sie die Widmung, in sauberer Schrift geschrieben, mit Füllfederhalter. Eine Erinnerung an ein besseres Leben.

Für Elsa stand da.

»Hieß unsere Tote Elsa?«, fragte die Commissaria in die Runde. »Hat jemand noch etwas mit diesem Namen gefunden?«

Alle Männer und die Dottoressa schüttelten den Kopf.

»Gut. Dann ist es entweder eine Bibel, die sie gefunden hat – oder der Täter hat sich nicht an sein eigenes Taschentuch gehalten.«

»Warum sollte er die eigene Vorhersagung ignorieren?«

»Wir werden es rausfinden«, erwiderte die Commissaria.

Sie wühlte weiter in dem Rucksack herum, doch da waren nur noch etwas Sonnencreme und eine verschlissene Zeitung, die mehrere Wochen alt war. Als Nächstes nahm sie sich den Beutel vor, darin waren Lebensmittel, ein altes Ciabatta, ein harter Speck, drei Karotten. Es war so armselig, dass es ihr eine Gänsehaut über die Arme jagte.

»Wir müssen rauskriegen, ob sie Elsa war. Und ich will mit irgendjemandem sprechen, der sie kannte.«

»Die Kollegen sind dran, Commissaria«, erwiderte Luigi.

»Gut. Dann auf, geben wir denen, was sie wollen.« Sie wies auf die unzähligen Kamerateams, die sich hinter der Absperrung versammelt hatten. Bis hierhin konnte sie die Blitzlichter der Fotografen hören, die aufgeregten Rufe der Journalisten. Sie erhob sich aus der Hocke, dann setzte sie ihre Sonnenbrille auf und ging in Richtung Osten, auf die Reporter zu. An der Absperrung blieb sie stehen, atmete einmal tief durch, weil die Anspannung so greifbar war, und sagte dann: »Meine Damen und Herren, wir müssen Ihnen mitteilen, dass der Serienmörder mit dem lachenden Tod zum vierten Mal zugeschlagen hat. Sein Opfer ist eine Frau, deren Identität wir derzeit aus ermittlungstaktischen Gründen noch geheim halten. Sie war obdachlos, deutlich über sechzig Jahre alt – und sie hat hier am Fluss Sicherheit und einen Schlafplatz gesucht. Stattdessen wurde sie ermordet, brutal und hinterrücks, von einem feigen Täter, der auch vor Morden an wehrlosen, alten Frauen nicht zurückschreckt. Die Stadt ist fassungslos – und ich kann Ihnen jetzt und hier sagen, dass wir dem Täter auf den Fersen sind.« Sie wandte den Blick in die Kamera, dann senkte sie die Stimme noch einmal, sodass jedes zischende Wort nun wie eine Drohung klang. »Wenn Sie das sehen, der Sie all das verantworten: Ich weiß, dass Sie nervös sind. Sie wissen, dass wir Ihnen auf der Spur sind. Sie haben schon einen Fehler gemacht – und bald haben wir Sie.« Dann wandte sie sich ab, nickte den Reportern zu, kletterte unter der Absperrung hindurch und ging in Richtung Wagen. Die Journalisten rannten hinter ihr her, doch es war Luigi, der Tulipan zuraunte: »Achtung.«

Der Hund wandte sich um und ging in Kampfstellung, sein Knurren war so bedrohlich, dass die Reporter und Kameramänner innehielten.

»Die Pressekonferenz ist vorbei«, murmelte Luigi, dann stieg er auf der Beifahrerseite ein, Tulipan sprang in den Wagen und legte sich direkt auf den Rücksitz.

»Guter Hund«, sagte Giulia lächelnd und kraulte das Ohr des Golden Retrievers.

»Er kann diese Zecken noch weniger leiden als ich«, erwiderte Luigi.

»Na, immerhin haben wir unsere Nachricht übermittelt«, sagte Giulia.

»Meinen Sie, der Täter hat das gesehen?«

»Sicher hat er das. Ganz sicher.«

TRENTA – 30

Es war vollkommen ruhig im Büro, da war nur sein Tippen auf der Tastatur. Enzo genoss diese Ruhe, nein, Genuss war das falsche Wort, aber da war in diesen Stunden nichts, das ihn ablenkte, und das war gut so. Nichts, außer dem Rauschen des Blutes in seinem Kopf, weil er so fieberhaft auf der Spur war. Es war seine Spur. Und er würde diesen Fall lösen.

Denn er war sich sicher, dass er richtiglag.

Auch wenn der Mord an der Obdachlosen keinen Sinn ergab – es war der Tropfen, der das Fass zum Überlaufen gebracht hatte. Seither hatte er keine Pause mehr gemacht. Die Commissaria und der Commissario hatten sich mehrfach gemeldet und ihn auf den neuesten Stand gebracht, sie waren gerade dabei, die Obdachlosen am Fluss ausfindig zu machen. Bisher hatte keiner etwas gehört oder gesehen – oder vielleicht hatte auch nur niemand etwas sehen wollen.

Enzo hingegen war auf der Spur. In einer gänzlich anderen sozialen Schicht.

Es war keine einfache Recherche. Denn der alte d'Agostino hatte offenbar alles darangesetzt, dass sein Privatleben auch privat blieb. Es gab nur äußerst wenige Veröffentlichungen über den Mann selbst, zumeist ging es um seine Unternehmen, um Geschäftsbilanzen und Erfolge. Es gab einige Preisverleihungen, *Unternehmer des Jahres* und derlei. Aber kaum Meldungen aus dem inneren Kreis der Familie.

Und wenn doch mal etwas erschien, hatten seine Anwälte einstweilige Verfügungen durchgesetzt, damit die Artikel aus dem Internet wieder gelöscht wurden.

So saß Enzo schon seit zwei Stunden da und grub erst in seriösen Medien – und später auch in den seichteren Blättern. Da gab es immer wieder kurze Meldungen und einmal einen großen Artikel über die scheinbar glückliche Ehe des reichsten Unternehmerpaares von Florenz. Aber auch hier gab es keine Fotos, sagte die Stimme in seinem Ohr, weil der Mann den Artikel gar nicht autorisiert hatte.

Enzo klickte sich durch die Seiten der Veröffentlichungen, natürlich tauchte der Name oft auf, doch so richtig Substanzielles war nicht herauszukriegen.

Nach drei Stunden öffnete er eine Dose Lemonsoda, weil er kurz davor war aufzugeben und etwas Zucker brauchte, um weiter durchzuhalten.

Als er sich wieder an den Rechner setzte und eine weitere Seite anklickte, sagte die Stimme in seinem Ohr etwas, das ihn aufhorchen ließ.

TRENTUNO – 31

»Commissaria«, sagte er, und immer noch war er so atemlos, wie sie ihn nie zuvor gesehen hatte. »Dort. Neben wem steht unser ehrenwerter Signore d'Agostino?«

Er wandte sich zur Seite, damit Giulia an ihm vorbei auf seinen Bildschirm blicken konnte.

»Er beugt sich sogar zu ihr hinunter und gibt ihr … *mio dio* … Er gibt ihr wirklich einen Kuss auf die Wange.«

»Mein System hat mir die Bildbeschreibung vorgelesen. Und mir war gleich klar, dass … dass es ein Treffer sein könnte.«

»Es ist tatsächlich ein Treffer«, erwiderte die Commissaria. »Denn es sieht nicht so aus, als würden sich die beiden zum ersten Mal begegnen. Es wirkt eher vertraut, würde ich sagen.«

Sie betrachtete das Bild des Mannes, der unverkennbar Signore d'Agostino war, wenn auch zugegebenermaßen eine ungleich jüngere und lebendigere Ausgabe.

»Von wann ist dieses Foto?«, fragte sie, und Enzo antwortete: »Das war vor neunzehn Jahren. Auf dem Filmfestival in Venedig. Ich habe hier in Florenz in den Zeitungen nichts gefunden. Aber anderswo in Italien war der Signore nicht ganz so vorsichtig, wie es scheint.«

»Da war d'Agostino Mitte fünfzig. Und die Dame war zweiunddreißig Jahre alt. Hier steht der Text …« Giulia las vor, und Enzo, der die Worte schon so oft über seine Kopfhörer gehört hatte, konnte sie stumm mitsprechen.

»Unternehmer Giovanni d'Agostino ist einer der größten Förderer der Filmfestspiele von Venedig, ein Mäzen und Förderer der schönen Künste. Hier trifft er die Schauspielerin Dora Oleskova auf einer Abendgala. Zuletzt hatte er ihren neuen Kino-Blockbuster zusammen mit der Filmförderung der Region Venedig finanziert.« Giulia schüttelte den Kopf. »Sie kannten sich also tatsächlich – und er hat sie gefördert.«

»Das passt alles in das Bild, das die Öffentlichkeit von ihm haben soll. Ein Mann der Kunst und Kultur«, sagte Enzo.

»Es passt aber auch zu den Berichten, die er lieber nicht über sich lesen wollte. Dass er ein Freund der schönen Frauen war, ein Schürzenjäger, wie er im Buche steht.«

»Es war mein Glück, dass Dora Oleskova eine Berühmtheit ist. Ich würde wetten, dass er die anderen beiden Frauen auch kannte – aber zu irgendeinem Model aus den Achtzigern werde ich nur schwerlich ähnliche Fotos finden. Und die Wirtin aus der Weinbar – nun ja, auch ihr könnte d'Agostino durchaus begegnet sein. Immerhin soll er, als er jung war, das Nachtleben von Florenz sehr regelmäßig frequentiert haben.«

»Sie hatten recht, Sergente. Ich ziehe meinen Hut.«

»Ich weiß nicht, ob es stimmt, aber ich glaube, Ihnen würde ein Hut wirklich gut stehen.«

Giulia musste lächeln, weil sein Kompliment so ungelenk wie schlagfertig war.

»Ich rufe Luigi an, er soll herkommen. Wenn wir dieser Spur weiter nachgehen«, sie schüttelte wieder den Kopf, weil die Konsequenzen dieses Gedankens so unaussprechlich waren, »dann könnte es sein, dass wir ein echtes Motiv haben. Wenn … wenn er wirklich was mit Dora Oleskova hatte …«

»… dann könnte die Geigerin Svetlana das Ergebnis ihrer Affäre sein – und dann wäre sie eine Erbin der Familie d'Agostino.«

»Und dann könnte das Wort, das der alte Mann gesagt hat, nachdem er *ich* murmelte, das könnte *Bimbo* gewesen sein. Kind. Sie war sein Kind.«

Giulia lauschte den Worten des Sergente nach und spürte, dass sie sehr nah dran waren, diesen Fall zu lösen – auch wenn das Motiv so grausam wäre, dass sie damit niemals hätte rechnen können.

TRENTADUE – 32

»Haben Sie noch etwas gefunden, Sergente? Über die anderen beiden Frauen? Die Wirtin und das Model?«

»Leider nicht. Aber zu der Zeit gab es eben das Internet noch nicht, oder erst in seinen Anfängen. Viele Dinge von damals waren nie online – oder sind längst gelöscht. Erst recht, wenn der Mann dagegen vorgegangen ist.«

»Auch wieder wahr«, sagte die Commissaria. »Immerhin haben wir dieses Foto.«

»Noch etwas spricht dafür«, sagte Enzo. »Ich habe lange darüber nachgedacht, woher diese ungewöhnlichen Reichtümer stammen.«

»Was meinen Sie?«

»Warum hat dieser junge Sommelier diese teure Wohnung? Warum lebt Signora Vecchione in so einer Luxusimmobilie im elegantesten Strandort Italiens? Woher hatte Svetlana Oleskova ihre Geige?«

»Sie glauben, Signore d'Agostino hat sie bezahlt?«

»Vielleicht eine Zuwendung, damit die Familien schweigen?«

»Oder eine Geste – weil er die Frauen wirklich mochte und ihre Kinder als seine akzeptiert hatte?«

»Das ist alles sehr gut möglich – oder ein riesiges Hirngespinst«, sagte Giulia und runzelte die Stirn.

»Wenn es wirklich stimmen sollte«, fragte Luigi in die Runde, der immer noch in der Questura war, die alte Feindschaft mit diesem Gebäude schien endgültig überwunden zu sein, »wie passt dann das letzte Opfer in diese Geschichte? Sie kann ja nicht ernsthaft das Kind des alten d'Agostino gewesen sein? War sie etwa eine frühe Affäre von ihm?«

»Nicht ausgeschlossen«, sagte die Commissaria. »Sie war etwa zehn Jahre jünger als er, wenn die Schätzung der Dottoressa stimmt. Sie hat mit der Obduktion begonnen und glaubt, die Tote war nicht älter als sechzig. Aber solange wir den Namen des Opfers nicht kennen, ist es schwer, mehr herauszufinden.« Sie beobachtete einen Streifen Sonnenlicht, der gerade zum Fenster hereinfiel und in dem der Staub flirrte. »Wer weiß, vielleicht war sie früher sehr hübsch, bevor sie vom Weg abgekommen ist. Das Schicksal kann wirklich hart sein. Aber ja, wir wissen nichts über sie.«

»Es ist wirklich eine Schande, dass von den anderen Obdachlosen niemand mit uns gesprochen hat.«

»Na ja, die Polizei wird die Leute nicht immer nur gut behandelt haben«, sagte Enzo leise. »Ich kann es denen nicht verdenken, dass sie abhauen.«

»Da haben sie recht, Sergente«, sagte Luigi, der sich auch gut an die Skandalmeldungen erinnerte, als Carabinieri in Rom Obdachlose und Straßenjungs misshandelt hatten. Der Commissario stützte sich auf dem Tisch auf. »Ich weiß nicht, wie es Ihnen geht, aber ich würde gern Nägel mit Köpfen machen. Sie, Sergente, glauben zu wissen, wie es war. Und sie, Commissaria, können sich Enzo Aleardis Meinung anschließen. Deshalb habe ich eine Idee, wie die Dinge ins Rollen kommen.«

TRENTATRÉ – 33

»Aber das können wir doch nicht wirklich machen«, sagte Giulia und sah Luigi fassungslos an. »Es ist … ungesetzlich – und es ist gefährlich. Wen auch immer wir als Lockvogel einsetzen, derjenige ist in ernster Gefahr.«

»Nicht, wenn wir wirklich gut aufpassen.« Luigi beugte sich über den Schreibtisch. »Commissaria, die haben keine Zeit mehr. Sie müssen zuschlagen, weil der Alte sterben wird, vielleicht schon heute Nacht.«

»Aber es geht trotzdem nicht. Ich riskiere kein Leben für ein *Vielleicht*.«

»Glauben Sie nicht, dass wir auf der richtigen Spur sind?«

»Doch.« Giulia hieb auf den Tisch. »Doch, verdammt, das glaube ich. Aber gerade, weil ich es glaube, kann ich niemanden gefährden. Die sind … sie sind mindestens verrückt, aber sie sind auch brutal, hochprofessionell, und sie scheuen vor nichts zurück.«

»Ich mache es«, sagte Enzo plötzlich laut und deutlich, und gleich darauf war es so still, dass man die sprichwörtliche Stecknadel hätte fallen hören können. »Ich mache es«, wiederholte er, offenbar dachte er, die anderen hätten ihn nicht verstanden.

»Auf keinen Fall«, erwiderte Giulia, jetzt noch fassungsloser. »Das ist … viel zu gefährlich. Das machen Sie nicht, Sergente.«

»Er hat mich angerufen, gestern, und ich wusste sofort, dass es mit ihm zu tun hatte. Sie haben mir erzählt, wie der Täter seine Opfer hinterlassen hat. Und ich kann nicht zulassen, dass sie damit davonkommen. Ich bitte Sie, lassen Sie mich den Lockvogel spielen.«

»Das ist sehr mutig von Ihnen, Sergente«, sagte Luigi und klopfte Enzo auf die Schulter. »Und es wäre praktisch, weil die Familie sie noch nie gesehen hat und weil Sie nicht von hier sind, es gibt also keinerlei Aufzeichnungen über Sie. Zudem sind Sie nicht in diesen furchtbaren sozialen Medien, oder?«

»Nein, das bin ich nicht«, erwiderte Enzo. »Bei Instagram ist es ja schon gut, wenn man was sieht, oder?«

»Sie wären der perfekte Kandidat«, fuhr Luigi fort. »Aber es ist wirklich gefährlich. Und ich weiß nicht, ob wir Ihnen das zumuten können. Schließlich …«

»Sehe ich den Mörder nicht kommen?«, vollendete Enzo seinen Satz.

»Ganz genau.«

»Aber ich habe eine Polizeiausbildung, ich bin genauso in Kampfsport ausgebildet, wie Sie es einmal waren, Commissario. Also, ich kann mich wehren, wenn es hart auf hart kommt. Und ich weiß, dass Sie gut auf mich aufpassen werden.«

Die Commissaria sah Luigi an, und der legte den Kopf schief.

»Ich bin nur ein Beamter, der schon in Pension ist. Sie sind die, die es am Ende entscheiden muss. Deshalb kann ich nur sagen: Enzos Mut ist heldenhaft – und ich würde es mit ihm machen. Wenn sie *Ja* sagen, Commissaria. Wir brauchen einen Lockvogel. Und er ist der ideale Kandidat.«

Giulia sah den Mann mit der dunklen Sonnenbrille an und wünschte sich zum ersten Mal, dass er ihren Blick erwidern könnte, damit sie sicher war, dass er es wirklich wollte. Dieser junge Mann löste seit dem ersten Kennenlernen etwas in ihr aus, heute aber war es zum ersten Mal Sorge – nein, mehr als das, sie hatte Angst um ihn. Und vielleicht war das die Lehre gewesen, aus dem Mord an ihrer Familie – dass sie nie wieder jemanden nahe an sich herangelassen hatte, damit sie genau dieses Gefühl nicht mehr haben musste.

Und doch war es nun wieder passiert.

Sie schüttelte sich, weil sie die Gänsehaut auf ihrem Rücken spürte, und dann hörte sie sich leise die drei Worte sagen: »Machen wir es.«

TRENTAQUATTRO – 34

»Ja, wir haben neue Erkenntnisse, Signorina – und ich muss Ihnen leider sagen: Es gibt eine konkrete Bedrohung für Ihre Familie.« Giulia sah Luigi vom Fahrersitz aus an, wie er mit ernster Stimme in sein Handy sprach. »Ja, wir sind schon auf dem Weg. Wir sind in zwanzig Minuten bei Ihnen.«

Der Commissario nickte, während er der Stimme am anderen Ende lauschte.

»Wird Ihr Bruder auch da sein? Das wäre wichtig, ja. Denn die Bedrohung gilt Ihnen gleichermaßen.«

Die Stimme sagte ein paar Worte, Giulia konnte die Erregung sogar durch den Fahrtwind hören.

»In Ordnung, Signorina. *A dopo* …«

Er legte auf und sah sie an.

»Und? Hat sie es geschluckt?«, fragte Giulia.

»Ich weiß es nicht. Aber sie klang schon recht aufgeregt. Wir werden sehen.«

»Ihre schauspielerische Leistung am Telefon war beeindruckend, Commissario. Nun wollen wir mal sehen, wie das in echt funktioniert.«

»Sie wissen doch: Wir Wirte sind die besten Schauspieler.«

»Und der Tresen ist Ihre Bühne. Ja, ich weiß.«

Sie lächelte ihn an.

»Meinen Sie, wir sind auf der richtigen Spur?«

Luigi nickte. »Das glaube ich ganz sicher.«

Sie spürte seinen Worten nach und wusste, dass er recht hatte. Warum hatte sie dennoch so viele Zweifel?

Eine schwere Stille hing im Wagen, wortlos sahen sie hinunter auf die Stadt, die unter der Bergstraße begann, und Giulia spürte wieder dieses Gefühl von Heimat – und zum ersten Mal auch das Gefühl, dass sie diese Stadt und ihre Menschen um alles in der Welt beschützen wollte.

Als sie fünf Minuten später vor der Villa der Familie d'Agostino ankamen, brach Luigi die Stille.

»Am liebsten, Signora Commissaria, würde ich morgen Abend mit Ihnen beim Aperitivo sitzen, vor unserer Bar – und kein Wort mehr über diesen Fall sprechen.«

»Morgen ist Donnerstag.«

»So ist es. Unser traditioneller Abend mit dem ganzen Dorf.«

»Ich werde da sein«, erwiderte die Signora. »Und ich werde vielleicht sogar etwas Italienisches trinken.«

»Sie sind ja eine wilde Patriotin geworden, Commissaria.«

Sie musste grinsen und lenkte den Wagen um die nächste Kurve. Giulia gefiel es, wie schnell ihr der Kollege ein Lächeln aufs Gesicht zaubern konnte. Ein bisschen Leichtigkeit in all der Anspannung.

Ihr Handy vibrierte, und sie ging schnell dran, als sie die Nummer erkannte.

»Ja?«

»Signora Commissaria? Ich bin es. Enzo.«

»Ich weiß.« Sie lächelte wieder.

»Sagen Sie, ich sitze hier gerade und bin nun doch ein wenig aufgeregt – auch wenn ich mir sicher bin, dass es die richtige Entscheidung war. Trotzdem …«

Er stockte, und sie fragte nach einer Weile: »Ja, was wollen Sie sagen?«

»Ich meine … Wenn ich morgen noch lebe, darf ich Sie dann abends zum Essen einladen?«

Sie musste jetzt richtig grinsen, weil sie spürte, wie aufgeregt er war. Und ihr ging es nicht anders. »Ja, das dürfen Sie. Ich erwarte es sogar. Und freue mich darauf. Wir sind gleich am Haus der Familie d'Agostino.«

»In Ordnung. Viel Glück, Commissaria.«

»Danke. Wir sehen uns morgen früh.«

Sie legte auf, und Luigi sah sie von der Seite aus an.

»Alles in Ordnung?«

»Ja. Schon.«

»Wer war das?«

»Enzo Aleardi.« Sie wartete. »Ah, da fällt mir ein: Morgen Abend zum Aperitivo werde ich nur kurz kommen. Ich habe nämlich noch eine Verabredung.«

Sie spürte Luigis Blick auf sich, aber es war ein sanfter Blick, und auf seinen Zügen lag ein Lächeln.

TRENTACINQUE – 35

Als sie über den Kiesweg auf die riesige Villa zurollten, sahen sie, dass das Portal bereits geöffnet war. Die Krankenschwester stand wieder in der Tür, diesmal sah sie freundlicher aus, beinahe erwartungsvoll.

Sie stiegen aus, und Tulipan ließ sich sofort auf dem Rasen vor dem Haus nieder.

Giulia wandte sich noch einmal dem Pool und dem dahinterliegenden Panorama zu, denn die Sonne ging eben unter und verschwand hinter den Hausdächern und ziemlich genau hinter der Kuppel des Duomo. Der Abendhimmel schien zu glühen, und sie spürte, wie das Adrenalin in ihr immer noch stärker wurde.

Sie wollte jetzt in dieses Haus, und sie wollte zugleich nicht, dass Enzo sich dieser Sache aussetzte. Denn wenn sie recht hatten, dann schwebte er heute Nacht in großer Gefahr.

»Commissaria, Commissario.« Sie hörten zuerst ihre Stimme und sahen dann, wie sich die junge Signorina an der Krankenschwester vorbeischob und aus dem Portal heraustrat. »Sie haben Neuigkeiten.«

Giulia sah aus dem Augenwinkel, wie Luigi der alten Frau

in Uniform freundlich zulächelte. Und sie lächelte tatsächlich zurück, schüchtern zwar, aber verbindlich. Es war nicht zu bestreiten – Luigi Batista war wirklich ein gewinnender Mann.

»So ist es«, erwiderte die Commissaria und gab Signorina d'Agostino die Hand.

»Wollen wir hineingehen? Ihr Bruder …«

»Er wartet im Salon auf uns«, erwiderte die junge Frau. »Wir sind tatsächlich etwas in Sorge, wie Sie sich denken können.« Sie ging voran, drehte sich aber immer wieder um, ob die beiden Polizisten ihr auch folgten. Im Flur war es angenehm kühl. Sie gingen wieder einmal quer durch das Haus, diesmal war die Tür zum Krankenzimmer geschlossen.

»Wie geht es Ihrem Vater?«, fragte Giulia.

»Er ist nicht mehr wach geworden«, antwortete die Signorina. »Manchmal hatte er noch Phasen, in denen er die Augen aufmachte, meist am Abend, und dann war da eine Regung in seinen Pupillen. Aber heute nicht. Der Arzt meint, er schläft ganz langsam und friedlich ein. Er hat ja keine Schmerzen, das beruhigt mich …«

»Mich auch«, sagte eine Stimme, die aus dem Salon zu ihnen drang. Sie war tief und nasal und hatte einen drängenden Klang. »Kommen Sie, Commissaria, Commissario«, ein Mann hatte sich vom Sofa erhoben und kam auf sie zu, die Hand bereits zum Gruß nach vorn gestreckt. »Meine Schwester sagte, Sie wollten auch mich sehen. Willkommen. Was können wir für Sie tun?«

Sie gaben sich die Hand, und Giulia betrachtete das Gesicht des großen Mannes, der so schlank war wie eine Bohnenstange, dünn beinahe, doch sehr drahtig, die Adern auf seinen Händen stachen hervor, auch der Hals war sehnig, und der Adamsapfel sah aus, als habe der Mann einen Tennisball verschluckt.

Er hatte dunkelblondes Haar, das bereits einen Stich ins Graue hatte, und distinguierte Züge. Seine Schuhe waren aus braunem Leder, sie waren rahmengenäht und sahen so teuer und blitzblank aus, dass sich Giulia ausrechnen konnte, wie lange sie für diese Schuhe arbeiten musste.

Immer noch sah er zwischen der Commissaria und Luigi hin und her, sein Lächeln war vorsichtig. Dann wies er endlich auf das Sofa, und sie gingen hinüber.

»Ich denke eher, dass wir etwas für Sie tun können«, erwiderte die Commissaria im Gehen, bevor sie sich setzten.

Der Mann sah sie mit zusammengekniffenen Augen an, bevor auch er sich setzte, seine Schwester, die viel jünger war als er, nahm auf der Sessellehne Platz. »Wissen Sie, es sind schwere Zeiten. Mein Vater«, er brach ab und ergriff die Hand seiner Schwester, es war beinahe eine rührende Geste, »unser Vater, er wird sterben, vielleicht noch heute Nacht. Deshalb ist es schon ungewöhnlich, dass Sie uns heute aufsuchen. Sie sprachen von einer Bedrohung für die Familie. Vielleicht – wenn das noch ein paar Tage Aufschub duldet, wäre es vielleicht besser, unserer Familie diese Momente der Trauer zu lassen.«

Giulia räusperte sich und faltete die Hände zusammen, als würde sie beten. »Das würden wir natürlich auch vorziehen, Signore d'Agostino. Aber ich denke, dass die Informationen, die wir haben, für Sie von großem Interesse sein werden.«

Neben ihr streckte sich Luigi plötzlich und sagte: »Verzeihen Sie, es ist reichlich unpassend, aber ich müsste einmal …«

Kurz sahen die beiden Geschwister den Polizisten verwundert an, doch dann kam Bewegung in die Signorina.

»Natürlich, kommen Sie, ich bringe Sie …«

»Nein, nein«, sagte Luigi und winkte ab. »Die Informationen der Commissaria sind wirklich sehr eilig, ich finde es schon.«

»Sie gehen raus und dann nach rechts, am Ende des Flurs.«

Luigi verschwand auf leisen Sohlen. Giulia sah ihm versonnen nach, dann wandte sie sich wieder den Geschwistern zu.

»Auch wenn Sie hier oben gerade eine schwere Zeit haben, die Ihnen viel abverlangt: Sie haben sicher von den Morden unten in der Stadt gehört.«

Die beiden sahen einander wieder an, dann nickte der Bruder und sagte leise: »Meine Schwester hat mir von Ihrem letzten Besuch erzählt. Und ich habe vorhin im Radio von einem weiteren Mord gehört und auch die vielen Polizeiwagen gesehen, die zum Fluss rasten. Es ist schrecklich.«

»Ja, es gab nun vier Morde. In nur wenigen Tagen. Und wir haben große Sorge, dass weitere Taten folgen werden.«

Im Gesicht des jungen Mannes gab es keine Veränderung. Er nickte nur. »Das verstehe ich. Und das würde mir auch Sorgen machen, an Ihrer Stelle. Aber was hat das mit uns zu tun?« Seine Worte waren kühler als seine Stimme.

Giulia sah ihn ernst an. »Wir haben Grund zu der Annahme, dass Sie beide in großer Gefahr sind.«

»Wir beide? Wieso denn das?« Die Signorina musste kurz husten, ihre Stimme war ganz belegt.

»Es ist so …«, Giulia beugte sich auf dem Sofa vor, sie saß hier viel tiefer als die Geschwister ihr gegenüber, und sie wusste, dass sie nicht in die Defensive geraten durfte. Keine Schwäche. »Der Täter scheint es auf Ihre Familie abgesehen zu haben. Ich … ich möchte Sie nicht unnötig belasten, weil ich weiß, dass Sie gerade andere Dinge im Kopf haben. Andererseits kann ich Sie auch nicht verschonen.«

»Möchten Sie jetzt mal mit der Sprache rausrücken, Commissaria?« Signore d'Agostino wurde langsam ungehalten. »Wir sind wirklich sehr angespannt – aber glauben Sie mir, wir führen einen der größten Konzerne Italiens, wir können unangenehme Neuigkeiten aushalten. Nur spannen Sie uns nicht weiter auf die Folter.«

»Die Opfer des Täters sind – so glauben wir – allesamt Kinder Ihres Vaters.«

»Was sagen Sie da?«, rief die Signorina und sprang von der Sessellehne hoch, aber die Hand ihres Bruders hielt sie fest und zog sie zurück, beinahe wäre sie gefallen, doch dann fing sie sich, und der Signore fuhr die Commissaria mit hochrotem Kopf an.

»Also … Das ist doch … Was erlauben Sie sich …«

Giulia hob beschwichtigend die Hände, doch der junge Mann war nun nicht mehr zu bremsen. »Unser Vater liegt im Sterben, und Sie kommen in unser Haus, um uns so ein Ammenmärchen zu erzählen? Wir haben keine weiteren Geschwister. Unser Vater …«

»Ihr Vater, Signore d'Agostino, hatte Kontakt zur Mutter des dritten Opfers. Nahen Kontakt. Und wir sind gerade dabei, weitere Spuren zu sichern und zu recherchieren, in welcher Verbindung er zu den Müttern der anderen Opfer stand.«

»Sie haben nicht mal einen Beweis? Sie haben nur Hinweise? Und trotzdem besitzen Sie die Dreistigkeit …«

»Sie können uns gern eine DNA-Probe geben, dann ist es sehr einfach, unsere These zu beweisen.«

»Das können Sie vergessen«, rief der junge Mann, noch immer in heller Aufregung.

»Gut. Aber dann bleibt es dabei: Wir glauben, dass es sich bei den Opfern sämtlich um uneheliche Kinder Ihres Vaters handelt. Und wir haben Grund zu der Annahme, dass der Täter noch nicht fertig ist. Dass er vielleicht auch Sie ins Visier nimmt. Vielleicht ist es jemand, der eine Rechnung mit einem der Unternehmen ihres Vaters offen hat. Oder es ist eine Mafia-Drohung.« Giulia schluckte. Sie sagte das M-Wort nie, aber heute ließ es sich nicht vermeiden. »In jedem Fall müssen wir davon ausgehen, dass Sie in Gefahr sind. Sie beide. Und wir können Sie zu nichts zwingen, aber wir würden Sie sehr gern unter unseren Schutz stellen.«

»Was bedeutet das?«

»Wir würden das Haus sichern. Ich weiß, Sie sind hier in einer Festung – dennoch würden wir Ihnen gern eine Einheit zur Verfügung stellen. Die wäre auch an Ihrer Seite, wenn Sie das Haus verlassen. Wir müssen auf Nummer sicher gehen. Das tun wir übrigens auch für eine weitere Person.«

Jetzt ging eine Veränderung auf dem Sessel gegenüber vor sich, der junge Signore d'Agostino schien noch zu wachsen, und er hielt seine Hände fest. Seine Schwester sah erst zu ihm und dann zur Commissaria. Sie zitterte.

»Was bedeutet das?«

»Es gibt einen weiteren Mann, der noch auf der Liste steht. Ihr Vater hatte Kontakt zu seiner Mutter. Sehr engen Kontakt. Bei ihm wissen wir das sicher, weil wir mit der Mutter gesprochen haben und sie zugegeben hat, ein Kind von Signore d'Agostino geboren zu haben. Ich wollte das eigentlich nicht erzählen, aber ich denke, es ist nur fair, ganz offen mit Ihnen zu sein.«

»Wer ist das?«, fragten die beiden Geschwister im Chor.

»Das kann ich Ihnen natürlich nicht sagen, aus Gründen der Sicherheit. Ich werde den jungen Mann fragen, wenn er endlich wieder in Florenz ankommt, momentan ist er noch auf Reisen, aber er wird heute Nacht zurückerwartet. Wenn er zustimmt, dann sage ich Ihnen gern, wie er heißt.«

»Das wäre …« Der junge Mann stammelte nun, die Füße wippten auf und ab. »Und Sie sind sicher, dass er unser Bruder ist?«

Giulia nickte, sie spürte, wie die Situation wieder etwas zur

Ruhe kam, weil Signore d'Agostino sich bemühte, ruhiger zu atmen, und leiser und langsamer sprach.

»Ja, es ist sehr wahrscheinlich, dass dieser Mann Ihr Bruder ist – und das die anderen Opfer auch Kinder Ihres Vaters waren.«

Der Bruder hob eine Augenbraue an, dann sagte er: »Aber die Frau heute, ich habe im Radio gehört, dass es eine alte Obdachlose war. Die kann ja nun sicher nicht das Kind meines Vaters gewesen sein – oder wollen Sie uns das auch noch weismachen?«

»Hat das Radio das schon vermeldet? Wir haben der Presse noch gar keine Details mitgeteilt.«

Die Stimme der Signora war scharf.

»Sie wissen doch, wie die Journalisten sind«, erwiderte Signore d'Agostino kühl. »Irgendwer von Ihren Kollegen wird gequatscht haben – und diese Schmeißfliegen haben das eben gleich berichtet. Also, war sie eine Obdachlose? Eine alte Frau?«

Giulia atmete schwer, als würde sie sich ergeben. »Ja, das war sie.«

»Also stimmt Ihre Theorie doch nicht. Was hat unsere Familie mit einer alten Obdachlosen zu tun, die unten am Fluss haust?«

»Das wissen wir nicht, Signore d'Agostino. Wir wissen nur, dass wir jetzt sehr gut auf Sie aufpassen müssen.«

»Aber …« Er schien zu überlegen, er brauchte einen Moment, dann fuhr er fort. »Ich möchte keine Polizei hier im Haus haben, wenn mein Vater stirbt. Sie können draußen vor der Tür alles bewachen, aber nicht auf dem Grundstück. Haben wir uns verstanden? Das ist ein einschneidender Moment für uns alle. Und wenn der Mörder hierherkommen will, dann soll er kommen.«

»Ich sage es ihm, wenn ich ihn sehe, Signore d'Agostino.«

»Sie finden das lustig, Commissaria?«

»Ganz und gar nicht. Und ich fand es auch nicht lustig, all diese Toten zu sehen, die so übel zugerichtet waren. Und deshalb würde ich gern verhindern, dass es wieder passiert. Ich würde dann die Bewachung vor dem Grundstück platzieren, gerne schon in den nächsten Stunden. Einverstanden?«

»In Ordnung, Commissaria.«

Giulia sah auf die Uhr, dann stand sie auf.

»Mein Kollege müsste ja gleich wieder hier sein.«

»Sagen sie …« Die Signorina stellte sich ihr in den Weg. »Sie waren doch heute Vormittag hier, weil angeblich aus dem Krankenzimmer meines Vaters in der Questura angerufen wurde. Hat sich das inzwischen aufgeklärt?«

Giulia lächelte die junge Frau sanft an, dann hob sie wieder entschuldigend die Hände. »Es tut mir leid, das habe ich völlig vergessen. Sie hatten vollkommen recht, Signorina. Das war ein technischer Fehler unsererseits. Irgendein Verrückter, der die Questura angerufen hatte – und die Fangleitung hat eine falsche Nummer ausgespuckt. Das kommt selten genug vor, aber es kommt vor. Tut mir leid, dass ich Sie damit aufgewühlt habe.«

Sie bemerkte die Blicke, die die beiden Geschwister austauschten, dann sagte die Signorina: »Nun, wenigstens etwas. Ich danke Ihnen für Ihre Ehrlichkeit.«

»Das ist doch selbstverständlich, Signorina. Also, alles Gute für Sie. Für diese Nacht und für die nächsten Stunden und Tage. Passen Sie auf sich auf.«

»Das machen wir«, erwiderte der Signore. »Guten Abend.«

Er stand auf und ging in Richtung Tür. Giulia hustete dreimal laut, als er die beiden Flügel weit öffnete.

Als sie auf den Flur traten, kam Luigi gerade aus der Toilettentür am Ende des Flures. »Oh Mann«, sagte er und klang ein wenig verschämt, »keine Ahnung, was gerade los ist, aber mir geht es wirklich nicht gut.«

»Entschuldigen Sie bitte«, flüsterte die Commissaria den Geschwistern zu, dann zischte sie: »Los, Commissario, gehen wir.«

Sie verabschiedeten sich, niemand nahm Luigis angebotene Hand an, dann gingen sie in Richtung Ausgang.

Als sie draußen standen, war die Sonne bereits untergegangen.

»Das war so eklig, dass es schon wieder genial war«, flüsterte Giulia.

»Alter Trick. Bei meiner Leibesfülle glaubt man mir ja auch, dass ich den ganzen Tag esse – und wenn da mal eine miese Muschel dabei ist …«

Giulia verzog das Gesicht. »Hat alles geklappt?«

»1 A«, erwiderte der Commissario. »Ich habe alles platziert – und ich hatte sogar Hilfe.«

»Was heißt das?«

»Die Krankenschwester. Sie hat nicht viel gesagt, aber ich glaube, sie weiß etwas.«

»Hat sie gesehen, wo Sie unsere Spur platziert haben?«

»Ja, sie weiß davon.«

»Und wenn sie redet?«

»Ich glaube nicht. Sie … sie ist nur dem alten Signore verpflichtet. Und ich glaube, sie weiß, was hier vorgeht. Ich bin mir mittlerweile sogar sicher, dass sie das Telefon absichtlich bei ihm vergessen hat, nach der Pressekonferenz.«

»Die sie ihm angeschaltet hat?«

»Vielleicht haben sie sie gemeinsam gesehen.«

»Ich liebe loyales Hauspersonal«, sagte Giulia.

»Nun hoffen wir mal, dass da drinnen gleich die Hölle losbricht.«

»Ich würde meinen kleinen Finger dafür verwetten.«

»Feierabend, Commissaria?«

»Ja. Feierabend. Morgen werden wir sehr früh anfangen müssen.«

»Treffen um sechs in der Bar?«

»In Ordnung. Ich fürchte mich ein wenig vor dem Tag. Was ist, wenn wir unrecht haben?«

»Dann suchen wir ab morgen weiter unseren Mörder.«

TAG 3. 20.07 UHR

La Cena à Casa Batista (Das Abendessen im Hause Batista)

Carla: Bist du da, *caro?*

Sie ruft es aus der Küche, die Tür ist geschlossen.

Luigi: Ja. Endlich.

Carla: Heute bleibt die Küche kalt.

Luigi legt den Kopf schief und senkt den Blick.

Luigi *(leise)*: Auch das noch.

Carla *(laut)*: Was sagst du?

Luigi *(lauter)*: Ich sagte: Auch das noch.

Carla: Ich weiß, mein Schatz, ich weiß. Aber morgen ist der Aperitivo, und heute war auch ein langer Tag – und ich bin ganz allein hier oben. Ich weiß, dein Fall ist wichtig. Aber wir haben nun mal diese Bar. Ich meckere auch gar nicht – aber es hängt eben alles an mir. *Sie steckt den Kopf durch die Tür.* Das geht schon. Aber ich hätte nichts dagegen, wenn ihr den Fall bald löst.

Luigi: Du, ich wünsche mir nichts anderes. Wirklich. Dieser Tag war …

Immer noch blickt sie durch den Türspalt, doch als sie seine Traurigkeit sieht, kommt sie herein und schließt ihn in die Arme.

Carla: So schlimm?

Luigi: Hast du es noch nicht gehört?

Carla: Wirklich, *caro,* heute war die Hölle los. Alle Welt scheint eine kaputte Küche zu haben. Was war denn, nun sag schon …

Sie legt ihm die Hände auf die Schultern und kniet sich vor ihn.

Luigi: Wir haben eine Obdachlose gefunden. Sie war das nächste Opfer. Ich … *Er verbirgt sein Gesicht in den Händen.* Sie war so wehrlos, und wir konnten sie nicht schützen. Das macht mich so fertig.

Carla: Ihr habt immer noch keine Spur?

Luigi: Doch. Wir haben etwas. Vielleicht.

Carla: Ich muss noch was machen. *Sie geht Richtung Küche, wendet sich aber im Gehen um.* Ich höre dir zu.

Luigi: Die Kollegen glauben, dass einer der reichsten Männer Italiens in den Fall verwickelt ist.

Carla: Aber Berlusconi ist doch tot.

Luigi: Sehr witzig, mein Schatz. Nein. Es soll sich um d'Agostino handeln.

Carla: D'Agostino? Den Schürzenjäger?

Luigi: Du weißt davon?

Carla: *Mio dio, caro,* ich hatte doch auch ein Leben vor dir. Na klar, jedes junge Mädchen von Florenz wusste das. D'Agostino war in seinen mittleren Jahren geradezu gefürchtet, weil er jede Nacht in der Stadt unterwegs war, um die jungen Dinger aufzugabeln. Und jede, die gerne ein teures Geschenk wollte oder eine Affäre mit einem berühmten Unternehmer, die setzte sich halt in die Bar des Savoy und wartete, bis er auftauchte.

Luigi: Aber er war doch verheiratet …

Carla: Jesus, Luigi. Das hier ist das unkatholischste aller katholischen Länder der Welt. Und, bevor du fragst: Nein, bei mir ist er nie gelandet.

Luigi: Sehr beruhigend, meine Liebste.

Carla: Wie soll er denn in die Sache verwickelt sein?

Luigi: Das werden wir morgen erfahren. Ich hoffe es zumindest. Sag mal, ich verhungere, was gibt es denn? Brot?

Carla öffnet die Tür und trägt ein riesiges Brett herein, auf dem zwei große Töpfe stehen. Luigi reißt die Augen auf.

Luigi: Du hast mich angeschwindelt. Herrgott, du spielst mit meinen Gefühlen.

Carla: Ich wusste doch, dass du total ausgehungert nach Hause kommen würdest. Meinst du, ich speise dich nach so einem Tag mit Brot ab? Ich habe dein Lieblingsessen für kalte Tage gekocht.

Sie nimmt die beiden Deckel ab, und sofort strömt der Duft des Schmorgerichts durch den Raum.

Luigi: Ich vergehe vor Glück.

Carla: Na, wenigstens etwas nach einem furchtbaren Tag.

Luigi: Ich freue mich schon auf die Nacht …

Carla: Da reden wir einmal über einen Schürzenjäger und schon machst du mir Avancen.

Luigi: So sind wir Männer.

Carla: *Buon appetito,* Commissario.

Luigi: *Buon appetito, cara.*

RECETTE

Peposo
Toskanischer Pfeffer-Schmortopf

Für 4 Personen

- *1 kg Rindergulasch*
- *1 Knoblauchknolle*
- *1 Zwiebel*
- *Lorbeerblätter*
- *1,5 l Rotwein, gerne Chianti*
- *1 Rosmarinzweig*
- *1 Thymianzweig*
- *3 EL Tomatenmark*
- *bestes Olivenöl*
- *Salz*
- *schwarzer Pfeffer, gemahlen und geschrotet*

Die Zwiebel grob hacken und in einem Schmortopf mit reichlich Olivenöl anschwitzen, bis sie schön glasig ist. Dann das Rindfleisch hinzugeben und scharf anbraten, bis es etwas

Farbe bekommen hat. Herausnehmen und – noch ölig – im schwarzen Pfeffer wälzen, und zwar im geschroteten (grob aus der Mühle) und im gemahlenen.

Wieder ab damit in den Topf. Auf das Rindfleisch die vorher geschälten und mit dem Messer angedrückten Knoblauchzehen schichten, darüber kommen drei Esslöffel Tomatenmark und die Kräuter, die von den Zweigen gezupft werden sollten, genau wie der Lorbeer.

Mit Wein aufgießen, bis das Fleisch bedeckt ist. Und dann ab damit in den Ofen, für eine sehr lange Zeit, am besten für acht Stunden bei 140 Grad. Wenn es schneller gehen soll, dann vier Stunden bei 200 Grad. Ich empfehle die langsamere Zubereitung, weil das Fleisch dann wirklich so zart ist, dass es zerfällt.

Am Ende der Garzeit das Fleisch herausnehmen, die Sauce durch ein Sieb passieren und wieder über das Fleisch geben. Dazu passen entweder eine Polenta mit Parmesan oder ein wunderbarer stückiger Kartoffelstampf.

Hervorragend serviert man dazu einen roten, leicht gekühlten Chianti, zum Beispiel den 2020er Faunae von Frescobaldi.

TAG 3

Mein liebes Schwesterherz,

Enzo opfert sich. Ja, so kann man das wohl nennen. Er opfert sich. Der Enzo, den ich so gerne hab.

Du kennst mich. Du weißt, dass ich immer eine Kämpferin war. Dass ich stur bin wie ein Esel und hart sein kann wie eine gepanzerte Schildkröte. Und dass ich gerne Entscheidungen treffe, um die Dinge voranzubringen.

Heute war das anders. Ich wollte das nicht. Gar nicht. Alles in mir hat sich gesträubt, ihm das zu erlauben.

Weil ich gedacht habe, dass er wehrlos ist. Dass er in dieser Situation, so völlig auf sich allein gestellt, dem Mörder ausgeliefert ist. Aber dann habe ich mich für diesen Gedanken geschämt. Denn Enzo ist alles andere als wehrlos. Er ist sehr stark. Er hört so viel mehr als wir alle – er nimmt so viel mehr wahr.

Mir ist dann klargeworden, warum ich es nicht wollte. Weil ich Angst um ihn habe. Große Angst. Weil ich ihn sehr gern hab – und ich nicht möchte, dass noch einmal jemand in Gefahr gerät, den ich gern hab. Dass noch mal jemand weggeht und mich verlässt. Jemand, den ich in meinem Leben wissen möchte.

Herrgott, ist das ein pathetischer Brief. Verzeih mir. Morgen schreibe ich einen besseren, leichteren. Versprochen.

Denn morgen lösen wir diesen Fall.

Buona notte, *mein Schwesterherz.*

Deine Giulia

TRENTASEI – 36

Es war ungewohnt, zu dieser Stunde in den Straßen unterwegs zu sein. Um diese Zeit, weil er nicht so früh mit der Arbeit in der Questura anfing; in diesen Straßen, weil es ihn selten in diesen Teil der Stadt verschlug. Er wohnte nur wenige Gehminuten von der Questura entfernt, die Wohnung hatte ihm die Polizia di Stato besorgt, damit er es leicht hatte, zur Arbeit und wieder nach Hause zu kommen.

Den Teil von Florenz, in dem er wohnte, kannte er bestens. Auch ohne sie zu sehen, wusste er ganz genau, wo die nächste Kurve kam, er hörte, wenn der kleine Stadtbus in die Gasse einbog und er einen Schritt zur Seite machen musste, und er kannte das Schlagloch am Eingang zur Via Zara, das die Stadt wohl erst reparieren lassen würde, wenn mal wieder die Olympischen Spiele in Italien stattfänden.

Hier aber, im Norden von Florenz, war er so gut wie nie unterwegs. Als er in die Stadt gekommen war, war er hier aus dem Zug gestiegen. Damals war aber seine Mama mit ihm gereist und hatte ihn geführt, in dieser neuen und großen Welt, in der er inzwischen daheim war. Heute war er auf sich allein gestellt. Und er war in Gefahr.

Die ganze Nacht hatte er sich die Wege eingeprägt, die er gehen musste. Nun trat er aus dem Hauptbahnhof von Florenz und spürte, wie kühl die Luft war. Die Sonne stand noch tief hinter den Häusern, und so lagen die Gassen im Schatten, eine Pause von den heißen Tagen kündigte sich an. Vielleicht war es aber auch nur die Aufregung. Er zog den dünnen Mantel enger um sich, den er extra für diesen Anlass aus dem Schrank geholt hatte. Die gelbe Armbinde mit den drei schwarzen Punkten hatte er umgelegt, sonst trug er sie eigentlich nie. Doch heute war sie wichtig. Für seine Tarnung – für das Gefühl desjenigen, der auf ihn wartete. Ein Gefühl der Stärke, ja, der Überlegenheit. Irgendwo wartete er. Aber Enzo wusste nicht, wo.

Das fühlte sich nicht gut an. Ganz und gar nicht.

Für die perfekte Tarnung hatte ihn ein Wagen der Carabinieri vor anderthalb Stunden aus dem Hotel abgeholt, in dem er zur Sicherheit die Nacht verbracht hatte. Dann waren sie nach Pistoia gefahren, und Enzo war in den ersten Zug des Tages gestiegen, der ihn in vierzig Minuten direkt zurück nach Florenz gebracht hatte, bis zum Bahnhof, der Stazione Santa Maria Novella. Hier war er eben ausgestiegen, und nun begann der ungewisse Teil des Plans. Der Weg einmal quer durch den nördlichen Teil der Stadt, vom Bahnhof über die Piazza della Repubblica bis zu seiner Wohnung nahe der Questura. Alles zu Fuß, alles ohne Hilfe. Er hatte sich die Wege über sein Audiosystem in der Nacht eingeprägt, er hatte seinen Stock dabei, aber es konnte trotzdem viel schiefgehen.

Er stocherte auf dem alten Pflaster herum, sein Stock erzeugte ein Echo auf dem weiten Platz, das in seinen Ohren viel zu laut klang. Tock, tock, tock. Er nahm eine Kurve und bog in eine enge Gasse ein, die in Richtung Süden, in Richtung des touristischen Zentrums der Stadt führte. Tock, tock, tock. Manchmal überholten ihn Menschen, die es eilig hatten, er hörte es an ihrem schnellen Atem oder an den zügigen Schritten, dann fiel ein Schatten auf ihn, und jedes Mal hielt er selbst den Atem an und verlangsamte seinen Schritt. Er wusste nicht, wann *er* auftauchen würde. Wann er … Enzo hätte niemals gesagt, dass er Angst hatte. Aber er war klug genug, es zumindest vor sich selbst zuzugeben.

Die Kollegen waren sicher schnell – aber würden sie schnell genug sein, wenn der Täter wirklich Ernst machte? Ein Schnitt, und er läge hier, in dieser Gasse, sein Blut liefe auf das alte Pflaster, wie das der Geigerin. Selbst wenn sie den Täter Sekunden danach fassen würden, hätte Enzo nichts mehr davon. Er hatte wahnsinnig Lust auf das Leben. Herrgott, er hatte die Signora Commissaria doch eben erst kennengelernt – und spürte zum ersten Mal so richtig, wie sich das anfühlte, mit den Schmetterlingen, die im Bauch herumsurrten. Er wollte jedenfalls nicht jetzt draufgehen, nicht an diesem kühlen Morgen, und nicht hier, mitten auf der Straße.

Er griff in seinen Mantel und fühlte den Elektroschocker in der Hosentasche. Er durfte keine Waffe tragen, natürlich nicht, das wäre viel zu gefährlich. Aber er wollte auch nicht unbewaffnet zu einem Duell gehen.

Selten war er sich so nackt und ohnmächtig vorgekommen. Er spürte das Zittern in seinen Oberschenkeln. Am liebsten hätte er gerufen: *Stopp, wir brechen ab, ich bin raus*. Aber dafür war es jetzt zu spät.

TRENTASETTE – 37

Die Piazza della Repubblica war menschenleer. Das Karussell stand noch in seine Folie eingepackt, die Stühle vor dem Pavillon des Caffè Gilli waren noch angeleint. Nur in wenigen Zimmern des Hotels Savoy und der Pensione Pendini brannte bereits Licht.

Gerade fuhr ein Mann auf einem Motorroller vorbei, er trug keinen Helm und griff im Fahren in die riesige Box hinter sich, packte einen Stapel Zeitungen und warf sie vor den Kiosk auf dem Platz. Giulia konnte die Schlagzeilen wegen ihrer Größe sogar von Weitem erkennen:

Der lachende Tod – Polizei sucht vergeblich nach dem Killer von Florenz, titelte die eine Gazette, die andere schrieb in riesigen Lettern: *F. N. – wer ist das nächste Opfer?*

Deshalb hasste sie die Medien. Aber sie hatte so entscheiden müssen. An die Öffentlichkeit zu gehen war der einzig sinnvolle Weg gewesen. Sie erinnerte sich, warum sie hier war, und blickte sich suchend um. Es war schwierig, unauffällig zu sein, weil es keine anderen Menschen gab, die herumstanden oder flanierten, so wie es in einigen Stunden der Fall sein würde, wenn die Piazza aus allen Nähten platzte. Also ging sie, ihren

Schal bis zur Nase hochgezogen, schnell über den Platz, immer wieder hin und her, sodass sie jedes Mal aussah, als wäre sie eine Frau auf dem Weg ins Büro. Ihr Gesicht durfte nicht zu erkennen sein.

Schließlich kannten die beiden Verdächtigen sie bereits gut.

Durch den Ohrstecker hörte Giulia die Stimmen, die leise miteinander funkten. Polizeibeamte in Zivil, die in den Straßen verteilt waren, die auf Enzos Weg durch die Stadt lagen.

»Zielperson ist jetzt gleich auf der Piazza«, sagte ein Beamter. »Keine besonderen Vorkommnisse hier.«

»Wir sind auf der Via Roma. Kaum jemand hier. Bisschen auffällig, das alles.«

»Auf der Via Porta Rossa ist keine Menschenseele zu sehen. Sollen wir uns umsetzen?«

Giulia drückte auf den Knopf in ihrer Jackentasche und sprach in das kleine Mikrophon. »Alle bleiben auf ihren Plätzen. Wir machen es wie besprochen.«

»Mist«, murmelte sie leise. Die leere Stadt war nicht gut für ihren Plan. Ihre Überwachung war in der Tat auffällig. Aber es ging nicht anders.

Sie hatten die Geigerin am helllichten Tag mitten im belebtesten Teil der Stadt umgebracht. Sie würden vor nichts zurückschrecken. Gerade jetzt, zu dieser Stunde, in der sie noch weniger Entdeckung fürchten mussten.

Giulia hatte keine andere Wahl gehabt – sie mussten auch Enzos Weg durch die Stadt observieren. Sie sah auf die Uhr. Gleich musste er hier sein.

Sie lauschte auf Schritte. Und glaubte, nur Stille zu hören. Nein. Da war etwas. Sie ging ein Stück gen Norden, dann hielt sie inne, nahm ihr Handy heraus und tat, als schriebe sie eine Nachricht. Sie lauschte wieder. Und richtig: Da waren Schritte auf dem Pflaster. Sie sah sich um. Weiter hinten auf der Piazza telefonierte ein Mann laut mit seiner Freundin, so schien es, die Stimme hallte über den Platz. Einer von ihren Leuten. Als Giulia langsam den Blick hob, sah sie erst den Stock, dann den Mann, der ihn hielt. Es war ein Klacken auf dem Boden, dahinter setzte Enzo vorsichtig einen Fuß vor den anderen. Sie war von Stolz erfüllt. Er machte das gut. Er spielte den vorsichtigen Blinden, dabei wusste sie, wie sicher er in dieser Stadt unterwegs war. Gänzlich ohne Stock.

Sie räusperte sich, und er hielt inne, eine Sekunde nur, sie sah, wie ein Lächeln auf sein Gesicht trat. Sie hatte ihm sagen wollen, dass sie in seiner Nähe war. Dass sie über ihn wachte. Doch der Moment war gleich wieder vorbei, Enzo beschleunigte seinen Schritt, und auch Giulia steckte ihr Handy wieder weg und ging in die gegenüberliegende Gasse, nicht ohne dem Sergente kurz nachzusehen, bis er den anderen Beamten mit dem Telefon erreicht hatte und auch an ihm vorbeigegangen war.

Wieder drückte sie auf das Mikrophon. »Batista für Ferrari«, sagte sie leise.

Es knackte in ihrem Ohr. »Ja, Commissaria?« Luigis Stimme, ganz nah.

»Wir gehen schon in die Wohnung. Ich will vor dem Sergente da sein.«

»Verstanden. Bis gleich.«

TRENTOTTO – 38

Der Wind pfiff über sein Gesicht, Enzo glaubte, seine Wangen müssten schon ganz rot sein. Warum war es ausgerechnet an diesem Morgen so kalt?

Er dachte an den Moment, als sie sich geräuspert hatte, auf der großen Piazza, auf der er sich besonders wehrlos gefühlt hatte.

Andererseits: Die Gefahr lag eher in den kleinen Gassen, das hatte der Mord an der Geigerin bewiesen.

Sie wussten, wo er wohnte. Er hatte die Adresse gut sichtbar hinterlassen. Enzo beschleunigte seinen Schritt, als er wieder auf bekanntem Territorium war.

Drei Gassen bis zu seinem Haus. Der Stock klackte auf dem Pflaster. Tock, tock, tock. Es war, als würde er den Täter warnen. *Ich komme. Mach dich bereit.* Er hätte gern über seine eignen Gedanken gelacht, aber danach war ihm irgendwie auch nicht zumute.

Er kannte nun jedes Detail um sich herum. Er kannte den Blumenkasten der Nachbarn, der dummerweise mitten auf der Straße stand, es würde schon kein Blinder vorbeikommen. Den Gullydeckel, der ein paar Zentimeter herausstand und über den er einmal heftig gefallen war. Den Duft nach Hyazinthen, mit denen seine alte Nachbarin ihren Balkon bepflanzt hatte.

Schon in einiger Entfernung kramte er nach seinem Schlüssel, es gab ein metallisches Geräusch in seiner Tasche, das ihn beruhigte. Er wollte sich an etwas festhalten.

Vor dem Portal blieb er stehen, und seine Hand zitterte ein wenig, als er den Schlüssel ins Schloss führte. Er drehte den Schlüssel um. Hoffentlich waren sie schon da.

Was wäre, wenn die Commissaria aufgehalten worden war? Von einem Müllwagen? Durch einen Platten? Dann wäre er allein. Allein in diesem Haus. Mit dem Menschen, der ihn tot sehen wollte. Seinen Bruder tot sehen. Der nicht zögern würde, seinen Plan umzusetzen. Weil er keine Zeit mehr hatte.

Er umklammerte den Elektroschocker in seiner Tasche. Ging die Treppen hinauf, zweite Etage links. Das Holz knarrte unter seinen Füßen. Zehn Stufen pro Etage. Wieder zehn. Er zählte mit. Auch das beruhigte ihn. Noch einmal zehn. Er lauschte auf der halben Treppe. Aber da war nichts. Kein Atmen. Nichts.

Er befühlte die Tür, sie war geschlossen. Er steckte den Schlüssel ins Schloss und drehte ihn um. Die Tür sprang auf. Er stockte. Er hatte doch abgeschlossen. Er war sich ganz sicher. Ein Stich durchfuhr ihn.

Der Mann war hier.

Enzo setzte einen Fuß in die Wohnung, dann noch einen. Er musste sich ganz normal verhalten. Aber es ging nicht. Weil die Angst ihm die Kehle zuschnürte. Sollte er hinausstürmen? Raus aus der Wohnung, die Treppe hinunter? Der Mann wäre schneller, ohne Frage. Denn er konnte sehen.

Bleib ruhig, befahl er sich. *Atme.*

Er ließ die Luft durch den Mund und in seine Brust strömen, ging zur Garderobe, zog seinen Mantel aus und hängte ihn auf. Er schaltete kein Licht an, warum auch? Das tat er nie, weil er lieber im Dunkeln ohnehin nichts sah, als sich diesem grellen Licht auszusetzen.

Er wandte sich zum Wohnzimmer, doch sein Gehör war so wach, dass er das kaum wahrnehmbare Knarren der Dielen hörte, das er nicht selbst verursachte. Eins, zwei, drei Schritte. Er blieb nicht stehen, sondern ging weiter Richtung Wohnzimmer. Er hörte das Reiben, als sich die Klinge aus dem Gehäuse schob, ein Geräusch wie bei einem Handwerker. Er schloss die Augen, weil er nur die Schritte des Mannes hörte – und keine anderen.

Das war es. Er wusste es nun sicher. Sie war nicht hier. Giulia war nicht hier.

Er kniff die Augen nun fester zusammen, gefasst auf den Schmerz. Er konnte den Atem des anderen hören, seinen gepressten Atem. Er roch ihn gleich darauf, er musste ganz nah sein. Ihm wurde übel. Erst als er sich ducken wollte, hörte er die Stimme, ihre Stimme.

»Polizia«, rief sie, doch der Mann war zu nah bei ihm. Er spürte den Schlag, bevor der den Schuss hörte. Ein Knall, ohrenbetäubend, dann der Schrei, etwas fiel auf ihn, er taumelte, doch das Messer ging zu Boden, er hörte das Metall, dann fiel auch der Mann, und schließlich schrie er, wie ein wundes Tier, er schrie, und Enzo öffnete die Augen wieder, bevor ihn ihre warmen Arme umfingen.

TRENTANOVE – 39

Mein lieber Papa,

Deine Nachricht hat mich überrascht – und gefreut. Weil ich so lange nach Dir gesucht habe. Ich habe tatsächlich nicht mehr daran geglaubt, dass wir uns einmal kennenlernen.

Mama hat immer wieder gesagt, dass Du Dich nicht offenbaren kannst, weil Du ein bedeutender Mann bist – und nun weiß ich, dass das stimmt. Ich bin stolz, einen so bedeutenden Vater zu haben.

Ich danke Dir für Deinen Brief, und ich bin traurig, dass Du so krank geworden bist. Ich weiß, wie vermögend Du bist – Mama hat mir davon erzählt. Ich hoffe, Du hast jetzt die besten Ärzte um Dich herum, damit Du schnell wieder gesund wirst.

Mama hat mir auch erzählt, dass ich einen Bruder und eine Schwester habe – ich würde mich freuen, sie eines Tages kennenzulernen.

Was Du über mich vielleicht nicht weißt: Ich bin blind. Schon seit meiner Geburt. Deinen Brief hat mir Mama vorgelesen, und sie hilft mir nun auch, diesen Brief hier zu schreiben. Ich arbeite trotz meiner Behinderung als IT-Berater, ich halte Vorträge an verschiedenen Universitäten, Du siehst, aus mir ist auch etwas geworden. Du kannst es Dir anschauen, meine Internetseite ist enzo-consultant.it.

Wenn Deine Gesundheit es zulässt, wäre ich froh, wenn wir uns bald kennenlernen können. Ich umarme Dich und schicke Dir meine Gebete für Deine Heilung.

Dein Sohn
Enzo

Giulia las den Brief noch einmal, es war Enzos Idee gewesen, sein Geniestreich. Ein Brief, für den sie sogar noch einen originalen Versandstempel beim Postamt um die Ecke bekommen hatten, der ein Jahr vorher datiert war. Der Postbeamte, der den Stempel eingestellt hatte, war sehr aufgeregt gewesen, weil er selten vorher so etwas Verbotenes getan hatte.

Dann hatte Enzo die Internetseite gebaut, Giulia war erstaunt gewesen, es hatte nicht mal eine Stunde gedauert. Der Sergente hatte einen Lebenslauf erfunden, ein Foto von sich hinzugefügt, seine Adresse als Kontakt und eine Seite mit Terminen erstellt. Der letzte Termin war ein Vortrag an einer Schule in Pisa gewesen, am Vorabend dieses Tages. So konnte der junge Signore d'Agostino annehmen, dass der blinde Enzo erst am nächsten Tag mit einem Zug wieder in Florenz ankommen würde – um ihn dann in seiner Wohnung zu erwarten. Der Plan war genau aufgegangen.

Sie hatten ihn – und Giulia war sich absolut sicher, dass er der Täter war. Luigi war in die Villa gefahren, um die Signorina in die Questura zu bringen, aber auch, um noch einmal die Krankenschwester zu verhören.

Sie hatten ihren Mann. Jetzt musste sie es nur noch klug anstellen. Sie wusste, dass er vorbereitet war. Doch sie würde ihn überführen. Für die Angehörigen der Opfer. Und für die Toten selbst.

Den Weg ins Krankenhaus machte sie zu Fuß. Signore

d'Agostino war nicht in die nagelneue Klinik am Stadtrand gebracht worden, sondern in das alte historische Krankenhaus Santa Maria Nuova. So waren es nur fünf Minuten, bis sie vor dem cremefarbenen Gebäude stand, das Portal war von hohen Säulen umfasst. Über den Dächern des Ospedale war die rote Kuppel des Doms zu erkennen.

Vor der Notaufnahme stand wie immer eine lange Schlange, Touristen, die sich auf dem alten Pflaster den Fuß verknackst hatten, Schwächeanfälle, kleine Wunden, die früher still leidend ertragen worden waren.

Sie bahnte sich einen Weg an den Wartenden vorbei und stieg hinauf in die zweite Etage. Das Zimmer ihres Mannes war klar ersichtlich, vor der Tür saßen zwei Beamte in Uniform, große, starke Carabinieri, die so gleichförmig aussahen wie eineiige Zwillinge: glatte schwarze Haare, hohe Wangenknochen, muskulöse Oberarme, die Uniform spannte über der breiten Brust. Diese Männer konnte man nicht überwinden, obwohl Giulia aus ihrer römischen Erfahrung wusste, dass gerade diese Typen oft sanft waren wie Babys.

Beide Männer salutierten, die Commissaria nickte ihnen zu.

»Danke für Ihre Arbeit«, sagte sie. »Hat er was gesagt?«

»Nein«, sagte der eine und sah den anderen gespannt an.

»Jammert nur«, lieferte der sofort, »weil er angeschossen worden ist. Will uns alle verklagen, uns, Sie, den Questore, den Innenminister.«

»Na, dann kann er ja auch gleich den Papst verklagen. Ich sehe ihn mir mal an, ja?«

»Viel Glück, Commissaria.«

Giulia hielt kurz den Atem an, weil sie diesen Mann eigentlich nicht noch einmal treffen wollte. Sie hatte manchmal Sorge, dass Dämonen ansteckend sein konnten. Doch dann legte sie die Hand auf die Klinke und öffnete die Tür.

QUARANTA – 40

Signore d'Agostino lag unter einer dicken Decke, seine Augen waren zum Fenster gerichtet. Erst als sich Giulia einen Stuhl heranzog, wandte er den Blick zu ihr.

Sie setzte sich und überschlug die Beine.

»Sie haben auf mich geschossen«, sagte er, und seine Stimme war so näselnd, dass sie gleich eine Gänsehaut bekam. »Sie haben wirklich auf mich geschossen.«

»Sie sollten in Ihrer Weinerlichkeit ein wenig nachlassen, Signore d'Agostino«, sagte die Commissaria. »Ich habe Ihnen Ihre Rechte ja bereits mitgeteilt, als wir auf den Krankenwagen gewartet haben. Und nun bin ich hier, weil ich die Akte heute schließen werde.«

Er sah sie an, seine Augen so kühl und unergründlich wie ein sehr tiefer See.

»Wollen Sie mir dabei helfen? Es wird sich vor der Richterin bestimmt nicht schlecht machen.«

»Richterin«, sagte der Mann leise, und auf seinem Gesicht schlich sich ein überlegenes Lächeln neben die Züge des Schmerzes. »Sie haben gar nichts.«

»Wir haben Sie auf frischer Tat ertappt. Sie standen in der

Wohnung eines Mannes und wollten ihn töten. Das war heute Morgen. Wollen Sie das anzweifeln? Ich war nämlich dabei, sonst hätte ich Ihnen ja nicht ins Bein schießen können.«

»Ich wollte meinen Bruder kennenlernen. Von dem ich eben erst erfahren hatte.«

»Mit einem Cuttermesser?«

»Damit habe ich die Tür geöffnet. Um ihn zu überraschen.«

»Natürlich, Signore d'Agostino.«

»So war es, Commissaria.«

»Nur leider war es nicht Ihr Bruder, sondern mein Kollege.«

Er zog eine Augenbraue hoch. »Das war eine List, die sich vor Gericht nun wirklich nicht gut machen wird. Mein Anwalt wird diese Hinterlistigkeit der Polizei in der Luft zerreißen. Vielleicht platzt der ganze Prozess.«

»Hm, das sehen wir dann«, sagte Giulia und ärgerte sich. Dieser kleine Bastard fühlte sich so überlegen, dass es sie rasend machte. »Sie haben immerhin zwei Ihrer Brüder getötet. Und Ihre Schwester.«

»Ich sage nichts dazu.«

»Sie wollen nicht aussagen?«

Er wandte den Kopf wieder zum Fenster.

Sie blickte ihn an, dann atmete sie tief ein und aus. Einmal, zweimal, dreimal. Sie spürte, wie ihr Puls sich beruhigte, genau wie ihr Herz.

»Haben Sie wirklich all die Jahre nicht gewusst, dass Ihr Vater insgesamt fünf Kinder hatte?« Sie räusperte sich. »Vielleicht waren es auch noch mehr, wer weiß …«

Giulia ließ die Worte in der Luft hängen, er sah sie immer noch nicht an. Sie wartete ab, die Stille im Krankenzimmer war so angespannt, als würde gleich etwas zerreißen. Nach einer Minute, vielleicht waren es auch drei, sagte er wieder: »Ich sage dazu nichts.«

»Wir kennen noch nicht die kompletten Hintergründe, aber die Kollegen durchsuchen gerade Ihre Villa. Vielleicht war es ein Tagebuch, Kontoauszüge mit Überweisungen, oder es waren Vaterschaftstests, in jedem Fall müssen Sie, als Ihr Vater dem Tod nahe war, herausbekommen haben, dass er noch andere Erben gezeugt hatte – und zwar recht fleißig. Da war Ihnen klar: Sobald der Signore stirbt, werden die Erben sich wie die Geier an ihren Vater erinnern – und Sie werden bald nicht mehr ganz so reich sein, wie es bisher aussah. Und dann … haben Sie diesen teuflischen Plan geschmiedet.«

Er wandte ihr den Blick zu, und auf seinem Gesicht lag wieder ein Lächeln. Es strahlte immer noch das Gefühl der Überlegenheit aus, doch Giulia sah noch etwas anderes. Da war Stolz in seinem Blick. Er war stolz auf seine Taten.

»Sagen Sie es mir, Signore d'Agostino – war es das, was Sie getan haben? Die anderen Erben ausgeschaltet? Aber warum so? Warum das Lachen auf den Gesichtern? Warum sollten wir glauben, dass Sie ein verrückter Serienmörder sind?«

»Es war ein verrückter Serienmörder.«

»Ich bin mir sicher, dass Sie es waren. Ein Serienmörder, ja. Aber nicht verrückt. Sehr perfide, brutal und ohne jegliches Mitgefühl. Eiskalt, das sind Sie, Signore d'Agostino. Aber nicht verrückt.«

»Die Frage, warum die Obdachlose sterben musste, konnten Sie mir schon gestern nicht beantworten, Commissaria.«

Sie musste sich beherrschen, um nicht aufzuspringen. Aber Giulia war auch in den angespanntesten Situationen gut darin, die Kontrolle zu behalten.

»Ich war bei der armen Frau, als sie kaum noch Blut im Leib hatte, Signore«, erwiderte sie nach einem Moment des Schweigens. »Ich war bei ihr – und heute weiß ich, dass Sie nur sterben musste, weil Sie nervös geworden sind. Weil Ihr Vater uns angerufen hat – und Sie wussten, dass wir Ihnen auf den Fersen sind. Weil Sie eine falsche Fährte legen wollten.«

»Was zur Hölle«, murmelte er.

»Ja, was zur Hölle haben Sie sich eigentlich dabei gedacht?« Sie stand auf, ging zum Fenster und sah hinaus. Da war die Silhouette des Doms, sie sah sogar die kleine Gasse, in der der Fall für sie begonnen hatte, dort, wo der Bus zum Stehen gekommen war. Die Touristen liefen am Fenster vorbei, sie bewunderten die Schönheit der Altstadt, plauderten, staunten – und Giulia stand hier drinnen und verhörte ihren Täter. Wie unterschiedlich Leben sein konnten. »Sie haben die alte Frau umgebracht, um von sich abzulenken. Aber Sie haben gezittert, als Sie diese alte Frau erstachen, die Ihnen nichts bedeutet hat. Sie haben sie nicht töten wollen, Sie hatten ja schließlich keinen Grund dazu – sie hatte Ihnen nichts getan. Sie mussten improvisieren, damit der Serienmörder weiter im Dienst war. Dabei hatten Sie nicht mal ein Taschentuch mit den Initialen des nächsten Opfers dabei – dieser Mord war reiner Zufall.«

»Sie sind ja verrückt«, murmelte der Mann erneut, aber es klang so wenig überzeugend, dass Giulia sich wieder zu ihm umwandte. Sie hatte ihn.

»Sie haben den Opfern die Taschentücher hinterlassen – und das Lachen im Gesicht. Damit wir davon ausgehen, dass hier ein Wahnsinniger durch die Straßen streift und Leute umbringt. Nach einem Muster, ja. Aber aus purer Mordlust. Dass das Motiv tatsächlich nur Habgier war, darauf sollten wir nicht kommen. Darauf hat uns nur Ihr Vater gebracht, der uns angerufen und damit in Ihr Haus geführt hat.«

»Ich sage jetzt gar nichts mehr«, sagte Signore d'Agostino.

»Und Ihre Schwester hat bei diesem Plan mitgemacht? Sie hat die Geigerin in die kleine Gasse geführt? Sie hat geholfen, ihre eigene Schwester umzubringen?«

Der junge Mann schüttelte stumm den Kopf, es wirkte beinahe trotzig.

»Sie werden aussagen, Signore.« Sie trat ganz nah an sein Bett heran und beugte sich zu ihm hinunter. »Ich werde dafür sorgen, dass Sie bereits Ihre Untersuchungshaft im schlimmsten Knast von ganz Norditalien verbringen, und dort werde ich das Gerücht streuen, dass Sie ein ganz reicher Knacker sind – dann werden Ihnen die anderen das Leben so zur Hölle machen, dass Sie aussagen werden. Sie werden betteln, gestehen zu dürfen. Ich verspreche Ihnen das: Sie sind kein harter Typ. Sie werden winseln. Und ich freue mich auf den Moment, wenn das Telefon klingelt und mich der Gefängnisleiter anruft und darüber informiert, dass Sie ein Gespräch mit mir wünschen. Bis dahin habe ich Zeit, viel Zeit. Und ich werde gut schlafen. Glauben Sie mir.«

»Sie können mich mal, Commissaria«, erwiderte d'Agostino, aber sie sah in seinen Augen, dass er Angst hatte.

»Wir sprechen uns, Signore d'Agostino. Gute Besserung – auf dass Sie hier schnell entlassen werden.«

Sie schenkte ihm ein strahlendes Lächeln, dann wandte sie sich um und ging zur Tür.

QUARANTUNO – 41

Die Treppen waren aus grobem Stein gehauen und führten tief hinunter in die Katakomben des alten Florentiner Gebäudes. Der lange Flur mit den Türen auf der rechten Seite, die Neonleuchte, die über ihr flackerte.

Sie spürte, dass der Sturm in ihrem Inneren nachgelassen, dass er sich gelegt hatte, wie Stürme das im Frühling nun einmal tun.

Der Ruf von hinten kam unerwartet. Sie wandte sich um.

»Commissario.« Lächelnd ging sie auf ihn zu. Seit diesem Morgen mochte sie ihn noch mehr. »Sie sind ja mittlerweile wieder wie ein Möbelstück dieser Questura.«

»Und Sie sind schuld daran.« Er grinste sie an. »Hier, das dürfte Sie interessieren.« Er reichte ihr ein Päckchen. »Das Begleitschreiben ist von der Dottoressa. Sie brauchte nur eine Untersuchung zu machen. Wir haben sie. Beide.«

»Ich danke Ihnen, Commissario.«

Sie sah, wie er wieder nach oben verschwand, sicher würde er in seine Bar gehen. Sie war so gespannt, dass sie das Päckchen noch auf dem Weg in den Verhörraum aufriss. Sie musste lächeln, als sie den Inhalt sah und das Schreiben dazu las.

QUARANTADUE – 42

»Ich habe damit nichts zu tun«, sagte sie leise. Giulia glaubte, die junge Frau würde jeden Moment anfangen zu weinen. Stattdessen wurde ihre Miene hart, beinahe wie eine Skulptur sah sie aus, weil sie so aufrecht saß, ihre Züge wie betoniert. »Er war es. Er ganz allein. Ich … Es war seine Idee – und er hat es gemacht.« Sie sah die Commissaria forsch an. »Das müssen Sie mir glauben.«

»Signorina, das Gute ist ja: Ich muss gar nichts. Ich habe die Gabe, meinen gesunden Menschenverstand zu gebrauchen.«

»Aber …« Sie wurde nun noch steifer, wenn das überhaupt möglich war. »Meinen Sie wirklich, ich würde jemandem die Kehle aufschlitzen? Herrgott, ich bin doch ein Mensch mit Gefühlen. Ich würde das niemals übers Herz bringen.«

»Aber Sie haben davon gewusst, Signorina. Und Sie haben es geduldet …«

»Ich … Er hat gesagt, dass er das Problem klären wird. Dass er dafür sorgt, dass wir die einzigen Erben sind und bleiben. Weil wir – und nur wir – das Recht darauf haben. Schließlich tragen wir die ganze Verantwortung für die Familie und für das Unternehmen.« Sie wischte sich das Haar aus der Stirn und sah zur Tür, als wäre von dort Rettung zu erwarten. »Wissen Sie, was für eine Kindheit wir hatten? Auf wie viel wir verzichten mussten? Ständig mussten wir repräsentieren. Wir konnten nicht normal in die Schule, wie andere Kinder, oder mit unseren Freunden spielen – weil wir immer Leibwächter hatten, aus Angst vor Entführungen. Und später konnten wir auch nicht frei entscheiden, welchen Beruf wir wählen – weil klar war, dass wir Papas Nachfolge antreten müssen. Ständig und überall hat man uns aufgezogen, weil Papa so ein Schürzenjäger war. Aber wir haben das klaglos hingenommen. All das mussten wir auf uns nehmen – genau wie seine Pflege, die letzten Monate. Und nun sollten die anderen Kinder kommen und sich ins gemachte Nest setzen?« Sie schüttelte den Kopf und sah Giulia ungläubig an. »Die hätten sich bedient, ohne einen Finger krummzumachen. Sie glauben ja nicht, dass die moralisch gewesen wären und verzichtet hätten. Nein, es ging um Milliarden. Jeder von ihnen wäre Milliardär gewesen. Ein Busfahrer – können Sie sich das vorstellen? Was hätte der mit dem ganzen Geld machen sollen? Das hätte ihn doch umgebracht. Und die Verantwortung – die hätten ja sogar Firmenanteile erhalten, was denken Sie, was die damit gemacht hätten? Die hätten versucht, mitzuarbeiten und mitzubestimmen – und dann hätten sie unser ganzes Imperium ruiniert.«

»Signorina«, Giulia stand von ihrem Stuhl auf und trat einen Schritt vom Tisch weg, sodass die andere nun zu ihr aufsehen musste, »Ihr Bruder hat kalt und ohne Emotionen gestanden, er hat uns keine Erklärungen gegeben für seine Motivlage. Aber nun, da Sie das tun, weiß ich gar nicht, ob mir das nicht lieber war. Denn Ihre Erklärungen, die widern mich derart an, das können Sie sich gar nicht vorstellen.« Sie atmete tief durch, dann zog sie den Stuhl ein Stück zurück und setzte sich wieder. »Sie wollen also von nichts gewusst haben.«

»Ich wusste, dass er das Problem klären wollte. Aber doch nicht, dass er es auf diese Weise tut …«

»Sie haben nicht weiter darüber gesprochen?«

Die Signorina legte die Hände auf den Tisch, die Handflächen nach oben. Eine entwaffnende Geste.

»Mein Bruder ist nicht besonders gesprächig – und ich glaube, er hatte auch immer das Gefühl, mich beschützen zu müssen.«

»Der erste Mord – der an dem jungen Sommelier, darüber stand doch alles in der Zeitung. Sie wussten spätestens danach, wie er es macht. Sie hätten ihn stoppen müssen.«

»Ich wusste nicht, dass das auch ein Sohn unseres Vaters war. Wir haben nicht darüber gesprochen.«

Giulia hielt einen Moment inne, weil sie immer wütender wurde – und Wut nie ein guter Ratgeber war. Nicht in dieser Situation.

»Warten Sie hier …«, sagte sie, stand auf und ging hinaus. Über das Telefon an der Wand rief sie oben im Büro an.

»Enzo?«

»Ja, Signora Commissaria?«

»Haben Sie durchatmen können? Ist alles in Ordnung?«

»Alles bestens. Machen Sie sich bitte keine Sorgen.«

»Ich brauche Sie hier unten. In zwanzig Minuten?«

»Ich kann auch gleich kommen.«

»Nein, ich muss erst mal an die frische Luft.«

QUARANTATRÉ – 43

Genau zwanzig Minuten später betraten sie wieder die Verhörzelle im Keller. Die junge Frau lief durch den Raum wie ein Tiger im Käfig. Sie hatte es auf ihrem Platz wohl nicht mehr ausgehalten.

»Sergente Aleardi brauche ich Ihnen ja nicht mehr vorzustellen«, sagte Giulia. »Er ist der Mann, der Ihren Bruder überführt hat. Quasi im Alleingang.«

»Sie haben ihn überführt«, sagte die junge Frau, und Giulia konnte nicht sagen, ob sie wütend oder beeindruckt klang.

»Setzen Sie sich wieder, Signorina.«

»Ich würde lieber …«

»Setzen Sie sich«, wiederholte Giulia streng. Signorina d'Agostino ließ sich auf ihren Stuhl fallen.

»Sie wussten also nichts von den Morden an den unehelichen Kindern Ihres Vaters?«

»Ich wusste … ich wusste, dass mein Bruder das Problem lösen will. Aber ich dachte nicht, dass er es auf eine so bestialische Weise tut.«

»Sie haben nicht gewusst, dass er ihre Hälse mit einem Cuttermesser aufschneidet?«

Die junge Frau riss die Augen auf. »Meinen Sie, ich könnte so etwas ertragen? Ich bin doch kein Monster …«

»Ich glaube, dass Sie für die Milliarden, um die es ging, sehr wohl zu einem Monster geworden sind. Sie wussten alles, Signorina.«

»Das können Sie nicht beweisen, Commissaria. Und ich erwarte, dass Sie mir den Familienanwalt schicken. Mir reicht es jetzt.«

»Uns bleiben nach der italienischen Strafprozessordnung noch genau zweiundzwanzig Stunden, bis Sie einen Anwalt hinzuziehen dürfen.« Sie ließ ihre Hand mit der Armbanduhr wieder sinken. »Aber so lange brauchen wir gar nicht.« Sie blickte zur Seite. »Sergente?« Dann sah sie wieder die junge Frau an. »Sergente Aleardi ist blind – und er ist unser Experte für Stimmen und Stimmungen.« Wieder wandte sie sich an Enzo. »Was meinen Sie, sagt die Signorina die Wahrheit? Oder ist es eher so, dass sie uns anlügt? Anstatt jetzt einfach ihr Gewissen zu erleichtern und ihre Aussichten für den Prozess zu verbessern?«

Der Sergente nickte, dann räusperte er sich und sagte: »Ich denke, dass Signorina d'Agostino nicht die Wahrheit sagt. Sie weiß ganz genau, was in den letzten Tagen passiert ist.«

»Meinen Sie, dass sie sogar dabei war?«

»Ja, auch das glaube ich.«

»Sie sind doch verrückt«, fuhr die Signorina auf. »Das ist doch Unsinn, das können Sie doch gar nicht beweisen. Meinen Sie, irgendein Richter glaubt diesen Schwachsinn? Nur weil ein Stimmanalytiker das behauptet?«

Die Commissaria beugte sich weit über den Tisch, sie senkte die Stimme und fragte ganz leise und drohend: »Wo waren Sie denn vorgestern Nachmittag, als die Geigerin starb?«

»Ich war daheim, bei meinem Vater«, antwortete die Signorina mit fester Stimme.

»Das könnte man meinen – auch weil Sie wirklich ganz genau geschaut haben, wo es Überwachungskameras gibt und wo Sie vor neugierigen Blicken sicher sind. Wir haben tatsächlich alle Kameras der Umgebung ausgewertet – weder Sie noch Ihr Bruder waren irgendwo zu sehen. So wirkte es wirklich wie die Tat eines Serienmörders, am helllichten Tag. Sie haben das perfekt geplant, diesen Mord. Fast perfekt.«

»Ich war nicht dabei.«

»Doch«, sagte Giulia leise und zog aus ihrer Tasche das winzige Paket. »Doch, Signorina. Das waren Sie. Sie waren am Ort des Verbrechens. Weil das Blut der jungen Frau, Ihrer Schwester, auf Ihrer Bluse war.«

Sofort wich alle Farbe aus dem Gesicht der jungen Frau, und sie schien förmlich auf ihrem Stuhl zu taumeln.

»Eine winzige Spur nur, aber die reicht locker, um Sie zu überführen. Ihr Bruder war der Haupttäter, aber ohne eine Frau wäre das Opfer niemals in diese winzige Gasse mitgegangen. Sie haben Svetlana in den sicheren Tod gelockt – und Sie standen dabei und haben zugesehen, Signorina.«

Die junge Frau schloss die Augen, Giulia hörte ihr leises Wimmern.

»Ich verhafte Sie wegen Beihilfe zum Mord in vier Fällen, Signorina d'Agostino. Der Anwalt der Familie ist noch bei Ihrem Bruder, er wird aber bald bei Ihnen sein. Sie werden bis zum Prozess in Untersuchungshaft bleiben, weil die Fluchtgefahr zu groß ist, Sie haben schließlich beinahe unbegrenzte finanzielle Mittel. Das wird ein neues Leben im Gefängnis, das können Sie mir glauben.«

Sie stand auf und berührte Enzo leicht an der Schulter.

»Kommen Sie, wir gehen.«

Sie wandten sich zur Tür, doch dann sagte Giulia: »Ah, und noch etwas, Signorina.«

Mit Tränen in den Augen sah die junge Frau zu ihr auf. Beinahe lag Hoffnung in ihren Zügen.

»Ihr Vater. Er ist friedlich eingeschlafen. Heute Morgen. Als Sie auf der Jagd nach meinem Kollegen waren.«

Giulia beobachtete, wie sich die Frau auf dem Tisch abstützen musste.

»Die Gerichtsmedizinerin hat mich eben angerufen. Sie hat die Leiche Ihres Vaters schon in Augenschein genommen. Sie hat die Einstichlöcher gefunden, und sie hat in einer Blutprobe noch sehr viel Adrenalin und Lidocain gefunden. Es reichert sich im Blut an. Wir können also beweisen, dass Sie Ihren Vater tatsächlich mehrere Male reanimiert haben, obwohl er nur noch sterben wollte. Obwohl er dabei war, friedlich einzuschlafen. Aber Sie haben ihn immer wieder unter großen Qualen zurückgeholt, weil er nicht sterben durfte, bis Sie alle seine potenziellen Erben aus dem Weg geräumt haben. Vielleicht ist das nicht strafbar. Aber es ist mit Sicherheit das Widerwärtigste, was ich je gehört habe.«

Giulia trat einen Schritt näher an die junge Frau heran. »Nehmen Sie sich ruhig den besten Anwalt. Aber ich werde persönlich vor Gericht aussagen – und ich verspreche Ihnen: Ich werde sehr überzeugend sein.«

Sie wandte sich um und ging nun endgültig zur Tür.

»Commissaria … bitte, lassen Sie mich nicht alleine …«

Sie wandte sich nicht mehr zu der wimmernden Frau um, sondern öffnete die Tür und trat hinaus. Nun hatte sie wirklich genug gehört.

QUARANTAQUATTRO – 44

Die Abendstimmung tauchte das Tal in ein goldenes Licht. Als sie ans Geländer trat, tat sich die Stadt vor ihr auf. Die Häuser und Gassen lagen unter einem Himmel so dunkelblau, dass vor ihr alles nur das pure Strahlen war. Die blaue Stunde. Florenz war jetzt am schönsten. Hier oben aber war es noch schöner. Weil die Stadt ihr zu Füßen lag und hinter ihr Menschen warteten, die sie liebgewonnen hatte.

Sie badete in den Klängen des Abends, den Lauten all der Menschen, die lachten und schwatzten und Händchen hielten und gemeinsam den Tag ausklingen ließen. Ihr schien, es ging heute leichter zu als in den letzten Tagen. Sicher hatte schon jeder hier gehört, dass der Fall aufgeklärt worden war. Die Stadt unter ihnen war wieder sicher.

Giulia wandte sich um und sah ihnen einen Augenblick dabei zu, wie sie da saßen, die Blicke ineinander verschränkt, auf den Tischen standen Wein und Bier und Spritz, und immer gingen die Blicke auf das Panorama, das zu dieser Bar gehörte wie seine DNA. Luigis Bar. Und der Wirt selbst war schon wieder so in seinem Element, dass sie gar nicht glauben wollte, wann sie alle am Morgen aufgestanden waren. Wenig Schlaf schien kein Problem zu sein für ihren Commissario. Luigi trug gerade ein Tablett voller Gläser nach draußen.

Giulia musste lächeln, als sie diese Leichtigkeit sah. Auch in ihr hatte sich etwas gelöst, als sie hier oben angekommen war. Die Anspannung war abgefallen, auch wenn die Erklärung, das Motiv, die Art der Morde so unfassbar schrecklich gewesen waren.

Sie gab sich einen Ruck, dann wandte sie sich um und ging in Richtung der Pergola, die die Terrasse überdachte. Der Tisch am Rand, von dem aus man den besten Blick auf das Tal und die Stadt hatte, war reserviert – und sie wusste, dass er auf sie wartete. Und richtig, als Luigi sein Tablett geleert hatte, kam er zu ihr und lächelte sanft.

»Der perfekte Tag für einen Aperitivo, oder?«

»Ich kann mir gerade keinen anderen Ort vorstellen, an dem ich sein mag, Commissario.«

»Nicht hier oben. Hier nennen Sie mich nur Luigi, einverstanden?«

»In Ordnung. Dann nennen Sie mich Giulia.«

»Ein Wunder ist geschehen«, sagte der Wirt grinsend. »Wir kommen uns näher.«

Sie sahen, wie ein weißes Taxi hielt, die Tür öffnete sich, und Enzo stieg aus, er sah sich nicht einmal um, er ging einfach auf die Terrasse zu, ohne lange zu suchen. Luigi lief ihm entgegen und begrüßte ihn fröhlich: »Sergente, willkommen.« Dann berührte er ihn sanft am Arm und führte ihn zu dem Tisch.

»Wie geht es Ihnen?«, fragte Giulia, als sie sich alle gesetzt hatten. »Alles wieder in Ordnung?«

Der junge Mann runzelte die Stirn. »Ich hab vorhin gedacht, dass es ganz gut war, dass ich nichts sehe. Ich glaube, dieser Moment mit dem Messer, diese unmittelbare Gefahr, die hätte mir sonst einige schlaflose Nächte bereitet. So waren es nur die

Geräusche, der Kampf um mich herum und die Angst im Vorfeld. Aber ich habe ja nur die Bilder im Kopf, die ich mir vorstelle.«

Giulia sah Luigi an, und der schüttelte den Kopf. Nein, sie mussten ihm nicht mehr erzählen.

»Sie waren sehr mutig, Sergente«, sagte Luigi. »Ich hätte mich das nicht getraut.«

»Natürlich hätten Sie das«, erwiderte Enzo. »Damit in Ihrer Stadt wieder Ruhe einkehrt, würden Sie doch alles tun.«

»Na ja, vielleicht haben Sie recht.«

»Die junge Frau hat mittlerweile auch gestanden, ihr Anwalt hat ihr dazu geraten.«

»Welch plötzlicher Sinneswandel«, sagte Luigi.

»Dank Ihrer guten Beziehungen zum Hauspersonal, Commissario.«

»Ich bin doch Luigi, liebe Giulia.«

»Stimmt, verzeihen Sie bitte.«

»Was darf es zu trinken sein?«

»Einen Spritz, sehr gern sogar.«

»Für mich das Gleiche.«

»Subito«, sagte Luigi, stand auf und verschwand sofort im Inneren der Bar. Giulia sah, wie Enzo auf seinem Stuhl saß, die Augen geschlossen hielt und die Geräusche der Umgebung wahrnahm, sie tat es ihm nach, und: Ja, sie konnte sich viel besser konzentrieren. Auf die Zikaden in den Zypressen, auf die Gesprächsfetzen, die herüberwehten, auf die leisen Verkehrsgeräusche aus der Stadt unter ihnen, die vom leichten Säuseln des Windes fast gänzlich geschluckt wurden.

»Ich freue mich, dass Sie am Leben sind«, sagte Giulia leise. »Ich hatte echt Angst um Sie.«

»Ich freue mich auch«, erwiderte der Sergente. »Das war wirklich … ein aufregender Tag.«

»Es war mein erstes Mal«, sagte sie.

»Was meinen Sie?«

»Ich habe vorher noch nie auf einen Menschen geschossen.« Ihr Blick war glasig, als sie das sagte. »Es war nie nötig. Ich … Keine Ahnung, irgendwie bin ich immer drum herum gekommen. Und ich glaube gar nicht, dass das mit meinen super Verhandlungskünsten zusammenhängt – es war einfach verdammtes Glück.«

»Und nun mussten Sie schießen, um mich zu retten.« Er sagte es, ohne dass sie eine bestimmte Regung aus seiner Stimme herauslesen konnte. Es war einfach eine Feststellung.

»Ich hatte Angst, dass es sonst zu knapp wird. Ich wusste nicht … ob wir ihn überwältigen können, bevor er Ihnen etwas tut – und ich mag Sie lieber mit Hals, ehrlich gesagt.«

»Ja, ich mag meinen Hals auch sehr – also, ich meine, als ich ihn das letzte Mal sah, da mochte ich ihn.« Er lachte, und sie stimmte mit ein. Sie lachten gemeinsam über diese Mischung aus Ironie und Galgenhumor – und sie fand es wieder so bezaubernd, wie er mit seiner Behinderung umging.

»Er hat sich sicher nicht verändert seit damals«, erwiderte sie schließlich, immer noch kichernd. Sie betrachtete kurz diesen Mann und die Terrasse um sich herum, die Pergola über ihr – und sie war erstaunt, wie leicht sie sich in diesem Moment fühlte.

Gleich darauf trat Luigi aus der Tür, sein Tablett voller Gläser.

»*Allora*«, rief er und stellte die Getränke vor ihnen ab. »Drei Spritz – und ein vierter für Carla, denn die …«

Und schon trat seine Frau aus der Tür. Sie blickte sich auf der Terrasse um, begrüßte zwei Gäste mit Handschlag, dann flüsterte sie den anderen etwas zu. Die nickten und holten schon ihre Portemonnaies heraus.

Schließlich kam die Wirtin zu ihnen und beugte sich über den Tisch.

»Hier steht schon ein Spritz für dich, *cara*«, sagte Luigi und lächelte sie verliebt an.

»Du bist mein größter Schatz«, erwiderte Carla. »Ich hab allen gesagt, dass wir jetzt schließen. Gleich sollten wir Ruhe haben.« Sie grinste. »Schließlich haben wir alle Hunger, oder? Ich habe zur Feier des Tages ein paar wunderbare Antipasti aus meiner venezianischen Heimat – danach gibt es eine ganz einfache Pasta … Und gleich geht's auch schon los.«

Giulia spürte, wie Enzo ihr den Kopf zuwandte. Sie hob die Hände beinahe entschuldigend und sagte: »Carla, wirklich, ich bin untröstlich, auch und gerade, weil ich beim letzten Mal Ihre Leckereien aus Venedig probieren durfte – unvergesslich. Aber heute … Ich bin noch zum Abendessen verabredet.«

»Oh …« Ihr Blick war eine Mischung aus Überraschung, Enttäuschung und Neugier. »Aber Giulia, das ist doch … gar kein Problem. Die Leute reißen mir das Zeug ohnehin aus den Fingern, und heute ist es so voll – aber Sie müssen mir versprechen, dass Sie beim nächsten Mal wieder hier sind, und dann essen wir gemeinsam.«

»Ich kann es kaum erwarten.«

»Und Sie haben also ein Date?«

»Ich … Sagen wir mal so: Ja, es ist eine Art von Date.«

»Oh«, sagten Carla und Luigi im Chor. Als sie aufstand, erhob sich auch Enzo und streckte sich. »Leute, ich muss auch los. Die Aufregung von heute Morgen steckt mir noch in den Knochen.«

»Das ist nur zu verständlich«, sagte Luigi, der sah, dass Carla widersprechen wollte. »Legen Sie sich ins Bett, Sergente – und schlafen Sie sich mal richtig aus.« Er legte dem Jüngeren seine große Hand auf die Schulter. »Ich bin ja von jetzt an erst mal wieder auf meinem Hügel. Und auch wenn ich mich nicht auf das nächste Verbrechen freue – ich freue mich dennoch darauf, irgendwann wieder mit Ihnen gemeinsam zu arbeiten.«

»Das geht mir ganz genauso, Commissario«, erwiderte Enzo. »Nehmen Sie mich mit in die Stadt, Commissaria?«

»Natürlich, Sergente. Auf geht's.«

Alle umarmten sich, und die beiden gingen zu Giulias Käfer. Sie schloss auf und drehte sich noch einmal um zu dem Tisch, an dem Carla und Luigi saßen, der Commissario hatte die Hand seiner Frau ergriffen, und sie sprachen ganz leise miteinander. Die Szene war so schön, wie es die ganze Szenerie war. Dieser Ort war ein kleines Paradies. Die Bar auf dem Hügel. In ihrem Heimatort. Ein großes Glück durchflutete sie plötzlich. Sie winkte noch einmal hinauf zu den beiden, die fröhlich zurückwinkten. Dann stieg sie ein und ließ den Motor an. Enzo saß neben ihr und grinste.

»Sie haben keinen Schimmer, oder?«, fragte er.

»Nicht den geringsten«, erwiderte Giulia und ergriff sanft seine Hand.

Tag 4, 22.14 Uhr

La Cena al Bar Centrale
(Das Abendessen in der Bar Centrale)

Luigi: Denkst du auch, was ich denke?

Carla: Dass sie ihn auf keinen Fall in der Stadt raussetzt? Ja, das denke ich auch.

Luigi: Meinst du, sie haben das Date zusammen?

Carla: Ist es im Sommer heiß? *Sie lacht.* Na klar denke ich das. Hast du gesehen, wie sie ihn ansieht? Und wie sie sich beide nicht von der Seite gewichen sind? Erst als es an den Aufbruch ging, haben sie sich bemüht, einander nicht zu nah zu sein. Ich … wollte eben sagen: Das sieht ja ein Blinder – aber das ist hier wohl unpassend.

Luigi: Die kühle Commissaria und der schöne Sergente – wer hätte das gedacht?

Carla: Ich gönne es ihnen. Von Herzen. Hast du gemerkt, wie sie langsam auftaut?

Luigi: Sie lacht sogar manchmal.

Carla: Und sie hat vorhin tatsächlich ein zweites Glas Weißwein getrunken. Also, ich meine ja nicht, dass Alkoholkonsum ein Anzeichen für Leichtigkeit ist – aber ich freue mich, dass deine Commissaria es mittlerweile schafft, die Kontrolle manchmal ein kleines Stück loszulassen.

Luigi: Du solltest dich wirklich als Polizeipsychologin bewerben. Besser jetzt als nie.

Carla: Spinner. Und jetzt erzähl: Wie habt ihr den Fall gelöst?

Luigi: Ihn haben wir auf frischer Tat ertappt, mit dem gezückten Cuttermesser in der Hand. Der kommt da nicht mehr raus – selbst wenn er die zehn besten Strafverteidiger des Landes an seiner Seite hat. Der Staatsanwalt wird sie in der Luft zerreißen.

Carla: Und die junge Frau, von der du sicher warst, dass sie auch dran beteiligt war?

Luigi: Sie war so kalt, sagt Giulia. Aber …, *er lächelt*, es ist, wie ich immer sage: Man muss sich mit dem Hauspersonal gutstellen, wenn man hinter die Fassade schauen will.

Carla: Wie meinst du das?

Luigi: In dem Haus arbeitete eine alte Frau, die schon ewig in den Diensten von Signore d'Agostino gestanden hatte. Die Kinder dachten, sie sei der Familie gegenüber loyal und deshalb absolut verschwiegen. Doch ihre Loyalität galt einzig und allein dem alten Mann. Fast dreißig Jahre hat sie für ihn gearbeitet – und sich am Ende entschieden, ihn auch zu pflegen. Sie hat ihm alle Medikamente gegeben, ihn gewaschen und saubergemacht, die Kinder haben keinen Finger gerührt, wie es scheint. Sie hat natürlich gespürt, dass etwas vor sich geht – wahrscheinlich wusste sie von den Seitensprüngen und unehelichen Kindern des Signore seit Jahrzehnten. Und irgendwie hat sie mitbekommen, dass die offiziellen Kinder des Signore ihre Geschwister aufgespürt haben. Als sie die Nachrichten gehört hat, konnte sie eins und eins zusammenzählen. Sie sagt, dass die Grenze erreicht war, als die Kinder dem Alten nicht erlaubt haben, diese Welt zu verlassen. Sie hat sich geweigert, ihn zu reanimieren – also hat es die Signorina gemacht.

Carla: Dem eigenen Vater so etwas anzutun.

Luigi: Er war wohl an manchen Tagen noch einigermaßen wach und ansprechbar. Auch an dem Tag, als die Signora Commissaria ihre Pressekonferenz gehalten hat. Also hat sie den Fernseher angelassen, während Giulia alle Einzelheiten erzählt hat – auch Details zu den Opfern. D'Agostino muss die Sache sofort durchschaut haben. Die Schwester hatte ihm ihr Handtelefon am Bett liegen lassen, sie hatte sogar die Nummer der Questura eingespeichert. So konnte er uns anrufen – und erreichte Enzo, der sogleich gewusst hat, dass der alte d'Agostino mit den Morden zu tun hatte. Es war … es war echt ein großes Glück.

Carla: Und wie hast du die junge Frau überführt?

Luigi: Wie gesagt: Das war die Krankenschwester. Die beiden Kinder des Signore d'Agostino dachten, ihr Haus sei ihre Festung. Aber ihr Feind lauerte längst innerhalb der Mauern. Sie hatten alles perfekt geplant – fast perfekt. Denn bei der Geigerin war die Signorina dabei gewesen – ihre Bluse hatte einen winzigen Blutspritzer abbekommen, der mit bloßem Auge nicht zu erkennen war. Sie hat die Bluse aber nicht verbrannt, sondern sie der Krankenschwester zur Reinigung gegeben. Und die hat die Bluse, als sie alles verstanden hatte, direkt zu uns gebracht. Da war der Beweis.

Carla: Was für eine mutige Frau. *Sie schweigt einen Augenblick.* Meinst du, sie hat ihn geliebt?

Luigi: Schon möglich. Jedenfalls hat sie nur in den höchsten Tönen von ihm gesprochen. Und sie war die Einzige, die heute wirklich zutiefst erschüttert war, als er gestorben ist.

Carla: Morgen werden die Zeitungen voll sein mit Nachrufen auf Signore d'Agostino. Und niemand ahnt, welche Tragödie seinen Tod begleitet hat.

Luigi: Mal sehen. Die Commissaria überlegt noch, ob sie das ganze Ausmaß der Tragödie an die Öffentlichkeit geben soll.

Carla: Dass Geld nicht immer glücklich macht, dürfte damit einmal mehr bewiesen sein.

Luigi *(mit einem Blick auf seinen leeren Teller)*: Mich macht dein Essen glücklich. Doch wie es aussieht, hast du mich heute auf Diät gesetzt.

Carla: Du Blödmann. Ich gehe hinein und hole uns, was ich vorbereitet habe. *Sie beugt sich zu ihm hinüber und küsst ihn.* Ich bin froh, dass der Ärger um diesen Fall endlich vorbei ist. Du warst oft so – abwesend.

Luigi: Nun bin ich wieder der Alte. Und ab morgen kann ich dir auch endlich wieder in der Bar helfen.

Carla: Sonst hätte ich mir bald einen jungen Barista gesucht.

Luigi: Untersteh dich.

Carla: Keine Sorge. Du bist doch mein liebster und unverzichtbarer Barista, mein Luigi.

Luigi: *Cara,* ich würde gern noch Stunden mit dir reden – aber ich habe so einen riesigen Hunger.

Carla: Na, dann auf, auf, lass uns alles rausholen und dann die blaue Stunde hier genießen. Ist es nicht ein herrlicher Abend?

TAG 4

»Ich hätte nicht gedacht, dass wir so schnell hierher zurückkommen«, sagte Giulia, als Enzo mit geübten Griffen die Tür aufschloss.

»Dieses Mal ist es mir, ehrlich gesagt, viel lieber.«

»Das kann ich mir vorstellen.«

»Komm«, sagte er, und sie folgte ihm, diesmal schaltete er das Licht in der Küche an, und dann sagte er: »Setz dich. Du bist mein Gast. Setz dich.«

»Ich dachte, wir gehen essen.«

»Das hier ist besser.« Er zog ihr einen Stuhl zurück und fuhr fort: »Du kriegst jetzt einen Wein, und dann bereite ich alles vor. Einverstanden?«

»Es ist deine Einladung – ich mache alles mit.«

Er lächelte, und sie ließ sich in den Stuhl sinken, der sehr bequem war. Sie sah ihm dabei zu, wie er Kerzen aus dem Schrank holte und sie anzündete, dann nahm er Schüsseln aus dem Küchenschrank und einige Zutaten, sie konnte sich keinen Reim darauf machen. Er zögerte in keiner Sekunde und bei keinem Handgriff, es war seine Wohnung, er bewegte sich hier so sicher, als würde er wirklich alles sehen können. Sie war fasziniert von seinen Gesten und der Selbstverständlichkeit seiner Bewegungen, wieder einmal.

»Geht es dir wieder …«, begann sie, doch Enzo wedelte abwehrend mit der Hand. »Nicht mehr jetzt«, sagte er, aber es war keine Belehrung, er sagte es ganz sanft. »Ich möchte heute Abend nicht mehr darüber sprechen. Nur noch über … uns.«

»In Ordnung«, sagte sie. Er öffnete den Kühlschrank, holte eine Flasche heraus und goss ihnen beiden ein. »Es ist ein Wein aus meiner Heimat.«

Sie kostete, der Wein war eiskalt und sehr mineralisch, beinahe prickelte er.

»Wir haben viel mehr gute Produkte in Südtirol, als ihr Italiener immer denkt. Wir sind eben doch keine Österreicher.« Sie mussten beide lachen.

Dann sah sie überrascht zu, wie er zuerst die Fensterläden schloss und verriegelte und dann die Kerzen auspustete.

»Willst du mich einsperren und nie wieder rauslassen?«, fragte sie lächelnd, als die Dunkelheit sie umfing. Tatsächlich war nun gar kein Licht mehr in der Küche.

»Nein«, sagte er. »Genug Krimi für heute. Ich möchte nur, dass wir beide die gleichen Voraussetzungen haben bei unserem ersten Date.« Sie verstand erst langsam, aber dann war er neben ihr und sagte: »Komm …« Sie spürte, dass er ihr seine Hand hinstreckte, sie ergriff sie und ließ sich auf die Beine ziehen. »Keine Sorge, ich führe dich.«

»Was machen wir?«

»Wir kochen zusammen. Aber blind.«

»Das ist …« Giulia wollte widersprechen, weil sie spürte, dass die Aufregung sie überfiel – es fiel ihr nicht leicht, die Kontrolle abzugeben. Aber dann spürte sie seine Hand auf ihrer, und er sagte: »Dir passiert nichts. Ich verstehe, warum du aufgeregt bist. Aber du bist sicher. Vielleicht bekleckerst du dich, aber das war es.«

»Vielleicht bekleckere ich auch dich«, sagte sie leise.

»Das wäre tatsächlich schlimm. Du weißt, ich liebe Sauberkeit.«

Seine Stimme, in der sein Lächeln mitklang, so nah an ihrem Ohr beruhigte sie. Sie ließ seine Hand nicht mehr los, und er führte sie an die Arbeitsplatte.

Sie stellten sich nebeneinander, und ihre Hände glitten über die kühle Platte. Dort stand ein Brett, sie spürte die Maserung, das feine Holz. Und dann war da die Schüssel aus Glas.

»Das Brot darin ist alt, drei Tage alt, so ist es perfekt.« Er gab ihr etwas in die Hand. Eine Flasche. Glatt und kalt. »Das hier ist Milch. Gieß sie zu dem Brot.«

Sie öffnete den Schraubverschluss. Es war merkwürdig, all das ohne Augen zu tun, aber sie spürte, wie sie langsam sicherer wurde. Und wie sie ganz genau roch, was um sie herum war. Das Brot unter ihr, seine Krume, der Geruch der Milch, die sie in die Schüssel gab. Und sein Geruch, sein leichtes, holziges Parfum.

»Perfekt«, sagte er, »das reicht.«

»Hast du gehört, dass es reicht?«, fragte sie aus echtem Interesse.

»Ich koche dieses Rezept schon zehn Jahre – und davor hat es meine Mutter gekocht. Ich weiß, wie viel Milch hineingehört – und wie sich die richtige Menge anhört. Nun lassen wir es ziehen. Warte kurz …«

Sie blieb stehen und hörte ihn Dinge suchen.

»Hier, schlag die beiden Eier auf«, sagte er. »Ich mache derweil etwas mit Feuer. Halt die Augen geschlossen, sonst funktioniert es nicht.«

Sie nahm das erste Ei und schlug es gegen die Arbeitsplatte, ganz vorsichtig, damit nicht alles herunterkleckerte. Dann gab sie es in die zweite Schüssel und wiederholte den Vorgang. Währenddessen hielt sie die Augen fest geschlossen, weil sie den Lichtschein der Flamme durch die Lider sah.

Sie hörte, wie es zischte, als er etwas in die Pfanne gab. Sogleich zog ein würziger Duft durch die Küche.

»Was ist das?«, fragte er, und wieder hörte sie sein Lächeln.

»Hm«, sagte sie leise und roch in die Luft. »Zwiebeln, glaube ich, ganz sicher auch Knoblauch.«

»Und?«

»Etwas Grünes. Ist es … Spinat?«

Giulia spürte, wie er näher neben sie trat, dann flüsterte er in ihr Ohr: »Du bist gut.«

Sie spürte die Gänsehaut auf ihrem Rücken, aber der Augenblick war schon wieder vorbei. Sie hörte, wie er in der Pfanne rührte.

»Nun brauchen wir Mehl, Muskatnuss, Salz und Pfeffer. Gib alles in die Schüssel.«

Giulia griff vor sich, das Mehl erkannte sie daran, wie die Packung sich auf eine ganz besondere Art verformte, als sie zudrückte. »Wie viel brauchen wir?«, fragte sie. »Mehl lässt sich blind schwierig schütten.«

»Nein, gib einfach so viel hinein, wie sich gut anfühlt.«

»Für einen Kuchen?«

»Du wirst schon sehen.«

Langsam begann die Sache ihr Spaß zu machen. Sie nahm die Mühle mit der Muskatnuss und rieb etwas in die Schüssel, dann gab sie Salz und Pfeffer hinzu. »Oha«, rief sie.

»Alles in Ordnung?«

»Ich glaube, das war zu viel Salz.«

»Keine Sorge, das wird schon. Hier …«, er gab ihr etwas, »koste.«

Aus Reflex öffnete sie die Augen, doch weil die Gasflamme schon erloschen war, lag die Küche wieder im Dunkeln, und es änderte nicht viel. Sie nahm das kleine Stück in den Mund und schloss die Augen wieder. Der zarte Schmelz, der kräftige Geschmack, es war unglaublich, wie intensiv es schmeckte in der Dunkelheit.

»Das ist Käse aus den Bergen, oder? Lang gereifter Käse …«

»Bergkäse aus meiner Heimat. Alto Adige …«, sagte er leise und wiederholte das Wort wie ein Mantra. »Alto Adige …« Sie lauschte seiner Stimme mit ihrem tiefen Timbre und spürte, wie die Gänsehaut wieder über ihren Rücken kroch.

»Reib ihn in die Schüssel, das ganze Stück. Aber Vorsicht, die Reibe ist scheußlich scharf.«

Giulia tat, wie ihr geheißen, sie rieb den Käse vorsichtig in kleinen Spänen in die Schüssel.

»So, das müsste reichen. Nun hat das Brot lange genug gezogen.«

»Und jetzt?«

Draußen schlug die Turmuhr der nahe gelegenen Kirche elfmal.

»Das wird ein mitternächtliches Dinner«, sagte Enzo.

»Perfekt fürs erste Date«, erwiderte Giulia.

»Das heißt, es wird ein zweites geben?«

»Mal sehen«, sagte sie und lachte.

»Hier«, sagte er, »nun müssen wir alles zusammenschütten, auch den Spinat – und dann …«, er nahm ihre Hände und drückte sie in die Schüssel, deren Inhalt warm und kalt zugleich war. »… alles kräftig vermischen.« Er führte ihre Hände, ließ sie die festen Inhaltsstoffe, das weiche Mehl und das flüssige Ei miteinander verbinden, es war eine totale Matscherei, und zugleich war es wundervoll, weil es so natürlich und kraftvoll war, wie damals, als sie als Kind den Teig für den Panettone hatte machen dürfen, sie erinnerte sich daran, als wäre es gestern gewesen.

»Das macht Spaß«, sagte sie.

»Es macht Spaß mit dir, Giulia«, erwiderte er. Und dann waren da sein warmer Atem und sein Duft, und im nächsten Augenblick legte sie die Hand in seinen Nacken und zog ihn an sich.

Recette

Strangolapreti
Südtiroler Spinatknödel

Für 4 Personen

- *300 g Knödelbrot oder drei Tage altes Weißbrot*
- *250 ml Milch*
- *400 g frischen oder tiefgefrorenen Spinat*
- *2 Eier*
- *1 Zwiebel*
- *1 Knoblauchzehe*
- *50 g Butter*
- *150 g Mehl*
- *50 g Bergkäse*
- *ein Stück Parmesan*
- *Muskatnus, Salz, Pfeffer und bestes Olivenöl*

Das Knödelbrot in einer Schüssel mit der Milch übergießen und einweichen lassen. Den Spinat in etwas gesalzenem Wasser kochen.

Zwiebel und Knoblauch fein hacken und in einer Pfanne in Olivenöl anschwitzen, nicht bräunen. Spinat hinzugeben und alles anbraten, bis die Flüssigkeit verdampft ist.

Eier und Spinat zum Brot geben und würzen, mit Salz, Pfeffer und – je nach Geschmack – bis zu zwei Prisen Muskatnuss.

Dann folgen Mehl und der geriebene Bergkäse, wer es fluffiger mag, kann auch noch ein wenig Joghurt oder Quark dazugeben.

Nun alles mit den Händen kräftig durchmischen, das kann mehrere Minuten dauern, bis eine gleichmäßige Masse entsteht. Den Teig mindestens fünfzehn Minuten ruhen lassen.

Aus der Masse lassen sich kleine Knödel formen, die dann ins kochende Salzwasser gegeben werden. Die Hitze verringern und die Knödel fünfzehn Minuten dämpfen.

Abgießen und sofort auf Tellern anrichten, pro Person empfehlen sich vier Knödel.
Mit Parmesan bestreuen und groben Pfeffer darübermahlen, dann sofort servieren.

Hervorragend passt dazu ein mineralischer Weißwein aus Südtirol, zum Beispiel der 2022er Weißburgunder DOC aus der Cantina Girlan.

TAG 4

Mein liebes Schwesterherz,

ich schreibe Dir morgen wieder. Heute Abend denke ich nur an Dich. Es ist ein schöner Abend. Der schönste seit sehr langer Zeit. Ich liebe Dich.

Buona notte, *mein Schwesterherz.*

Deine Giulia

FINE

Alexander Oetker
schreibt als Yanis Kostas
Zyprische Geheimnisse
Kriminalroman
240 Seiten, Klappenbroschur
ISBN 978-3-455-01746-5
Atlantik

Sonne, Meer, Zedern und Zypressen –
und ein dunkles Geheimnis

Im beschaulichen Bergdorf Kato Koutrafas auf Zypern geht das Leben einen ruhigen Gang. Hin und wieder müssen Police Officer Sofia Perikles und ihr Kollege Kostas Karamanlis ausrücken, wenn übermütige Jugendliche mal wieder den Zaun zur griechisch-türkischen Pufferzone aufgeschnitten haben, doch ansonsten herrscht Frieden im Dorf. Bis zu dem Tag, an dem in der Zone zwischen dem griechischen und türkischen Teil der Insel ein Toter mit dunkler Vergangenheit gefunden wird. Als bei den Ermittlungen eine ebenso beliebte wie illegale zyprische Tradition in Sofia Perikles Visier rückt, werden sie und Kostas überraschend von dem Fall abgezogen – doch Sofia Perikles gibt sich nicht geschlagen …